CEO Baby Surprise

One-Night-Stand mit Folgen

Jacy Crown

W0319214

Copyright 2023 Jacy Crown
Alle Rechte vorbehalten

Lektorat: Ruben Herzhoff
Coverfoto: ID #188126579 - Fotolia by Adobe.
Herausgeber:
Ruben Herzhoff
Mozartstr. 6
47239 Duisburg

Für kostenlose Bücher und weitere Informationen zu Jacy Crown besuche meine Homepage. Hier wartet nach Anmeldung im Newsletter mein Gratis-Liebesroman **Love the Bad Boss** auf Dich!

http://www.jacycrown.com/newsletter-de/

Jacy auf Facebook:

https://www.facebook.com/Jacy-Crown-1827154510735854

1. Kapitel - Dany

Seufzend lasse ich meinen Blick über das Chaos in meinem vollgestopften Zimmer schweifen. Das hier ist nicht unbedingt das, was ich mir vorgestellt habe, als ich damals als Teenager davon geträumt habe, eines Tages nach New York City zu ziehen. Damals bin ich immer davon ausgegangen, in einem schicken Penthouse hoch über den Wolken und mitten in Manhattan zu wohnen. Was war ich naiv. Stattdessen finde ich mich nun in dieser Schuhbox am Rande von Brooklyn in einer WG mit zwei Fremden wieder. Zwei Fremde, die kreischend im Wohnzimmer stehen und geräuschvoll eine Flasche billigen Schaumwein öffnen.

„Dany! Dany!", höre ich sie meinen Namen aus dem größten Zimmer dieser Bruchbude rufen. Das Zimmer, das Küche und Wohnzimmer gleichzeitig ist und ausschlaggebend dafür war, diese und nicht die Wohnung zwei Straßen weiter mit den drei Mitbewohnern zu nehmen.

Ich höre Rumpeln und Poltern. Bis sich ein blonder Lockenkopf schließlich durch den engen Türspalt, vor dem allerlei vollgestopften Kisten stehen, gedrückt hat. „Was ist?! Willst du nicht zu uns kommen?", fragt mich Marley euphorisch.

Ich blicke in ihre großen, blauen Augen.

Als ich mich vor knapp zwei Wochen dazu entschieden habe, in diese WG zu ziehen, hielt ich es für eine gute Idee, mit zwei Gleichaltrigen zusammen zu wohnen, um direkt Anschluss in dieser riesigen Stadt zu haben. Doch, wenn ich jetzt in das gerötete Gesicht der Anfang 20-Jährigen blicke, weiß ich nicht, ob es wirklich so eine gute Idee gewesen ist. „Ich möchte bis morgen eigentlich gerne meinen Kram eingeräumt haben", erkläre ich ihr ruhig und lächle.

Sie wirft ihren hübschen Kopf in den Nacken und lacht laut auf. „Bis morgen schaffst du das ohnehin nicht mehr." Sie blickt auf all das Chaos herab und insgeheim weiß ich, dass sie Recht hat. Um hier Ordnung reinzubekommen, brauche ich mindestens eine Woche. „Komm. Stoß mit uns an. Das ist schließlich dein einziger erster Abend bei uns in der Wohnung." Sie lächelt und ihre weißen Zähne blitzen hervor.

Noch einmal werfe ich einen Blick auf all die Kisten. Die Koffer, die ich in Eile gepackt habe und die leeren Schränke, die ich unbedingt noch bestücken wollte. Aber es stimmt. Ich habe nur einen ersten Abend hier. Und vielleicht ist ein guter Eindruck bei meinen zukünftigen Mitbewohnern besser als ein halb aufgeräumtes Zimmer. „Also gut", erwidere ich mit einem Lächeln und stelle die halb ausgeräumte Kiste wieder auf den Boden, um Marley in die Wohnküche zu folgen, die direkt an mein Zimmer grenzt.

Meine andere Mitbewohnerin Chrissy sitzt bereits auf dem grünen Samtsofa und ist dabei, ein weiteres Glas mit Sekt zu füllen, als sie gehört hat, dass ich auf dem Weg bin. „Auf unsere neue Mitbewohnerin Dany", sagt sie, steht auf und reicht mir eins der Gläser an.

Ich nehme das Glas entgegen, stoße mit den beiden an und nehme auf dem weichen, durchgesessenen Sofa Platz.

„Erzähl mal, Dany", sagt Marly und sieht mich erwartungsvoll an.

Ich stöhne innerlich bereits, weil ich keine Lust habe, ihr zu erklären, warum ich so überstürzt nach New York City gekommen bin. Doch das will sie gar nicht wissen. „Welche Musik magst du so?", fragt sie mich stattdessen.

Ich spüre, wie sich meine Laune augenblicklich bessert. „Hauptsache laut", sage ich und sehe das Glitzern der beiden in ihren Augen.

„Genau unsere Musikrichtung", erwidert Chrissy und dreht die Anlage voll auf.

Und ehe ich mich versehen kann, stehe ich mit den zwei Mädels vor der Schlange eines Clubs. Ich spüre, wie der Alkohol durch meinen Körper fließt und die Begeisterung der beiden ist ansteckend. Sie haben mir in den letzten zwei Stunden ununterbrochen von diesem neuen, exklusiven Club vorgeschwärmt, der mitten in Manhattan eröffnet hat. Ich konnte gar nicht anders, als mit ihnen mitzukommen. Auch wenn meine Haare mir an der fettigen Stirn kleben, meine Jeans vom Umzug total schmutzig sind und das schwarze T-Shirt überhaupt nicht zum Feiern geeignet ist. Tatsächlich komme ich mir neben Marley und Chrissy in ihren kurzen Kleidchen sehr underdressed vor, aber sie haben mir versichert, dass das in Ordnung ist, denn sie kennen den Barkeeper und stehen auf der Gästeliste.

Und so stehe ich grinsend vor dem Türsteher, der mich kritisch von oben bis unten mustert. Mein Puls schlägt mir bis zum Hals. Meine erste Clubnacht in New York City hatte ich mir irgendwie auch anders vorgestellt, doch das Uber hat bereits vor der Tür auf uns gewartet und ich hatte wirklich nicht die geringste Chance, mir noch etwas anderes anzuziehen. „Sie gehört zu uns", höre ich Marley flöten, die bereits im dunklen Flur hinter dem Türsteher steht und sich zum Glück noch einmal nach mir umgedreht hat.

„Genau“, erwidere ich unsicher und blicke den hoch gewachsenen Mann mit den breiten Schultern zuckersüß an.

„Also gut“, sagt er grimmig und lässt mich endlich passieren.

Ich spüre, wie das Adrenalin durch meinen Körper strömt. Ich habe es geschafft. Ich bin drin. Nur um kurz darauf auf den harten Boden der Realität aufzuprallen, als ich mit meinen Begleiterinnen den neuen, schicken und vor allem extravaganten Club betrete. Ich bin nicht nur underdressed, ich bin vollkommen falsch gekleidet. Als ob ich weiß als Hochzeitsgast tragen oder im quietschbunten Anzug zu einer Beerdigung erscheinen würde.

Denn alle hier tragen kurze Kleidchen. Kurze Kleidchen, die perfekt gemachte Brüste präsentieren. Kurze Kleidchen, die glitzern. Kurze Kleidchen, die die Trägerinnen dazu gehören lassen. Und dann bin da ich. In schmutzigen Jeans und T-Shirt. Und fettigen Haaren. Augenblicklich ist die Euphorie verschwunden und die gute Laune, die ich durch den Sekt bekommen habe, ebenfalls.

Was mache ich hier?

Wie versteinert bleibe ich stehen und lasse all die Frauen in ihren Kleidchen an mir vorbeirauschen. Sie sind in Begleitung von Männern. Männer, die Anzüge tragen. *Zum Feiern.* Ich komme aus einer Welt, in der man Anzüge trägt, um zu einem Banktermin zu gehen. Zu einer Beerdigung oder zu einer Hochzeit. Aber nicht an einem Dienstagabend in einem Club.

„Dany?“, höre ich Marley brüllen, die noch immer vor mir steht und darauf wartet, dass ich mich endlich weiterbewege.

Doch ich weiß nicht. Ich will da nicht rein. Nicht in diesem Aufzug. Nicht in dieser Jeans. Auch, wenn ich weiß, dass ich mich kindisch verhalte. Es wird schon in Ordnung sein. So verkehrt kann es nicht sein, wenn der Türsteher mich hat passieren lassen. Also reiße ich mich zusammen und gehe ihr hinterher.

Die Musik ist laut und ich bereue meine Entscheidung sofort. Als mir Marley etwas zubrüllt, verstehe ich kein Wort und nicke bloß. Nur, um dann alleine stehengelassen zu werden, weil sie auf die Theke zustürmt. Chrissy kann ich schon gar nicht mehr sehen. Sie muss vorgegangen sein, während ich noch über meine unmöglichen Jeans nachgedacht habe.

Unbeholfen klammere ich mich an meinem Willkommensdrink fest und hoffe, dass Marley gleich wiederkommt. Doch als ich in ihre Richtung blicke, entdecke ich sie an den Lippen eines Mannes und dieses Bild macht meine Hoffnung schnell zunichte.

Noch einmal drehe ich mich nach meiner anderen Mitbewohnerin um und nachdem ich auch sie nicht entdecke, beschließe ich wieder zu gehen. Ich hätte von Anfang an nicht mitgehen sollen.

Ich drängle mich durch die Menschenmasse und beobachte aus dem Augenwinkel, wie ein DJ seine Kopfhörer aufsetzt und die Menge begrüßt. Nicht nur ein DJ, sondern *der* DJ. Der aktuell angesagteste DJ der Welt. Der DJ, den ich schon so lange einmal live sehen will, doch es ist fast unmöglich, ein Ticket für eins seiner Sets zu bekommen, da sie entweder am anderen Ende der Welt stattfinden oder nicht zu bezahlen sind. Und jetzt ist er hier. Und ich auch. Ich kann nicht gehen. *Unmöglich.* Ich ziehe das Zopfgummi von meinem Handgelenk und binde meine langen, braune Haare damit zu einem hohen Zopf zusammen, um die Tanzfläche zu stürmen.

Und dann tanze ich. Ausgelassen. Mit geschlossenen Augen vergesse ich alles um mich herum. Die Frauen mit ihren Kleidchen. Die Männer mit ihren Anzügen. Sogar meine dreckige Jeans verdränge ich aus meinen Gedanken. Ich konzentriere mich nur noch auf mich, meinen Körper und die wummernden Bässe. Selbst an meine Mitbewohnerinnen denke ich nicht mehr, oder an die Tatsache, dass ich ganz alleine an diesem fremden Ort in dieser fremden, neuen Stadt bin. Ich tanze.

„Hey“, werde ich irgendwann von der Seite angesprochen. Ich erkenne eine tiefe, männliche Stimme und versuche, sie zu ignorieren. Ich bin beschäftigt. Ich will nicht reden. „Hey“, sagt er noch einmal und nun blinzle ich und entdecke einen dieser Anzugtypen vor mir.

„Ja?“, frage ich genervt, während ich noch immer mit meinem Körper vor und zurückwippe. Dabei schaue ich ihn erwartungsvoll an, was ihn scheinbar aus dem Konzept zu bringen scheint. Mit dieser Antwort hat er nicht gerechnet. Nicht von mir. Dem kleinen Mädchen in ihren schmuddeligen Jeans und dem hohen Zopf. Und sobald sich meine Augen an das Licht gewöhnt haben, erkenne ich auch, warum er eine solch genervte Antwort für gewöhnlich nicht erhält. Denn dieser Mann vor mir ist geradezu umwerfend. Augenblicklich bleibe ich stehen und komme mir in seiner Gegenwart plötzlich unendlich klein vor. Von oben herab blickt er auf mich herunter. Seine grünen Augen fixieren mich und bringen mich dazu, den Atem anzuhalten. Darauf wartend, was als nächstes passiert. Was *er* mit *mir* vorhat.

Doch dann bilden diese hübschen, vollen Lippen vor mir ein Lächeln. „Sorry. Ich wollte dich nicht unterbrechen", sagt er mit fester, tiefer Stimme. Eine Stimme, so tief, dass sie für ein starkes Kribbeln in mir sorgt.

„Schon okay", hauche ich unsicher und versuche seinem direkten Blick standzuhalten. Ich weiß nicht, was hier gerade passiert. Und ich weiß auch nicht, wer er ist. Ich weiß nur, dass ich ganz plötzlich das Bedürfnis habe, mich weiter mit diesem Mann zu beschäftigen. Mit seinen grünen Augen, den vollen Lippen und seinem starken, perfekt trainiertem Körper.

Ich spüre, wie mein Verstand für einen Moment in den Ruhemodus geht und die pure Lust Besitz von meinem Körper ergreift. Und der Körper hätte am liebsten hier und jetzt Sex mit diesem gottgleichen Geschöpf. Und die Lust ist es auch, die sich, ohne ein weiteres Wort mit ihm auszutauschen, an seinen Körper schmiegt und mit ihm tanzt.

Und das obwohl ich mir geschworen habe, fürs erste die Finger von Männern zu lassen. Vor allem, wenn sie so unverschämt gut aussehen ...

2. Kapitel - James

„Gehen Sie nach Hause, Helen“, sage ich zu meiner jungen Assistentin, die erst vor ein paar Wochen bei mir im Büro angefangen hat und seitdem jeden Abend genauso lange geblieben ist wie ich.

„Sind Sie sicher?“, fragt mich die scheue Brünette voller Zweifel.

Ich seufze und werfe demonstrativ einen Blick auf meine Armbanduhr. „Ja, Sie sollten nach Hause zu Ihrem Baby gehen. Ich habe Sie die letzten Wochen viel zu lange in Anspruch genommen.“ Ich lächle, um ihr die Angst vor mir zu nehmen. Ich weiß zwar, dass ich einen gewissen Ruf in New York City habe und als besonders skrupellos gelte, was das Abschließen von Deals angeht, aber ich habe noch nie einen meiner Mitarbeiter schlecht behandelt. Und auch Helen hat keinen Grund vom Schlimmsten auszugehen, wenn sie nicht so lange bleibt wie ich.

Das ist ohnehin viel zu viel verlangt. Denn in den letzten Wochen bin ich selten vor Mitternacht aus der Firma gegangen. Ein wichtiger Deal mit einem Geschäftspartner aus Europa zwingt mich geradezu dazu, so lange wie möglich per Videokonferenz für diesen Geschäftspartner verfügbar zu sein.

„Okay“, sagt sie nun schüchtern und ich sehe, wie sie ihre Sachen zusammenpackt und fluchtartig ihren Schreibtisch verlässt, bevor ich es mir noch einmal anders überlege.

Lächelnd lasse ich mich wieder auf den schwarzen Ledersessel nieder und gehe meine Mails durch. Helen ist die dritte Assistentin, seitdem Donna, meine erste Assistentin, in den Ruhestand gegangen ist. Und bisher hat jede von ihnen nach ein paar Wochen gekündigt, weil ihr der Stress zu viel geworden ist. Dabei verlange ich eigentlich nicht viel. Nur höchste Professionalität.

„Sag nicht, dass schon wieder eine Assistentin gekündigt hat“, begrüßt mich Steve, mein bester Freund und gleichzeitig auch Berater, der in diesem Moment durch meine gläserne Bürotür marschiert und mich herausfordernd ansieht.

„Nein, nein. Ich habe sie bloß nach Hause geschickt.“

„Sicher, dass sie nicht dachte, dass du sie feuerst?“

Ich lege meine Stirn in Falten und denke über die Worte nach, die ich zu ihr gesagt habe. „Ich bin mir sicher, dass ich ihr nur gesagt habe, dass sie Feierabend machen soll“, gebe ich grinsend zurück. Ich blicke in das besorgte Gesicht meines Kumpels. „Was führt dich zu mir, Steve?“, will ich von ihm wissen und beobachte ihn dabei, wie er gedankenverloren die blonden Locken zurückstreift. Wie immer, wenn ihm etwas Wichtiges durch den Kopf geht.

„Wann warst du das letzte Mal vor Mitternacht hier draußen?“, erkundigt er sich nachdenklich.

Ich seufze. Er weiß doch genau, wie wichtig dieser Deal für mich und die Firma ist. Und er sollte auch wissen, wie viel Arbeit damit verbunden ist. „Das weißt du genau“, sage ich daher nur.

„Das ist nicht gut, James. Du musst auch mal zur Ruhe kommen.“

„Wenn der Deal in trockenen Tüchern ist.“

„Kennst du noch Bill?“, fragt er mich.

„Bill?“, wiederhole ich verwirrt und runzle die Stirn.

„Vom College. Ich habe letztens seine Frau getroffen. Ist direkt nach dem Abschluss ins Geschäft seines Dads eingestiegen und war auch jahrelang sehr erfolgreich. Bis er dann mit 32 aufhören musste, weil er einfach ausgebrannt war. Burn-Out. Der erholt sich nun irgendwo in Kanada."

„Das wird mir nicht passieren", widerspreche ich.

„Ich weiß. Denn ich sorge dafür. Heute wirst du nämlich früher Schluss machen."

„Ich erwarte aber noch einen wichtigen Anruf."

„Ach, die können dir auch eine Mail schreiben."

„Steve", ermahne ich ihn. „Du weißt, dass der Vorstand von mir erwartet, dass ich eine gewisse Anzahl an Deals pro Jahr abschließe."

„Der Vorstand hält dich ohnehin schon für den Besten für den Job hier. Du musst sie nicht weiter beeindrucken."

Ich stöhne und verdrehe die Augen. Wie kann er mit so einer Einstellung eigentlich so weit gekommen sein?!

„Hör mal. Ich stehe auf der Gästeliste für eine Club-Eröffnung heute Abend. Ist auch direkt hier um die Ecke. Du musst also nicht weit und bis nach Hause hast du es dann auch nicht mehr weit." Er zwinkert mir zu. Er weiß genau, dass er mich mit kurzen Strecken locken kann, auf denen ich möglichst wenig Zeit verschwende. „Ein guter DJ legt auf. Die Drinks sind super. Und das Publikum ist sehr exklusiv." Er lächelt. „Komm doch mit. Nur für ein, zwei Drinks."

Ich blicke meinem Kumpel in die blauen Augen und weiß gleichzeitig, dass er kein Nein akzeptieren wird. „Also gut. Für ein oder zwei Drinks." Ich deute auf meinen Laptop und scheuche ihn aus meinem Büro. „Aber zuerst tippe ich noch diese Mail zu Ende und dann können wir gerne gehen."

Triumphierend steht er auf und klopft mir auf die Schulter. „Gute Entscheidung, Kumpel. Wir sehen uns gleich." Elegant schlendert er aus meinem Büro und schließt die Tür hinter sich.

Als wir knapp eine Stunde später das große Bürogebäude verlassen, sind die Straßen bereits dunkel. Es ist ein lauer Frühlingsabend, der mich dazu veranlasst, meinen dünnen Mantel im Büro zu lassen und bloß mit meinem Jackett über dem weißen Hemd in den Club zu gehen. Als wir dort ankommen, kann ich die wartende Menge bereits sehen. Hauptsächlich junge Frauen, in knappen, engen Kleidern. Ich verdrehe augenblicklich die Augen. „Steve, ist das dein Ernst?", frage ich ihn. Er sollte ganz genau wissen, dass ich solche Art von Veranstaltungen nicht mag.

„Was denn?!", sagt er jedoch nur und zieht mich hinter sich her. Direkt zum Türsteher, der sich bedrohlich vor meinem schlanken Kumpel aufbaut.

„Hinten anstellen", mault er Steve an.

„Wir stehen auf der VIP-Liste", verkündet dieser knapp und deutet dann auf mich. „Erkennen Sie ihn nicht?"

Ich versuche, den Kopf einzuziehen. Hoffentlich hat das keine dieser Frauen gehört. Denn ich weiß ganz genau, warum sie alle hier sind und sich in den kurzen Röckchen und hohen Schuhen stundenlang in die Schlange einreihen. Sie sind auf der Suche nach einem Mann. Nach einem erfolgreichen und wohlhabenden Mann. Einem Mann wie Steve. Oder mich.

Und während Steve die Aufmerksamkeit dieser Frauen genießt, kann ich damit nichts anfangen. Ich will nicht aufgrund meines Geldes gemocht werden.

„Hör mal“, sage ich zu meinem Kumpel und will mich schon wieder wegdrehen. Doch der ahnt bereits, dass ich einen Rückzieher machen will und schleift mich hinter sich her. Vorbei an der wartenden Menge. Vorbei am Türsteher. Und geradewegs rein in den engen, stickigen Club.

Die Musik ist laut und der Bass dröhnt. Und ich kann die großen Augen der Frauen, der Gold-Digger, bereits auf mir spüren. Wie sie mich auf Schritt und Tritt verfolgen. Wie sie versuchen, unauffällig mit ihrem Kinn auf mich zu zeigen und mit ihren Freundinnen über mich reden. „Ist er das wirklich?“, höre ich sie flüstern.

Ja, ich bin es wirklich. James Parker. Der begehrteste Junggeselle in New York City.

„Willst du auch was trinken?“, höre ich Steve sagen, der mit seinen Augen jedoch nicht mehr bei mir ist, sondern bereits *das Angebot* ausgecheckt. Das Angebot an willigen Frauen, die sich ihm nur zu gerne an den Hals schmeißen würden.

Ich nicke. Ein Drink und dann bin ich weg. Das war der Deal.

Wir setzen uns in Bewegung und ich folge ihm an die Bar. Es ist voll, doch Steve kommt sofort an zwei Drinks. Die Barkeeper wissen, dass sie Männern wie ihm sofort Aufmerksamkeit schenken müssen. Er hat das Geld.

„Wie wäre es mit denen?“, fragt er mich und deutet auf eine Gruppe von drei Frauen. Zwei davon mit kurzen, engen Kleidern und die andere trägt eine gewöhnliche Jeans und ein T-Shirt. Sie wirkt irgendwie fehl am Platz. Als ob sie gar nicht hier sein möchte. Vielleicht wurde sie mitgeschleift von ihren zwei Freundinnen. Genau wie ich von Steve.

Ich beobachte sie für eine Weile. Ihre Freundinnen rufen ihr etwas zu, doch sie versteht kein Wort und bleibt am Rand der vollen Tanzfläche zurück. Sie hadert mit sich. Überlegt, ob sie jetzt verschwinden soll. Sie ist hin und her gerissen. Was hält sie hier jetzt noch?

Und dann blickt sie auf. Der DJ erreicht sein Pult und begrüßt die Menge. Ihr Gesichtsausdruck verändert sich. Sie kennt den DJ. Nein, sie liebt den DJ und plötzlich hat sie einen Grund. Ohne weiter darüber nachzudenken, stürmt sie die Tanzfläche und fängt an, sich zu bewegen. Sie schließt die Augen, lässt die Musik durch ihren Körper fließen und bewegt sich rhythmisch zum lauten Bass.

Fasziniert beobachte ich sie dabei und bemerke gar nicht, wie Steve neben mir wiederauftaucht. Mit zwei Frauen im Schlepptau. Nicht die Freundinnen von *ihr*, sondern zwei andere willige Damen, die nur zu gerne meine Gesellschaft haben möchten, doch ich winke ab. „Heute Abend nicht", sage ich und lächle sie entschuldigend an. Ich deute auf mein leeres Glas, verabschiede mich von ihnen und mache mich auf in Richtung Bar. Doch ich habe gar nicht vor, mir noch einen Drink zu holen. Ich will zur Tanzfläche. Zu *ihr*.

Ich ignoriere die Frauen, die mich sofort mit ihren Blicken fixieren und versuchen, sich mir tänzerisch zu nähern. Bis ich sie schließlich erreicht habe. Wie in Trance tanzt sie noch immer. Ihre Augen sind fest geschlossen. Ihr Körper wiegt sich rhythmisch von einer Seite zur anderen. Ich will sie nicht stören. Sie wirkt so friedlich und ruhig. Andererseits will ich sie unbedingt kennenlernen. Etwas an ihr lässt mich einfach nicht mehr los.

„Hey“, versuche ich es vorsichtig und bemerke keine Reaktion in ihr. Es ist zu laut und mein Versuch wahrscheinlich auch zu stumpf. Wer will schon mit einem „Hey“ angesprochen werden. Doch ich probiere es erneut. Ich brauche nur für einen Moment ihre Aufmerksamkeit.

Ihre Augen öffnen sich und genervt blickt sie sich um. „Ja?“, sehe ich ihren hübschen Mund formen. Ihre blauen Augen suchen und finden mich und plötzlich wirkt sie wie versteinert. Eine Reaktion, die ich des Öfteren bekomme.

„Sorry. Ich wollte dich nicht unterbrechen“, sage ich sofort und lächle, während ich beobachte, wie sich ihr gesamter Körper in meiner Gegenwart verkrampft. Sie ist nervös. Und ihre Gedanken rasen.

Doch bevor ich auch nur ein weiteres Wort sagen kann, bewegt sie sich wieder. Und zwar auf mich zu. Ihre Hüfte presst sich an meine. Ihre Augen fixieren meine. Sie tanzt mich an und ich mache mit.

Es ist ein unglaublich heißer Moment zwischen uns und obwohl es gar nicht meine Absicht gewesen ist, sie bereits hier auf der Tanzfläche zu küssen, mache ich es. Weil es sich richtig anfühlt. Als ihre Lippen meine berühren, ist es, als ob sich mein Verstand von meinem Körper lösen würde. Es existiert plötzlich nur noch die pure Lust. Auf sie.

„Wie heißt du eigentlich?“, unterbreche ich uns schließlich.

Sie grinst und schüttelt dann den Kopf. „Ist doch egal“, sagt sie und wieder bewegt sie ihre Lippen auf meine zu.

Und sie hat Recht. Es ist egal. Was zählt, sind ihre Lippen auf meinen. Ihre Hände auf meinem Körper und meine auf ihrem. Ich drücke sie fest an mich. Presse sie gegen meine

Lenden und zusammen bleiben wir auf der Tanzfläche stehen, um uns zu küssen.

An ihren Bewegungen, ihren leisen Seufzgeräuschen und ihrem Stöhnen merke ich schnell, dass sie mehr will.

„Wollen wir von hier verschwinden?", frage ich sie.

Mit ihren großen, blauen Augen blickt sie mich an. Für eine Sekunde zögert sie, doch dann nickt sie. „Ja."

Ich greife nach ihrer Hand und führe sie von der Tanzfläche herunter geradewegs in den dunklen Flur, in dem uns die gierigen Augen der anwesenden Gäste verfolgen. Sie wittern einen Skandal. An meiner Hand eine Frau ...

„Nehmen wir den anderen Ausgang", rudere ich zurück und führe sie in die andere Richtung. Ich informiere mich vorab immer darüber, wo der Notausgang ist, falls ich mal unauffällig gehen möchte. Und gerade ist so ein Moment.

Ich stecke dem Securitymann etwas Geld zu und führe sie hinaus. Meinem Fahrer habe ich bereits Bescheid gesagt. Er steht an einer dunklen, unauffälligen Ecke und wartet bereits auf uns.

Als sie bemerkt, wo wir sind und dass wir vor einem großen Auto mit verdunkelten Scheiben stehen, hält sie abrupt an. „Was ist das?", fragt sie verwirrt.

Ich setze mein charmantestes Lächeln auf, um ihr die Angst zu nehmen, denn ich kann mir vorstellen, wie das hier gerade aussehen muss. „Nur mein Fahrer, keine Sorge. Aktiviere ruhig dein GSP, damit du deinen Freundinnen einen Standort schicken kannst."

Sie schüttelt den Kopf. „Das wird nicht nötig sein." Sie bückt sich um in den Wagen zu steigen und ich gehe auf die andere Seite, um ihr auf die Rückbank zu folgen.

Kaum setzt sich das Auto in Bewegung, fallen wir wieder übereinander her. Ich führe sie von der Tiefgarage in den Fahrstuhl und schon hier verselbstständigen sich meine Hände. Ich greife unter ihr T-Shirt, berühre ihre festen Brüste und spiele an ihren harten Nippeln. Ich küsse ihren Hals dabei und sauge ihren betörenden Duft ein. Ich weiß nicht, was es ist. Aber alles an ihr macht mich wahnsinnig und sorgt dafür, dass ich alles um mich herum ausblende und jegliche zweifelnden Gedanken über sie und uns über Board werfe.

Denn für gewöhnlich mache ich so etwas nicht. Für gewöhnlich nehme ich keine Frau mit nach Hause, deren Namen ich nicht mal kenne und die ich nicht vorher gründlich durchleuchtet habe.

Aber gerade ist es mir einfach nur egal.

Meine Hände liegen auf ihrem hübschen Gesicht, als der Fahrstuhl im obersten Stockwerk, meinem Penthouse, zum Stehen kommt. Die Tür öffnet sich und ich drücke sie heraus. Ich hebe sie auf meine Hüfte und trage sie in mein Schlafzimmer. Gierig schmeiße ich sie auf mein großes Bett und küsse sie erneut. Meine Lippen saugen an ihrem zarten Hals. Meine Hände fahren über den weichen Stoff ihres T-Shirts und schieben es hastig nach oben, damit ich sie endlich nackt vor mir habe.

Ich presse meinen Körper auf ihren. Genieße das leise Stöhnen, das sie von sich gibt, als sie mein Gewicht auf sich spürt. Sie fängt an, mir das Hemd aufzuknöpfen und verschlingt jeden Zentimeter meines nackten Körpers mit ihren Augen.

Sie will sich aufrichten und die Oberhand gewinnen, doch ich drücke sie zurück auf das Bett, knabbere noch einmal mit meinen Zähnen an ihrem Hals, ehe ich ihr die Jeans von der Hüfte streife.

Nackt habe ich sie nun endlich vor mir liegen. Meine Finger wandern über ihre zarte Haut und finden schnell ihren Weg zwischen ihre Beine. Sie ist bereits ganz nass vor Erregung und schließt genüsslich die Augen, als ich ihre Perle berühren.

„Mh", macht sie, als sie spürt, wie sich zwei Finger meiner Hand tief in ihr feuchtes Loch bohren.

Ich fingere sie, nein, ficke sie und bemerke mit jedem Stoß, dass sie noch mehr will. Mit der anderen Hand fange ich an, meinen Gürtel zu lösen und mir die Hose herunterzustreifen. Kurz stehe ich auf, um mir auch die restlichen Klamotten vom Körper zu ziehen und begebe mich dann wieder zu ihr aufs Bett, um ihre Beine weit auseinander zu schieben, um mich in sie zu stoßen.

Ihre Finger vergraben sich in meine Schultern und ich höre, wie sie leise wimmert, als ich mächtig in sie eindringe.

„Oh Gott", entfährt es ihr, als sie meinen großen, harten Schwanz in ihrer warmen Pussy spürt.

Ich gebe ihr einen Moment, um sich daran zu gewöhnen und fange dann an, sie mit tiefen Stößen zu vögeln.

Ihre Arme halten mich umklammert. Ihr Gesicht liegt auf meiner Schulter und bei jedem weiteren Stoß höre ich ihr immer lauter werdendes Stöhnen.

Ich packe sie erneut, um mir ihre Beine auf meine Schultern zu legen.

Ihre Augen sind weit aufgerissen, als sie bemerkt, wie ich in dieser Position noch tiefer in sie eindringe. Sie stöhnt und wimmert und kommt mit jedem Stoß ihrem Höhepunkt ein Stückchen näher.

Ich werde schneller und lege meinen Finger nun auf ihren Kitzler.

Scharf saugt sie die Luft ein. „Oh Gott“, entfährt es ihr und sie kneift die Augen wieder fest zusammen.

Ich spüre, wie sich ihr gesamter Körper anspannt. Wie der Orgasmus immer näher und näher kommt.

Noch einmal werde ich schneller. Stoße mich tiefer in sie ein.

„Ja, ich komme gleich“, presst sie hervor.

Ich reibe ihren Kitzler, ficke sie schnell und hart und spüre, wie sich ihr Unterleib verkrampft. Sie kommt.

Laut stöhnt sie auf und presst die Luft wieder heraus. Ich ziehe meine Hand wieder zurück und halte ihre Knöchel nun mit beiden Händen fest. Ich ficke sie weiter. Hart und schnell, während sie unkontrolliert unter mir zuckt.

„Fuck“, stöhnt sie und zittert dabei.

Ich setze zum Finale an und packe sie erneut. An der Hüfte drehe ich sie auf den Bauch und ziehe sie zu mir an mein Becken. Dann dringe ich erneut in sie ein, was sie mit einem weiteren, lauten Stöhnen quittiert.

Von hinten vögele ich sie durch, bis ich ebenfalls zum Höhepunkt komme.

Laut schnaufend lasse ich meinen Oberkörper auf ihrem nieder. Ich kann hören, wie ihr Herz pocht und spüre, wie ihre Atmung mit jeder Sekunde ruhiger wird.

Ich packe sie und drücke sie runter aufs Bett und damit direkt in meine Arme. Vorsichtig streichle ich ihr über die nass geschwitzte Haut und streiche ihr eine Strähne aus dem Gesicht und ehe ich mich versehen kann, sind wir eingeschlafen.

3. Kapitel - Dany

Mein Kopf dröhnt, als ich aufwache und vorsichtig die Augen öffne. Die erste Nacht in der neuen Wohnung ist immer etwas Besonderes. Die Träume, die man in der Nacht in seinem neuen Bett hat, gehen in Erfüllung, so sagt man. Ich hoffe jedoch, dass sie sich nicht erfüllen werden, denn ich hatte einen wilden Traum. Ich war völlig hemmungslos und habe mich dem erstbesten Mann an den Hals geworfen, der mir über den Weg gelaufen ist. Wir hatten wilden Sex in seinem Penthouse hoch über den Wolken von Manhattan. Eine geradezu absurde Vorstellung, denn ich habe mir doch geschworen, fürs erste die Männerwelt hinter mir zu lassen.

Ich blinzle erneut und werfe einen Blick aus dem Fenster. War meine Aussicht vom Bett aus schon immer so ... gut? Sind das da hinten andere Wolkenkratzer? Und ... Wolken?

Langsam richte ich mich auf. Mein Mund ist trocken, denn ich habe Durst. Ich drehe mich auf die andere Seite vom Bett, denn irgendwo habe ich sicherlich meine Wasserflasche liegen lassen.

Doch auf das, was mich auf der anderen Seite des Bettes erwartet, bin ich nicht vorbereitet. Es ist ... ein Kopf! Ein Kopf mit dunkelbraunen Haaren!

Ich gucke mich noch einmal um. Der Boden ist zu sehen. Es stehen keine Kisten auf dem Boden und außerdem ist dieser Raum sicherlich viermal so groß wie mein kleines Zimmer irgendwo am Rande von Brooklyn. Mein Zimmer in Brooklyn, in dem ich gerade *nicht* bin.

Wo zum Teufel bin ich stattdessen?!

Panisch springe ich auf und bemerke dabei, dass ich vollkommen nackt bin. Und dann realisiere ich es langsam.

Es war kein Traum.

Es war die Realität.

Ich bin gestern Nacht mit einem Fremden mitgegangen, hatte Sex mit ihm und befinde mich jetzt noch in seiner Wohnung!

Mir wird heiß und kalt zugleich. Ich spüre, wie sich meine Kehle zusammenschnürt und Panik in mir aufsteigt.

Hastig sammle ich meine Sachen auf dem Boden zusammen, schlüpfe in meine schmuddelige Jeans, knüpfe den BH am Rücken zu und ziehe mir das T-Shirt über den Kopf. Während ich meine Socken und Schuhe suche, bemerke ich erst, in was für einer Wohnung ich mich hier befinde.

Sie ist riesig, sie ist luxuriös und sie ist ein absoluter Traum.

Noch einmal stecke ich meinen Kopf durch die Schlafzimmertür. Sollte ich diese Wohnung und den Kerl hier wirklich wieder verlassen? Sollte ich nicht zumindest nach seinen Namen fragen? Oder nach seiner Nummer? Vielleicht ist das hier der Anfang einer märchenhaften Liebesgeschichte?

Doch dann kommen die Erinnerungsbrocken von gestern Nacht wieder hoch. Die wilde, hemmungslose Dany, die sich ihm, ohne ein Wort zu sagen, an den Hals geworfen hat. Völlig willig. Völlig wild. Völlig *beschämend*.

Ich muss hier raus, bevor er mich sieht. Und so steige ich in meine Schuhe, husche durch den großzügigen Flurbereich und drücke auf den Knopf des Fahrstuhls, in der Hoffnung, dass er sich möglichst geräuschlos öffnet und ich hier verschwinden kann.

„Guten Morgen“, werde ich am Eingang im Erdgeschoss von einem Portier begrüßt.

Ein Portier!

Wo bin ich hier bloß gelandet?

Und mit wem war ich da im Bett?

Ich nicke ihm zu und untersuche meine Tasche nach meinem Handy. Immerhin das habe ich dabei. Erleichtert stelle ich fest, dass ich sogar an meinen Schlüssel gedacht habe. Doch als ich durch die gläserne Tür nach draußen trete und bemerke, dass die ersten Anzugträger bereits eilig durch die Straßen gehen, um zu ihren Meetings zu gelangen, breitet sich ein ganz unangenehmes Gefühl in mir aus.

Ich komme zu spät.

An meinem ersten Tag im neuen Job!

Komplett planlos renne ich los. Direkt auf den Eingang der U-Bahn zu und hoffe, dass mich irgendeine Bahn zurück nach Brooklyn bringen wird. Und ich habe Glück. Nur wenige Meter vor meiner Wohnung verlasse ich den Untergrund wieder und lege diese letzten Meter rennend und schnaubend zurück.

„Dany! Wo warst du?!“, begrüßt mich Marley, die gerade in der Küche steht und sich einen heißen Kaffee in einen Becher schüttet.

„Oh, kann ich davon auch einen haben?“, frage ich sie und ignoriere damit ihre Frage.

Verwirrt sieht sie mich an, widerspricht jedoch nicht und macht mir auch einen Becher mit dem dunklen Lebensretter voll.

„Oh, ich weiß es“, sagt sie schließlich und auf ihrem Gesicht breitet sich ein schelmisches Grinsen aus. „Bei dem heißen Kerl, mit dem du getanzt hast. Nicht wahr?!“

Ich kann spüren, wie ich rot anlaufe. „Erwähnen wir das besser nie wieder“, murmle ich und nehme ihr dann den vollen Becher vorsichtig ab, um einen Schluck daraus zu trinken. „Danke! Ich muss mich jetzt echt beeilen!“, verabschiede ich mich hastig und stürme dann in mein Zimmer. Schwungvoll öffne ich die Tür und verschütte dabei fast meinen Kaffee, weil sie nur zur Hälfte aufgeht und ich geräuschvoll eine volle Kiste treffe. „Mist!“, rufe ich laut, als ich das ganze Chaos in meinem Zimmer entdecke.

Ich suche nach einem Ablageplatz für meinen Kaffee und beginne dann, saubere Sachen aus meinen Koffern zu ziehen. Mein Outfit für die Arbeit wollte ich mir eigentlich gestern schon rauslegen, aber dazu bin ich nie gekommen. Und jetzt verfluche ich mich dafür.

Ich schnappe mir noch ein Handtuch, ziehe meine schmutzigen Sachen aus und binde mir das flauschige Stück Stoff um den Körper, um ins Bad zu gehen. Diese Dusche habe ich nach dem Umzug gestern und ... der Nacht bitter nötig.

Gut fühle ich mich zwar nicht, als ich das dampfende Badezimmer wieder verlasse, aber deutlich besser als noch vor einer Stunde.

Ich nehme den letzten Schluck meines Kaffee, glätte die Falte meines Blazers mit meiner Hand und werfe noch einen letzten, prüfenden Blick in den Spiegel. Ja. Viel besser als das Outfit von gestern Abend. Und dann stürme ich los. Zurück zur Haltestelle und zurück nach Manhattan. Nur wenige

Straßen weiter von dem Gebäude, das ich vor ein paar Stunden noch beschämt verlassen habe.

Ich spüre, wie meine Wangen glühen und rot werden, während ich daran denke. An mich in dieser Nacht. *Was ist bloß in mich gefahren?!* Ich kann es mir ja nicht mal selbst erklären. Betrunken war ich nicht. Ich kann also nicht dem Alkohol die Schuld in die Schuhe schieben. Aber als er vor mir stand, so groß, so männlich, so absolut umwerfend ... Mein Hirn hat einfach ausgesetzt.

„Miss Smith?", höre ich die Dame am Empfang meinen Namen rufen.

Ich erhebe mich von der schwarzen Lederbank, auf der ich eben noch Platz genommen habe, um mich beim Empfang in diesem riesigen Bürogebäude anzumelden. „Ja, hier!", sage ich laut und deutlich, hebe die Hand und gehe auf sie zu.

Sie überreicht mir eine Schlüsselkarte und lächelt mich an. „14. Stockwerk. Melden Sie sich einfach bei Diane am Empfang."

„Alles klar. Danke", murmle ich, nehme die Karte entgegen und eile auf den Fahrstuhl zu. Ich habe mich so beeilt, dass ich es zum Glück noch rechtzeitig geschafft habe und jetzt pünktlich zur Einführung erscheine. Ich drücke den Knopf und warte auf den Fahrstuhl. Und während sich die Tür vor mir öffnet, kommt mir ein Gedankenfetzen der letzten Nacht wieder in den Sinn. Der Fahrstuhl. *Sein Fahrstuhl.* Sobald sich die Türen vor uns geschlossen haben, sind wir quasi übereinander hergefallen. Wie wilde Tiere.

Ich schüttle beschämt den Kopf. So bin ich eigentlich nicht. So etwas habe ich noch nie gemacht. *In der Öffentlichkeit knutschen.* Und das, was wir auf der Tanzfläche veranstaltet haben, ging gut und gerne als Vorspiel durch. Ich spüre, wie mir allein bei dem Gedanken an ihm ganz heiß wird und wedele mir Luft zu. Ich atme tief durch, ehe ich das 14. Stockwerk erreicht habe, und verlasse so gelassen wie möglich den Aufzug. Ich muss mich jetzt konzentrieren. Auf den neuen Job und auf meine neuen Aufgaben. Es ist wichtig, dass ich ihn nicht gleich wieder verliere, denn sonst kann ich diese teure Stadt eigentlich sofort wieder verlassen.

„Hey, ich bin auf der Suche nach Diane“, sage ich unsicher, als ich an den Tresen trete und dort zwei Frauen mittleren Alters entdecke.

Beide blicken hoch und gucken mich streng an. Eine von ihnen, mit roten Haaren, schiebt sich die Brille mit dem Zeigefinger höher und mustert mich. „Gehörst du auch zu den Neuen?“, fragt sie mich nicht gerade freundlich.

Ich nicke. „Ja, genau. Ich bin ...“

Doch sie lässt mich nicht ausreden. Sie muss meinen Namen gar nicht erst hören, um zu wissen, wohin ich gehöre. Ohne ein weiteres Wort zu sagen, deutet sie bloß auf eine weiße Tür hinter ihr, um sich dann wieder dem Gespräch mit ihrer Kollegin zu widmen.

Etwas verunsichert, gehe ich an den beiden Damen vorbei und öffne vorsichtig die weiße Tür, hinter der bereits ein paar andere Leute sitzen. Genau wie ich wirken sie nervös und gucken erwartungsvoll hoch, als ich den Raum betrete. Doch als sie bemerken, dass ich ebenfalls nur eine von den Neuen bin, schauen sie wieder runter auf ihre Zeitschriften, iPads und Handys.

Alle, bis auf eine. „Hey“, begrüßt mich eine junge, rothaarige Frau mit leuchtend blauen Augen. „Ich bin Keira.

Und du?“, fragt sie mich und klopft dabei auf den freien Stuhl neben sich.

Erleichtert, dass mich überhaupt wer anspricht und ich nicht ganz so verloren im Raum herumstehe, gehe ich auf sie zu und lasse mich neben ihr nieder. „Dany. Ich bin Dany“, stelle ich mich vor.

„Du fängst hier auch neu an?“, beginnt sie das Gespräch sofort.

„Ja, genau.“

Kurz tauschen wir uns aus und ich erfahre, dass sie eine waschechte New Yorkerin ist und es kaum erwarten kann, in ausgerechnet dieser Firma anzufangen. Sie wartet schon so lange auf diese Gelegenheit.

Ich fühle mich fast schon schuldig, dass ich vorher noch nie etwas von diesem Unternehmen gehört habe und mich bloß auf gut Glück hier beworben habe. Genau wie bei fast allen anderen Unternehmen in Manhattan auch.

Keira plappert fröhlich weiter, während immer mehr neue Angestellte zu uns in den Raum kommen und darauf warten, dass es endlich weitergeht.

Schließlich öffnet sich die Tür ein letztes Mal. Die rothaarige Frau vom Empfang kommt herein und blickt uns alle der Reihe nach an. Nun lächelt sie. „Dann folgen Sie mir mal“, sagt sie und sofort erheben sich alle.

Sie führt uns raus. Weiter in einen langen Flur, von dem viele Einzelbüros abgehen und dann weiter in ein Großraumbüro mit vielen, leeren Schreibtischen. *Unseren Schreibtischen.*

„Suchen Sie sich einen Platz aus“, sagt sie und wieder stürmen alle los.

Ehe ich mich für einen Tisch entscheiden kann, höre ich auch schon die schrille Stimme von Keira meinen Namen rufen. „Dany! Hier!“, sagt sie und winkt mir zu.

Sie hat bereits zwei Schreibtische nebeneinander gesichert. „Damit wir zwischendurch quatschen können“, verrät sie mir verschwörerisch.

Ich bin dankbar über ihren Einsatz. Auch, weil es die guten Schreibtische an der Wand sind. Nicht die im Gang. Und auch, weil sie sich von all den Neuen hier ausgerechnet mich als ihre Verbündete ausgesucht hat. Und ich weiß, wie wertvoll so etwas in so einem Büro sein kann.

Zufrieden lasse ich mich auf dem ergonomischen Stuhl fallen und rücke den großen Monitor zurecht, der von heute an mehrere Stunden am Tag meine Aufmerksamkeit bekommen wird.

Die Rothaarige vom Empfang verteilt Zettel an uns, auf dem sie die wichtigsten Regeln und Zugangsdaten notiert hat. „Findet euch kurz zurecht. Ich hole euch gleich für einen kleinen Rundgang durch das Gebäude wieder ab“, sagt sie und ignoriert die nach oben schnellenden Hände meiner Kollegen, die noch eine Frage haben.

Ich vernehme ein aufgeregtes Kichern neben mir.

Überglücklich streichelt Keira ihren neuen Schreibtisch, den Stuhl, auf dem sie sitzt und die Stifte, die in der Ablage vor ihr liegen. „Kannst du glauben, dass wir endlich hier sind? Und hier sitzen?!“, fragt sie mich vollkommen euphorisch.

Ich kann die Aufregung nicht ganz nachvollziehen. Es ist schließlich nur ein Assistentenjob. Trotzdem nicke ich. „Ja, totaler Wahnsinn“, stimme ich ihr zu und sehe dabei zu, wie sie sich überglücklich wieder von mir wegdreht.

Sie startet ihren Computer und folgt den Anweisungen auf dem Zettel, um sich einen Zugang zu sichern und ich tue es ihr gleich.

Nach nicht mal einer Stunde erhalten wir die versprochene Führung durch das Bürogebäude. Diane, die rothaarige Dame vom Empfang, zeigt uns alle für uns wichtigen Einrichtungen, die Fluchtwege und die Kantine. Danach fährt sie mit uns nach oben, „um einen Anreiz zu haben, motiviert zu arbeiten", wie sie sagt.

Ich kann förmlich spüren, wie Keiras Herz schneller schlägt, als wir in den Fahrstuhl steigen und ganz nach oben fahren.

„Die Chefetage", murmelt sie und macht den Eindruck, gleich umzukippen.

„Beruhig dich", flüstere ich ihr zu und angespannt hält sie die Luft an, bis wir angekommen sind.

Vorsichtig steigen wir alle aus dem Fahrstuhl und finden uns im Flur ein, der ganz anders wirkt, als der Flur in unserer Etage. Alles ist so hell, so edel, so luxuriös. Es erinnert mich fast ein bisschen an die Lobby, durch die ich heute Morgen noch gestürmt bin.

Wir marschieren über den auf Hochglanz polierten Marmorboden und die zwei Frauen neben mir unterhalten sich über die üppigen Grünpflanzen. Sie sehen so perfekt aus, dass sie sich fragen, ob sie wohl echt sind. Doch dann kommt uns ein Mann in einem grünen Overall entgegen, der die Pflanzen gießt. Und damit wäre ihre Frage auch beantwortet.

Wir gehen weiter und man zeigt uns all die Konferenzräume mit den großen Tischen, an denen wir niemals sitzen werden. Die Eckbüros der Chefs, mit den

Schreibtischen der Sekretäre davor und die traumhaften Wartebereiche mit den weichen Ledersesseln für die Gäste des Vorstandes.

„Es wäre ein Traum, eines Tages auf dieser Etage arbeiten zu dürfen", höre ich Keira neben mir seufzen.

Ich blicke in ihre verträumten Augen, die sich schlagartig weiten.

„Was ist los?", frage ich besorgt und folge ihrem Blick.

Zwei Männer, einer blond und der andere dunkelhaarig, gehen gelassen durch einen der mit Glaswänden versehenen Konferenzräume und plaudern miteinander.

„Wer ist das?", frage ich ahnungslos und lasse die beiden Herren dabei nicht aus dem Blick.

„Wer das ist?!", wiederholt sie und sieht mich dabei entgeistert an. „Das weißt du nicht?"

Ich gucke noch einmal genauer hin. Doch bis auf breite Schultern und einen gut sitzenden Anzug erkenne ich nicht viel. Sie stehen mit dem Rücken zu uns.

„Muss ich die kennen?"

Keira schnappt nach Luft und versucht, sich wieder zu beruhigen. Dann legt sie ihre kleine Hand auf meine Schulter. „Das da, der Kerl mit den dunklen Haaren, das ist der CEO dieser Firma. James Parker. Du hast sicherlich schon mal von ihm gehört. Erst vor kurzem wurde er zu New York Citys begehrtesten Junggesellen ernannt und seitdem ist so gut wie jede Frau hier scharf auf ihn."

Ich blicke mich um und sehe nun, dass auch die anderen weiblichen Kolleginnen ihn schmachtend ansehen. In dem Moment dreht er sich um und entdeckt uns. Er bedenkt uns alle mit einem flüchtigen Lächeln, ehe er sich wieder den Worten seines Kollegen widmet.

Doch dieses flüchtige Lächeln hat ausgereicht, um zu erkennen, dass *er* es ist.

„Dany? Was ist denn?“, höre ich Keira sagen. „Du bist auf einmal ganz blass.“

Ich spüre, wie meine Hände schweißnass werden. Wie sich kalter Schweiß auf meiner Stirn bildet und mir augenblicklich ganz übel wird.

Das ist er.

Er.

Der Mann von gestern Nacht.

Mein One Night Stand!

Der Mann, dem ich eigentlich nie wieder begegnen wollte.

Ausgerechnet *hier*.

„Der ist dann also unser Boss?“, frage ich verunsichert und deute mit meinem Kinn in die Richtung von ihm.

„Genau. Kaum zu glauben, oder? Er ist erst 32 und leitet trotzdem dieses riesige Unternehmen. Und dazu sieht er auch noch so verboten gut aus“, plappert Keira fröhlich drauf los, während wir unsere Führung fortsetzen. „Aber natürlich werden wir nie mit ihm zu tun haben. Ich meine … wir sind bloß unwichtige Assistentinnen. Er ist der große CEO. Wahrscheinlich wird das hier das einzige Mal gewesen sein, dass wir ihm jemals gegenüberstehen werden.“

„Echt?“, frage ich und schöpfe auf einmal wieder Hoffnung. In meinem Kopf habe ich mir bereits vorgestellt, wie ich ihm hier jetzt täglich über den Weg laufen muss. Ihm Kaffee bringe oder wichtige Unterlagen kopieren muss.

„Ja, klar. Wieso sollte der auch mit uns zusammenarbeiten? Wir haben doch ohnehin nichts zu sagen. Das geht alles weiter an Diane und die wiederum spricht dann mit seinen Assistenten."

Ich lasse mir ihre Worte durch den Kopf gehen, die absolut Sinn ergeben.

Ich bin die kleine Assistentin irgendwo unten im Gebäude. Er der große Bigboss ganz oben. Natürlich werden wir nichts miteinander zu tun haben. Wieso auch?!

Erleichtert atme ich aus. Das bedeutet nur noch, dass der Kerl, mit dem ich diese Nacht im Bett war, mein Boss ist. Aber nicht, dass ich mit ihm zusammenarbeiten werde. Wahrscheinlich bekommt er nicht mal mit, dass ich hier bin. Wie auch?!

„Wäre natürlich toll, wenn er uns doch mal zu einem Projekt dazu holen würde, oder? Ich meine ... Ich würde ihm gegenüber wahrscheinlich ohnehin kein Wort rausbringen. Aber ihn einmal bei seiner Arbeit erleben. Ihm dabei zusehen, wie er all die Milliardendeals abschließt ... Das wäre ein Traum." Keira erzählt weiter, während meine Gedanken sich wieder verselbstständigen.

Ich befinde mich plötzlich wieder in seinem dicken Auto mit den verdunkelten Scheiben und klettere wie selbstverständlich auf seinen Schoß. Meine Hände fahren über seine gestärkte Brust. Meine Beine reiben sich gegen seine harte Männlichkeit ... Mir wird ganz heiß bei dem Gedanken.

„Dany?", höre ich sie meinen Namen sagen. „Ist das normal? Bist du immer so abwesend? In einem Moment bist du noch voll bei mir und hörst mir zu und im anderen bist du plötzlich ganz woanders."

„Sorry", murmle ich und reibe mir die Schläfe. „Ich bin gestern erst umgezogen und die Nacht war sehr, sehr kurz", erkläre ich ihr.

„Gestern erst? Wow? Von wo denn?"

Innerlich stöhne ich auf. Ich habe keine Lust über meine Vergangenheit zu sprechen. Aber ich wusste, dass der Moment irgendwann kommen wird. „Ach, ein winziges Dorf in Georgia."

„Georgia", wiederholt sie beeindruckt. „Dann bist du ja total weit weg von deiner Familie und deinen Freunden."

Ich zwinge mich zu einem Lächeln. „Ja, genau. Aber es war schon immer mein Traum, einmal in New York City zu leben. Daher habe ich das auf mich genommen", sage ich, ohne ihr zu verraten, dass es vielmehr eine Flucht als ein Lebenstraum gewesen ist.

„Klar, verstehe ich total", erwidert sie lächelnd. Ihre blauen Augen leuchten dabei noch mehr als sonst. „New York City ist auch einfach ein einzigartiger Ort. Ich liebe es, hier zu wohnen und ich bin meinen Eltern sehr dankbar, dass sie damals nicht auf meine Granny gehört haben und mich in der Stadt statt auf dem Land großgezogen haben." Herzlich lacht sie und schüttelt den Kopf, während sie sich an den Streit zwischen ihren Eltern und ihrer Grandma erinnert.

Ich lausche weiter ihren Worten und spüre, wie ich wieder ruhiger werde. Die Begegnung mit ihm, James Parker, hat mich doch ganz schön aus der Bahn geworfen. Aber es gibt keinen Grund mir Sorgen zu machen, ihm plötzlich und unerwartet gegenüber zu stehen. Wahrscheinlich nutzt er nicht mal denselben Eingang, wie wir gewöhnlichen Angestellten.

„Dany Smith?“, höre ich plötzlich eine weibliche Stimme sagen.

Überrascht tausche ich einen Blick mit Keira aus, die mir aufmunternd zunickt.

„Ja?“, sage ich unsicher, während die blonde, junge Frau mit dem Notizblock in der Hand näherkommt. „Ich bin Dany Smith“, sage ich nun laut und deutlich.

Die Frau blickt mich genau so verwirrt an, wie ich sie. „Du sollst hochkommen“, sagt sie und kontrolliert noch einmal den Namen auf ihrem Notizzettel.

„Hochkommen?“, wiederhole ich und blicke mich hilfesuchend nach Keira um. Vielleicht weiß sie ja, was damit gemeint ist. Doch die zuckt bloß mit den Schultern.

„Der Boss will dich sehen.“

„Der Boss?“, wiederhole ich erneut ihre Worte, weil ich es nicht glauben kann.

Genervt verdreht sie die Augen. „Ja. Der Boss. Mr. Parker“, sagt sie langsam und deutlich. Sie hält mich wahrscheinlich für total blöd, weil ich all ihre Worte wiederholen muss, um zu kapieren, was sie von mir will.

„Mr. Parker“, flüstere ich vorsichtig und spüre erneut, wie sich der kalte Angstschweiß auf meiner Stirn bildet. Wie mein Herz ein bisschen schneller schlägt und meine Hände ganz nass werden. „James Parker will mich sehen?“, frage ich sie, obwohl ich das gar nicht will. Denn ihre Worte waren deutlich genug. Trotzdem kann ich nicht glauben, was ich da gerade höre.

Was zum Teufel will er von mir?

Er hat mich doch vorhin gar nicht gesehen, oder? Da standen so viele Frauen. So viele, die ihn angestarrt haben. Und er hat uns bloß eine Millisekunde angeguckt. Da kann er mich doch nicht erkannt haben. *Richtig?!*

„Kennst du noch einen anderen Mr. Parker, der hier der CEO ist?", mault sie mich nun unfreundlich an. Und wahrscheinlich habe ich es verdient. „Er wartet nicht gerne. Wenn du also so gütig wärst ..." Mit ihren Blicken scheucht sie mich von meinem Platz hoch und bringt mich zum Fahrstuhl.

Ich fühle mich wie ein Schulkind, das etwas angestellt hat und nun zum Direktor gerufen wird, um seine angemessene Strafe zu erhalten. Oder wie eine Teenagerin, die beim Ladendiebstahl erwischt wurde und nun zum Kaufhausdetektiv muss. Mein gesamter Körper kribbelt, meine Ohren rauschen und ich bekomme diesen Tunnelblick, der dafür sorgt, dass meine Umgebung ausgeblendet wird.

Was will James Parker von mir?

Ich kenne die Antwort eigentlich schon: Er wird mich feuern. Ganz sicher. Er wird behaupten, dass es einen Fehler gegeben hat. Dass ich diese Stelle hier eigentlich nie bekommen sollte. Als Strafe, weil ich ohne ein Wort zu sagen, einfach aus seiner Wohnung verschwunden bin.

Was sollte er sonst von mir wollen?

Die blonde Frau drückt den Knopf auf dem Fahrstuhl und wir steigen ein.

„Was könnte er von mir wollen?", frage ich sie und hoffe auf eine Verwechslung. Vielleicht hat sie sich vertan. Vielleicht hat sie den Namen falsch gelesen. Vielleicht wurde eine Tani Smitt gesucht. Oder eine andere Dany Smith. Aber ganz bestimmt nicht ich.

„Woher soll ich das wissen?", zischt sie mich an und blickt mich von oben herab an.

Puh. Bei der habe ich wohl endgültig verkackt.

Wir erreichen das oberste Stockwerk und sie führt mich geradewegs durch den langen Flur. Vor einer hölzernen Tür bleiben wir stehen und dann klopft sie dreimal kräftig.

Das Herz schlägt mir bis zum Hals. Ich habe das Gefühl, dass ich gleich umkippen werde. Oder dass ich ihm direkt vor die Füße kotzen werde, wenn ich mich nicht gleich unter Kontrolle bekomme.

Wieso musste ich gestern auch noch das Haus verlassen?

Wieso bin ich nicht einfach nach Hause gefahren?

Und wieso habe ich meinen Vorsatz über Board geworfen und mit einem Fremden geschlafen?!

Wieso nur?!

„Herein!“, höre ich eine tiefe, männliche Stimme von innen rufen. Mein Magen dreht sich um. Das ist er.

„Du hast ihn gehört. Geh!“, sagt die unfreundliche Blondine zu mir und überlässt mich dann meinem Schicksal.

Langsam drücke ich die goldene Türklinke herunter, gehe mutig einen Schritt durch den geöffneten Türspalt, und ohne aufzublicken schließe ich die Tür hinter mir wieder. Ich atme einmal tief durch und lasse meinen Blick durch den Raum wandern. Bis ich *ihn* entdeckt habe. James. James Parker.

Der Mann, dessen Schwanz ich gestern noch in mir hatte.

Oh Gott. Daran darf ich nicht denken. Nicht in diesem Büro. Nicht, während er vor mir steht. So groß. So männlich. So absolut bedrohlich. Und gleichzeitig so absolut heiß.

„Hi“, sage ich kleinlaut und gehe mit winzigen Schritten auf ihn zu.

Er steht vor den bodentiefen Fenstern und sieht mir erwartungsvoll dabei zu, wie ich immer näherkomme. In dem dunklen Designeranzug sieht er geradezu verboten gut aus, was nicht gerade dafür sorgt, dass ich mich besser fühle.

„Hey", sagt er. Sein Gesicht ist ernst. Nicht mal der Anflug eines Lächelns ist zu erkennen.

Schlecht. Ganz schlecht.

„Setz dich." Er deutet auf den Stuhl vor seinem Schreibtisch und nimmt selber im Chefsessel Platz. Dann faltet er die Hände und platziert sie mitten auf dem Tisch, während er mir tief in die Augen blickt. „So sieht man sich also wieder."

4. Kapitel - James

Zufrieden strecke ich alle Viere von mir. Was für ein Abend! Was für eine Nacht! Dass ich so eine Frau in diesem Club kennenlerne, hätte ich niemals für möglich gehalten.

Noch einmal lasse ich den göttlichen Moment Revue passieren, als sie sich mir quasi wortlos um den Hals geworfen hat. Völlig angstfrei. Völlig hemmungslos. Und völlig wild.

Genau wie ich es mag. Genau so, wie ich es schon so lange nicht mehr erlebt habe.

Um genau zu sein: Seitdem mein Gesicht auf dem dämlichen Magazin-Cover erschienen ist und ganz New York City weiß, dass ich ein milliardenschwerer Single bin.

Ich drehe mich nach ihr um. Nach der kleinen, scharfen Raubkatze, um sie noch einmal zu vernaschen, ehe mich der Alltag wiederhat und ich im Büro erscheinen muss. Doch als ich mich nach ihr umdrehe, ist sie nicht mehr da.

Verwirrt schlage ich die Decke auf.

Weg.

Sie ist einfach weg!

Ich stehe auf und reibe mir die müden Augen. Auch ihre Klamotten sind verschwunden. Und ihre Schuhe. Nicht mal einen Zettel hat sie mir hinterlassen oder eine Botschaft auf dem Spiegel im Badezimmer. Gar nichts.

Nackt bleibe ich in meinem Wohnzimmer stehen.

Wow.

So etwas ist mir noch nie passiert. Ich weiß gar nicht, wie ich damit umgehen soll. Ich bin einerseits erstaunt. Ich habe nicht den tiefsten Schlaf und sie muss sich praktisch lautlos aus meiner riesigen Wohnung geschlichen haben. Andererseits bin ich auch ... ich weiß es nicht. Verärgert? Weil sie mich einfach hat liegen lassen?

Nein. Verärgert bin ich nicht.

Vielmehr beeindruckt von ihrer absolut coolen Art. Erst der Auftritt im Club, dann dieser Abgang.

Nicht schlecht.

Ungläubig reibe ich mir das bärtige Kinn und kann noch immer nicht glauben, dass ausgerechnet mir so etwas passiert ist. Sonst bin ich es immer, der sich heimlich davonschleicht, wenn ich merke, dass die Frau mal wieder nur hinter meinem Geld her ist.

Doch ich habe nicht lange Zeit, um darüber nachzudenken. Ich muss ins Büro.

Hastig steige ich unter das heiße Wasser meiner Dusche, mache mich fertig und lasse mich dann zur Firma bringen.

Wie immer werde ich höflich von meinen Angestellten begrüßt und auf meinem Schreibtisch stapeln sich bereits all die verpassten Anrufe, die mir in meiner Abwesenheit entgangen sind.

„Was steht heute an, Helen?“, rufe ich meiner Assistentin zu, die sofort von ihrem Schreibtisch aufsteht und zu mir ins Büro kommt.

In der Hand hält sie ihr fein säuberlich geführtes Notizbuch. „Ein paar Meetings. Ein wichtiges Telefonat mit China und außerdem fangen die neuen Mitarbeiter heute an. Es wäre schön, wenn Sie ein paar Worte an sie richten könnten“, sagt sie vorsichtig.

Ich lehne mich weit in meinem Stuhl zurück und denke darüber nach. „Schicken Sie Ihnen in meinem Namen eine

Begrüßungsmail. Ich fürchte, ich werde keine Zeit haben, die Neuen persönlich zu begrüßen", erwidere ich. Das stimmt zwar nicht so ganz, denn für seine Mitarbeiter sollten man diese paar Minuten immer freischaufeln können, doch um ehrlich zu sein, möchte ich den Neuen, vor allem den weiblichen, nicht persönlich über den Weg laufen müssen. Viele von ihnen fangen nämlich nur hier an, um sich an mich ranmachen zu können. Weil sie den Artikel in der Zeitschrift auch gelesen haben.

Ich seufze laut auf und bemerke Helens verwirrten Blick. Schnell gebe ich ihr zu verstehen, dass das nichts mit ihr zu tun hat. Denn gerade verfluche ich Steve innerlich, weil er mich zu diesem Interview gedrängt hat. Er hat es mir schmackhaft gemacht, indem er behauptet hat, dass es gut ankommen würde. Bei zukünftigen Geschäftspartnern und beim Vorstand. Doch was hat es mir stattdessen gebracht?

Nur einen Haufen Probleme.

„Sie können wieder gehen, Helen", sage ich und widme mich dann meiner Arbeit.

Während eines Gesprächs mit Steve bemerke ich, dass ich angestarrt werde. Durch die gläsernen Wände des Konferenzraumes. Ich verdrehe die Augen.

„Sind das die neuen Angestellten?", will Steve wissen und blickt raus.

Ich nicke. „Das werden sie sein." Demonstrativ drehe ich mich von ihnen weg, doch Steve schaut genau in ihre Richtung.

„Mh", macht er und grinst anzüglich. „Da sind echt ein paar heiße Schnitten bei", sagt er abwertend und ich schüttle den Kopf.

„Wann hörst du endlich damit auf?"

„Womit?“, entgegnet er unschuldig. Er weiß genau, was ich meine.

„Na, jeder Frau hinterher zu starren und sie bloß als nächste Kerbe in deinem Bettpfosten zu sehen.“

Steve lacht laut auf und klopft mir auf die Schulter. „Ich genieße halt mein Leben. Solltest du auch mal versuchen, Kumpel.“

Noch einmal schüttle ich ungläubig den Kopf, während ich beobachte, wie Steve jede einzelne der Frauen mit seinen Blicken auszieht. Manchmal kann ich selbst kaum glauben, dass ich ihn als meinen besten Freund bezeichne. Aber wir kennen uns schon so lange, dass ich weiß, dass er im Grunde genommen ein guter Kerl ist, auf den man sich jederzeit verlassen kann. Er ist immer für seine Familie da und behandelt seine kleine Schwester wie eine Heilige. Er macht gerade vielleicht einfach nur eine Phase durch, die durch die verpatzte Verlobung ausgelöst wurde. Wer kann es ihm schon verübeln?

„Mh, kennen wir die nicht?“, reißt er mich schließlich aus meinen Gedanken und deutet auf eine junge Frau in ihren 20ern.

Ich blicke rüber und sofort breitet sich ein Lächeln auf meinem Gesicht aus. „Oh ja“, erwidere ich und kann kaum glauben, dass uns das Schicksal so schnell wieder zusammengeführt hat. „Das ist sie.“

„Wie ging es da eigentlich noch mit euch weiter? Ich habe euch noch auf der Tanzfläche rummachen sehen und dann warst du auch schon weg“, sagt Steve, dem ich noch gar nicht von meiner Nacht berichtet habe. Er ist zwar mein bester Freund, doch alles muss er nicht von mir wissen. Nicht, wenn es solche pikanten Dinge sind.

Statt einer Antwort schenke ich ihm bloß ein vielsagendes Lächeln. Er wird sich den Teil schon denken.

Flüchtig werfe ich noch einmal einen Blick auf die brünette Raubkatze von gestern Nacht und plötzlich kommt mir eine Idee...

„So sieht man sich also wieder“, sage ich, als Dany mein Büro betritt und mich mit ihren großen, blauen Augen ängstlich ansieht. Ich freue mich, sie zu sehen. Ehrlich. Doch ich versuche, mir meine Freude nicht anmerken zu lassen. Denn es geht hier ums Geschäft. Ich will ihr ein Angebot unterbreiten.

Ich falte die Hände vor meinem Körper zusammen und betrachte sie. Sie sieht anders aus als gestern Nacht. Die weiße Seidenbluse steht ihr. Der knielange Rock schmiegt sich perfekt an ihre weiblichen Rundungen und die braunen Haare fallen samtig über ihre schmalen Schultern. Und sie *wirkt* auch anders.

„Ich wusste es nicht“, murmelt sie nervös und spielt dabei mit ihren Fingern. Sie versucht meinem Blick standzuhalten, guckt aber immer wieder ängstlich auf ihre Hände.

„Du wusstest es nicht?“, wiederhole ich und bemerke, wie sich meine Mundwinkel verselbstständigen und sich zu einem leichten Lächeln verformen. Ihr Anblick löst etwas in mir aus. Ich kann in ihrer Gegenwart nicht der ernste Geschäftsmann sein.

„Dass du ... äh Sie ... ich wusste nicht, dass Sie der CEO dieser Firma sind“, stammelt sie und versucht, sich dabei zu beruhigen.

Ich verunsichere sie. Gestern war ich bloß der Kerl im Club. Der, den sie einfach hat liegen lassen, nachdem sie ihn für ihre Zwecke benutzt hat. Und heute bin ich der CEO und ihr Boss. Der, der jeden ihrer Schritte genau beobachtet und dafür sorgen könnte, dass sie hier und jetzt ihren Job wieder verliert.

Ich würde lügen, würde ich behaupten, dass es mir nicht gefällt. Ich genieße es, diese Macht über sie zu haben und dass ich so mit ihr spielen kann. Aber nur, weil ich weiß, dass sie auch ganz anders sein kann.

Ich suche Blickkontakt zu ihr, doch sie traut sich noch immer nicht den Kopf wieder zu heben und mir direkt in die Augen zu sehen.

Ich wüsste nur zu gerne, was gerade in ihrem Kopf vorgeht. Was sie wohl denkt, warum sie hier ist?

„Du wusstest nicht, dass ich James Parker bin?“, frage ich sie.

„Nein. Ich bin gerade erst nach New York gezogen“, erklärt sie mir.

„Du wusstest also auch nicht, für wen du demnächst arbeiten wirst?“, ziehe ich sie ein wenig auf. Ich persönlich würde mich immer über meinen zukünftigen Boss informieren. Ich weiß aber auch, dass das nicht bei allen der Fall ist. Vor allem, wenn man in so einer niedrigen Position wie sie einsteigt und über jede Art von Job froh ist. Ich beobachte, wie sie wieder auf ihre Hände blickt und sich eine Antwort überlegt und ziehe meine Frage wieder zurück. „Schon gut. Du musst darauf nicht antworten. Um ehrlich zu sein, finde ich es ganz erfrischend, dass du nicht weißt, wer ich bin“, erzähle ich ihr. Denn vor knapp einer Stunde habe ich mich noch über die Neuen aufgeregt, die nur hier sind, um sich an mich ranmachen zu können. Da werde ich sie sicher nicht dafür verurteilen, dass sie nicht weiß, wer ich bin. Ganz im Gegenteil.

Erleichtert atmet sie aus. „Das mit heute Morgen", beginnt sie, doch auch das wische ich mit einer Handbewegung weg.

„Du musstest schnell los, um dich für deinen neuen Job fertig zu machen. Das verstehe ich voll und ganz."

Noch einmal hebt sich ihr Brustkorb erleichtert und sie stößt einen tiefen Luftstoß aus. Die Last, die von ihr abfällt, ist riesig. Das kann ich sehen. Sie hält sich an den Armlehnen ihres Stuhles fest und will schon wieder aufstehen. Doch ich bin noch nicht fertig.

„Ich habe dich nicht hergeholt, um dich in der Firma willkommen zu heißen oder um über gestern Nacht zu reden. Es gibt noch einen anderen Grund."

Versteinert fällt sie wieder in ihren Stuhl zurück und mit ernster Miene sieht sie mich an. „Ja? Welchen denn?"

Ich atme tief durch, lasse mich noch einmal in das weiche Polster meines Stuhles fallen und stehe dann auf. Ich spüre ihren ängstlichen und nervösen Blick auf mir. Es gefällt mir. Gestern, als sie noch nicht wusste, wer ich bin, war sie mir so überlegen. Und heute ... heute hat sich das Blatt vollkommen gewendet. Doch ich weiß, dass das Wilde noch immer in ihr steckt. Ich lehne mich gegen meinen Schreibtisch und sitze nun fast neben ihr. Von oben herab blicke ich auf sie herunter. Ich kann den betörenden Duft riechen, der von ihr ausgeht, und sauge ihn tief in mich ein. Mh. Sofort kommt mir unsere Nacht wieder in den Sinn. Der Moment auf der Tanzfläche, als sie ihren zierlichen Körper gegen meinen gepresst hat. Die Stunden in meinem Bett. Ihre Lippen auf meinen. Mein Schwanz in ihr ...

Ich muss mich sammeln, um mich wieder auf meinen Deal mit ihr zu konzentrieren. Ich weiß, dass ich mir damit einige

Probleme vom Hals halten könnte und dass sie die Richtige dafür wäre. Endlich würde wieder Ruhe in mein Leben kehren.

Ihre großen, blauen Augen liegen nun auf mir. Erwartungsvoll starrt sie mich an. Noch immer ängstlich und nervös. Sie hat überhaupt keine Ahnung, was ich eigentlich von ihr will.

„Ich möchte dir etwas vorschlagen", sage ich schließlich und kann mir ein leichtes Grinsen nicht verkneifen. Die Idee ist fast schon absurd. Gleichzeitig aber auch so genial. „Sei meine Freundin."

5. Kapitel - Dany

„Sei meine Freundin“, die Worte hallen in meinem Kopf wieder. Doch ich verstehe sie nicht. Was meint er damit? Er, der große James Parker. Wieso sagt er so etwas? Wieso schlägt er mir so etwas vor?

„Deine Freundin?“, wiederhole ich vollkommen verwirrt. Ich blicke mich um. Ich sitze doch noch immer in seinem schicken, verglasten Büro hoch über Manhattan, oder? Und er ist noch immer der CEO der Firma, in der ich gerade als Assistentin angefangen habe, richtig?

Unauffällig versuche ich, mir in den Arm zu kneifen und als ich den stechenden Schmerz spüre, bin ich mir sicher, dass das hier kein Traum ist.

„Deine Freundin...“, wiederhole ich noch einmal und spüre seinen bohrenden Blick auf mir. Er erwartet eine Antwort. Doch wie kann er eine Antwort erwarten, wenn ich die Frage nicht verstehe. „Ich weiß nicht...“, sage ich daher unsicher. Denn ich weiß es nicht. Wieso? Warum?

Jetzt lacht er. Endlich. Die ganze Zeit über war er so ernst. So ruhig. So absolut bedrohlich. Ich habe mich richtig klein gefühlt in diesem riesigen Stuhl und in diesem riesigen Büro. Komplett fehl am Platz und irgendwie ... unbedeutend. Als ob ich nicht hier sein dürfte. Und jetzt fragt er mich, nein, er sagt mir, dass ich seine Freundin sein soll?

James nimmt wieder hinter dem Schreibtisch Platz. Zum Glück, denn sein viel zu attraktiver Duft hat mein Gehirn erst recht dazu gezwungen, sich einfach abzuschalten. Ich konnte neben ihm nicht mehr klar denken. Genau wie gestern Abend...

„Vor einigen Wochen ist ein Interview mit mir in einer Zeitschrift erschienen“, beginnt er und ich nicke. Davon hat Keira erzählt. „Sie haben mich unglücklicherweise zum begehrtesten Junggesellen New York Citys gekürt. Ein schmeichelnder Titel und manch anderer wäre vielleicht froh über all die Aufmerksamkeit von Frauen, doch ich habe, um ehrlich zu sein, gerade keine Zeit für eine Beziehung.“

Ich nicke erneut, verstehe aber nun gar nichts mehr. Hat er nicht eben noch gefragt, ob ich seine Freundin sein will?

„Du fragst dich jetzt sicherlich, was du damit zu tun hast“, sagt er und lacht dabei. Kaum merklich schüttelt er den Kopf. Vielleicht versteht auch er jetzt endlich, wie merkwürdig sein Vorschlag ist?

„Ich bin jedenfalls auf der Suche nach einer Frau, die meine Freundin spielt.“

„Ah“, mache ich, weil der Groschen nun endlich auch bei mir fällt. Doch diese Information sorgt eigentlich nur für noch mehr Fragen. „Aber wieso ich?“, lautet meine erste, die ich direkt ausspreche.

Wieder grinst er und verschränkt seine Hände vor der Brust. Er atmet tief durch und sieht mir dabei direkt in die Augen. Dann holt er einen Vertrag hervor und legt ihn mir vor.

„Ich habe einfach das Gefühl, dass du eine gute Fake-Freundin wärst“, sagt er und legt mir neben dem Vertrag auch noch einen Kugelschreiber hin. „Was sagst du?“

Ich werfe einen Blick auf die Seiten vor mir, die mit lauter Regeln bezüglich unserer Fake-Beziehung bestückt sind. Ich soll für mindestens sechs Monate vorgeben, in einer Beziehung mit ihm zu sein. Anfangs treffen wir uns zweimal die Woche in der Öffentlichkeit. Danach muss ich auch bei ihm übernachten. Gemeinsame Urlaube werden natürlich auch unternommen, um den Schein zu wahren.

Ich darf keine anderen Männer treffen und natürlich niemandem erzählen, dass ich diese Fake-Beziehung mit ihm führe. Auch darf ich keine Fragen von der Presse über uns beantworten.

Es soll so aussehen, als ob wir uns schon länger daten würden. Lange, bevor ich die Stelle in der Firma angenommen habe, die ich aber auch nur ausführe, um in seiner Nähe zu sein. Irgendwann platzt mir dann vor einer meiner Kolleginnen die Nachricht raus, die sich natürlich wie ein Lauffeuer in der Firma und schließlich auch in ganz New York verbreitet. Und ist dann erst einmal bekannt, dass James und ich ein Paar sind, geht es mit den ganzen offiziellen Auftritten weiter. Charity Events, wichtige Dinner, Fotos auf dem roten Teppich.

Ich schlucke. Will ich das wirklich? Will ich die Freundin von einer Person sein, die in der Öffentlichkeit steht?

„Natürlich springt auch was für dich dabei raus", sagt er, nachdem er mir etwas Zeit gegeben hat, um mir den Vertrag durchzulesen. Er holt einen weiteren Zettel hervor. Ein Zettel, auf dem mehrere große Summen stehen. Dahinter ein Dollarzeichen.

Wieder schlucke ich. „100.000 Dollar für den ersten Monat. 200.000 für die nächsten drei und solltest du die sechs Monate geschafft haben, winken noch einmal 200.000 Dollar. Plus die ganzen Einladungen, Urlaube und Geschenke, die ich dir als meine Freundin mache."

Eine halbe Million Dollar, um sechs Monate lang seine Freundin zu spielen? Dazu all die Besuche auf exklusiven Partys, in Restaurants und Urlaubsorte, an die ich wahrscheinlich niemals kommen würde?

Ich atme tief durch und gehe in mich. Ich könnte das Geld gebrauchen. Sehr gut sogar.

Ja, das ist ein verlockendes Angebot. *Sehr verlockend sogar.*

Ich werfe James einen heimlichen Blick zu. Mich könnte es durchaus schlimmer treffen. Er könnte zum Beispiel alt, fett und absolut unansehnlich sein. Aber er ist nichts davon. Er ist ein Traum von einem Mann. Ein Mann, der mich fragt, ob ich seine Freundin spielen will.

Ich wäre doch blöd, wenn ich nein sagen würde, oder?

Ich greife nach dem Stift und blättere zu der Stelle vor, unter die ich meinen Namen setzen soll und plötzlich habe ich Zweifel.

Ist das richtig?

Ist es okay, alle anzulügen?

Meine Freunde?

Meine Familie?

Die Presse?

Doch dann erinnere ich mich wieder, wo ich bin. In New York City. Ich habe hier keine Freunde. Meine Familie ist weit weg. Die müsste theoretisch nie etwas davon erfahren. Und die Presse?

Ich wäre die Freundin vom begehrtesten Junggesellen New York Citys. Könnte das irgendwie negativ ausgelegt werden? *Ich bin dann immerhin die, die es geschafft hat. Ich habe ihn, James Parker, um den Finger gewickelt und ihn zu meinem Freund gemacht.* Wohl kaum.

Entschlossen setze ich den Stift an und unterschreibe.

Zufrieden blicke ich in James lächelndes Gesicht.

„Wunderbar", sagt er, betrachtet meine Unterschrift und setzt seine daneben. „Das Exemplar ist für dich und", er holt eine Kopie davon hervor und legt sie mir vor. „Die ist für mich. Wenn du so nett wärst, auch hier zu unterschreiben", sagt er und noch einmal setze ich meinen Namen drunter.

Er holt einen braunen Umschlag hervor und schiebt den Vertrag dann hinein. „Gehe bitte sehr diskret damit um, ja? Keiner sollte diesen Vertrag jemals zu Gesicht bekommen."

„Natürlich." Ich habe schließlich gelesen, welche Strafe mir bei Vertragsbruch droht. Das würde nicht nur mich finanziell ruinieren, sondern auch meine Eltern, denn so viel Geld könnte ich in meinem gesamten Leben niemals aufbringen.

Ich bleibe vor ihm sitzen und beobachte, wie er auch sein Exemplar in einen braunen Umschlag schiebt und dann in seinem Schreibtisch verstaut. Danach holt er ein Smartphone hervor und legt es vor mich hin. „Es ist nur eine Nummer eingespeichert. Und zwar meine. Auf diesem Handy werde ich dich anrufen, wenn wir gemeinsam Essen gehen oder ins Kino oder eine Ausstellung besuchen. Oder was auch immer man heute noch so zu einem Date unternimmt." Er unterbricht sich, um herzlich zu lachen. Es ist schön zu sehen, dass diese Situation auch für ihn merkwürdig erscheint, auch, wenn er sehr gut vorbereitet wirkt. „Gib meine Nummer niemandem weiter und nutze das Handy ausschließlich für unsere Beziehung, ja?"

Ich nehme es entgegen und nicke. „Natürlich", bestätige ich.

„Gut. Was müssen wir noch klären?", fragt er mich.

Tausend Gedanken schwirren mir durch meinen Kopf. Ich habe hunderte von Fragen. Doch eine brennt mir besonders auf der Zunge: „Was machen wir, wenn wir zusammen sind?“, frage ich ihn vorsichtig, denn noch kann ich mir nicht wirklich was unter dieser Fake-Beziehung vorstellen. Auch, wenn es jetzt kein zurück mehr gibt.

Wieder lächelt er. „Es soll schon so aussehen, als ob wir ein Paar wären. Ich würde daher sagen: Den üblichen Pärchenkram?“

„Den üblichen Pärchenkram?“, wiederhole ich. Was meint er damit.

Plötzlich greift er nach meiner Hand und erschrocken gucke ich dabei zu, wie er seine Finger in meine schiebt und mir einen Kuss auf meinen Handrücken drückt. „Händchen halten, Zärtlichkeiten in der Öffentlichkeit austauschen, du weißt schon.“

Ich laufe rot an und verstehe mich selbst nicht mehr. Gestern Nacht hatte ich noch Sex mit ihm. Ich hatte ihn in mir drin! Und jetzt werde ich rot, weil er mir einen Kuss auf meinen Handrücken drückt?!

„Oder ist das ein Problem für dich?“ Er lässt meine Hand wieder los und sieht mich stattdessen ernst an.

Ich schüttle den Kopf. „Nein. Das ist okay für mich“, erwidere ich, denn wie sollen wir als echtes Paar durchgehen, wenn wir uns nicht mal berühren?

„Wenn wir dagegen alleine bei mir sind, hast du natürlich dein eigenes Zimmer. Ich will dich nicht dazu zwingen, Zeit mit mir zu verbringen, wenn es nicht nötig ist. Diese ganze Beziehung ist bloß für die Öffentlichkeit und die Presse“, erklärt er mir nun geschäftsmäßig.

Ich nicke. „Okay. Gut“, sage ich, auch, wenn mich seine Worte irgendwie verwirren. Ich habe mein eigenes Zimmer bei ihm? Ich komme also her, um bei ihm zu schlafen, aber ansonsten haben wir in seiner Wohnung nichts miteinander zu tun?

Fand er den Sex mit mir etwa so schrecklich?

Oder will er das Ganze bloß möglichst professionell handhaben?

„Am besten suchst du dir im Büro eine Person, der du gegenüber immer wieder Andeutungen machst“, wechselt er das Thema nun. „Du erwähnst ihr gegenüber, dass du dich mit jemanden triffst aber nie, mit wem. Dann kommt das Ganze glaubwürdiger rüber, wenn du dich dann bald verplapperst.“

Stumm nicke ich und denke dabei an Keira. Auch, wenn ich jetzt schon ein schlechtes Gewissen habe, ihr etwas vorspielen zu müssen.

„Wir besprechen das Ganze aber noch mal, wenn es so weit ist. Jetzt müssen wir erst mal die Vorarbeit leisten.“ Sein Lächeln ist zurück und seine grünen Augen funkeln mich an. „Verrat mir doch direkt deine Lieblingsküche. Dann kann ich das besser in meine Planung integrieren.“

Ich gehe kurz in mich, doch eigentlich gibt es da nicht allzu viel zu überlegen. „Ich bin ein einfaches Mädchen, die Pizza und Burger mag“, sage ich schließlich, was ihn erneut zum Lachen bringt.

„Schön! Das gefällt mir“, erwidert er grinsend und zwinkert mir kaum merklich zu. „Und wenn wir schon dabei sind: Hast du irgendwelche außergewöhnlichen Hobbies? Meine freie Zeit ist mir sehr kostbar. Es wäre schön, wenn man es mit etwas Sinnvollem verbinden könnte." Wieder klingt er so geschäftsmäßig.

Ich zucke mit den Schultern. „Ich gehe gerne Laufen und mag es zu tanzen", sage ich eher beiläufig.

„Das habe ich gesehen", murmelt er grinsend und wieder spüre ich, dass ich rot werde.

„Und du?", versuche ich ein Gespräch aufzubauen. Ich sollte doch schließlich auch etwas über meinen *Freund* wissen, nicht wahr?!

„Basketball. Ich spiele es gerne und ich gucke es mir auch gerne an. Im Fernsehen oder live."

„Oh", mache ich, denn damit habe ich nicht gerechnet. Als er von sinnvoller Freizeitbeschäftigung gesprochen hat, dachte ich an weiterbildende Dinge wie Lesen oder irgendetwas Handwerkliches.

„Ich weiß. Es ist ziemlich sinnlos, einer Mannschaft dabei zuzusehen, wie sie Sport treibt. Aber ich kann nichts dafür. Ich liebe es." Er wirft einen Blick auf seine Armbanduhr und richtet sich auf. „Ich muss dich leider wieder an deinen Schreibtisch nach unten schicken. Mein Anruf wird bereits erwartet." Er knöpft sich das Jackett zu, während er auf mich zukommt und mir seinen Arm an den Rücken legt.

Ein leichter Schauer durchfährt mich. Diese Spannung zwischen uns ist kaum auszuhalten und macht mich fertig.

„Ja, okay", murmle ich bloß und stehe ebenfalls auf.

„Vergiss dein neues Handy nicht", erinnert er mich und deutet auf das silberne Smartphone auf dem Tisch.

„Natürlich nicht."

Jetzt lächelt er wieder. „Ich melde mich später bei dir, um dich heute Abend angemessen zum Essen auszuführen."

„Heute Abend schon", sage ich verwirrt. Ich weiß gar nicht, ob ich da Zeit habe. Mein Zimmer ist noch immer ein Schlachtfeld und ich sollte aufräumen. Aber er wirkt nicht wie der Mann, der ein nein akzeptieren würde. Ich weiß auch gar nicht, warum ich darüber nachdenke. Ich habe gerade einen Vertrag unterschrieben, in dem ich zugesichert habe, jederzeit für ihn verfügbar zu sein. Ich habe gar keine Wahl. Etwas, was mir erst jetzt bewusst wird. „Okay. Klingt gut", füge ich kurz angebunden hinzu, was ihn schon wieder zum Lachen bringt.

„Dann sehen wir uns später, Dany." Er öffnet die Tür für mich und schiebt mich mit seinen Blicken heraus.

Mit dem neuen Handy in der einen Hand und dem braunen Umschlag in der anderen bleibe ich vor seiner verschlossenen Tür stehen.

Ich versuche, die letzten fünfzehn Minuten Revue passieren zu lassen. Doch es will einfach nicht in meinen Kopf gehen.

Ich bin jetzt die Freundin von James Parker.

6. Kapitel - James

Gemeinsam sitze ich mit Steve beim Mittagessen und erzähle ihm, was gerade passiert ist. „Sie hat ja gesagt", sage ich zufrieden und lehne mich in den ledernen Sessel in unserem Lieblingsrestaurant um die Ecke zurück.

„Ich denke noch immer, dass die Idee ausgezeichnet ist", bestätigt er und nimmt dabei ein Stückchen Thunfisch-Sushi mit den Stäbchen auf. „Auch, wenn ich noch immer nicht verstehen kann, wie du freiwillig auf all die Aufmerksamkeit der Frauen verzichten kannst."

Ich verdrehe die Augen. Das Thema hatten wir bereits, aber er scheint da stur zu bleiben. Für ihn wäre dieses Cover und das Interview ein Geschenk des Himmels.

„Und den Vertrag hat sie unterschrieben? Mit den Bedingungen ist sie einverstanden?"

Zufrieden nicke ich. „Ja, ist sie."

Er stopft sich das Sushi-Stückchen in den Mund, stößt einen genüsslichen Seufzer aus und sieht mich dann an. „Aber warum ausgerechnet die Kleine? Ich hätte dir auch andere Frauen für den Job besorgen können. Models oder Schauspielerinnen. Die hätten sich alle um diese Rolle gerissen und ...", er nimmt einen großen Schluck von seinem Wasser. „Und wahrscheinlich wären die auch viel professioneller an die Sache herangegangen als irgendein Mädchen aus der Firma. Ich meine ... Wie willst du das der Presse erklären? Wo habt ihr euch kennengelernt? In einem Fastfood-Restaurant in der Schlange? Im Discounter? Im Fahrstuhl dieser Firma?"

„Wie wäre es mit der Wahrheit? Im Club?", schlage ich vor.

„Hast du nicht vorhin noch erzählt, dass sie gerade erst nach New York gezogen ist und dich deswegen nicht kennt? In welchem Club soll das gewesen sein? Bei ihr in Georgia?“

Guter Einwand. Steve denkt tatsächlich an alles. Das ist ein Detail, was ich unbedingt noch mit Dany absprechen muss, bevor sie sich geplant verplappern soll. „Das kann ich ja später mit ihr planen“, sage ich ruhig.

„Später? Ihr trefft euch heute schon?“

„Ja, klar. Ich will, dass sich unser kleines Geheimnis möglichst schnell verbreitet. Die Frauen da vorne starren mich jetzt schon wieder so an.“ Ich deute auf zwei Blondinen am Tisch gegenüber, die miteinander tuscheln und dabei immer wieder einen Blick auf mich werfen.

Steve dreht sich neugierig um und erblickt die beiden. Eindringlich mustert er sie. „Deine Probleme hätte ich gerne. Die sind doch heiß!“

„Das mag schon sein. Aber du weißt, dass ich mich gerade auf andere Dinge konzentrieren muss.“

Jetzt nickt er geschäftsmäßig. „Der große Deal. Aber bisher sieht alles ganz gut aus. Ich habe vorhin mit John gesprochen. Er meinte, dass wir bald alles in trockene Tücher bringen können.“ Er dreht sich wieder mir zu. Die Blondinen sind vergessen und wir widmen uns wieder dem Geschäft.

„Ich hole dich um 20 Uhr ab. Schick mir deine Adresse“, tippe ich in mein Handy an die Nummer von Dany. Für unser erstes Date habe ich mir ein kleines Restaurant am Rande von Brooklyn ausgesucht. Ich weiß, dass sie dort wohnt. Und ich weiß auch, dass man mich dort nicht unbedingt erwarten würde. Paparazzi verstecken sich zwar an jeder Ecke und Fotos mit Smartphones sind inzwischen schnell von jedermann gemacht, doch ohne meinen Designeranzug sollte ich mich dort recht anonym bewegen können. Zumindest so anonym, wie es für dieses Stadium der *Beziehung* gewünscht ist.

Ich gebe Helen Bescheid, dass ich heute pünktlich Feierabend mache und für den restlichen Abend auch nicht mehr telefonisch erreichbar bin und fahre dann nach Hause in meine Penthouse-Wohnung.

Vor knapp zwei Jahren habe ich dieses Schmuckschmück online bei einem Makler entdeckt und nicht lange gezögert. Es war mein Geschenk an mich zu meinem 30. Geburtstag. Ich schreite durch die breiten Eingangstüren und nehme mir wie immer Zeit für einen kurzen Plausch mit Jim, dem Portier. Er hat vor kurzem noch einmal geheiratet und nun zwei kleine Mädchen, die seine Frau mit in seine neue Familie gebracht hat.

„Wie geht es dir heute?“, frage ich ihn und bleibe vor dem Tresen stehen.

Er legt sein Buch zur Seite und strahlt mich an. „Ich bin der glücklichste Mensch der Welt“, sagt er und ich spüre, wie mir ganz warm ums Herz wird. Ich blicke in die sanften, braunen Augen des etwa 50-jährigen Mannes, die in diesem Moment so viel Lebensfreude ausstrahlen. Damals, als ich ihn vor knapp zwei Jahren kennengelernt habe, sah das noch ganz anders aus.

Es war erst ein paar Monate her, als er seine Frau und seinen kleinen Sohn bei einem schrecklichen Autounfall verloren hat. Er war niedergeschlagen und sah keinen Sinn mehr in seinem Leben. Wenig später ist auch noch seine geliebte Mutter verstorben. Doch dann lernte er seine jetzige Frau kennen und man konnte von Tag zu Tag sehen, wie es ihm nach und nach besser ging.

Und nun sitzt er hier und strahlt mich an. „Und wie geht es dir?“, fragt er mich.

Ich halte inne und stoße einen tiefen Seufzer aus. „Wie immer“, sage ich und ernte dafür einen besorgten Blick von ihm.

„Du arbeitest zu viel. Schalt mal einen Gang runter und genieß das Leben. Es könnte jederzeit vorbei sein!“ Ein Rat, den er mir fast jede Woche mit auf dem Weg gibt, den ich bis jetzt aber noch nicht befolgt habe. Denn meine Arbeit ist mein Leben und ich würde gerade nichts ändern wollen.

„Ich werde an deine Worte denken“, verspreche ich ihm zum Abschied und gehe auf den Fahrstuhl zu, der mich ganz nach oben bringt.

Ich komme in meinem Stockwerk an und schlendere durch meinen großzügigen Flur. Wie immer bleibe ich vor dem bodentiefen Fenster in meinem Wohnzimmer stehen, der mir einen Blick auf den Central Park liefert. Die beste Aussicht in ganz New York City. Es hat etwas Beruhigendes, auf das volle Grün der Baumkronen zu blicken und die winzig kleinen Menschen auf den freien Wiesen toben zu sehen. Von hier oben wirkt die Welt noch in Ordnung. So friedlich und so ruhig.

Ich ziehe mich aus, steige unter die Dusche und stöbere in meinem Kleiderschrank nach einem lässigen Outfit. Was trägt man zu einem Date in einer familiengeführten Pizzeria irgendwo in Brooklyn?

Ich entscheide mich für eine Jeans und einen grauen Kapuzenpulli. Es muss Jahre her sein, dass ich mich in so einem Outfit nach draußen gewagt habe. Sonst bin ich immer im Anzug unterwegs. Ich werfe noch einen kurzen Blick auf mein

Handy, entdecke die Antwort von Dany und mache mich dann auf den Weg, um sie mit meinem Wagen abzuholen.

Als ich durch die familienfreundliche Gegend in Brooklyn fahre, komme ich mir vor wie in einer anderen Welt. Auf den Gehwegen spielen Kinder mit Bällen und Kreide. Junge Mütter schieben ihre Kinderwagen durch die grünen Parkanlagen und plaudern bei einem To-Go-Getränk mit ihren Freundinnen. Es ist bereits dunkel, trotzdem wirkt der Stadtteil hier so lebendig und fröhlich. In Manhattan hat man um die Uhrzeit bloß Touristen oder Geschäftsleute, die eilig nach Hause oder zum nächsten Geschäftstermin eilen.

Ich fahre in Danys Straße ein und kann sie bereits von weitem vor ihrem Haus stehen sehen. Sie trägt ein hübsches, rotes Kleid. Ihre Beine sind in eine feine Strumpfhose gehüllt, um sie vor dem lauen Frühlingswind zu schützen. Über ihre Schultern trägt sie eine lässige Jeansjacke. Sie sieht hübsch aus. Mädchenhaft und irgendwie unschuldig.

„Hallo", sage ich, nachdem ich den Wagen vor ihr geparkt habe und aussteige.

Unsicher sieht sie mich an. Unsicher und ... verwirrt?

Ungläubig starrt sie auf meinen Kapuzenpulli und die Jeans.

Ich lache auf. „Ein ungewohnter Anblick. Selbst für mich", gebe ich zu.

„Sie ... äh ... du siehst so anders aus", sagt sie und ein winziges Lächeln huscht ihr über die Lippen.

Ich gehe einmal um den Wagen herum, um ihr die Beifahrertür zu öffnen. „Ich dachte mir, dass ein Mann im Anzug zu viel Aufmerksamkeit erregen würde."

„Das stimmt wohl.“ Elegant lässt sie sich auf die schwarzen Lederpolster fallen und ich schließe die Tür. Dann steige ich auf der anderen Seite wieder ein.

„Ich habe ein nettes, kleines italienisches Restaurant ausgesucht. Ich hoffe, dass es dir gefällt.“ Ich drehe mich zu ihr und schaue sie an.

Sie wirkt so scheu und unsicher. Genau so, wie ich auch aussehen würde, wenn mich gerade mein Boss abholen würde, um mich zu meinem ersten Date dieser merkwürdigen Fake-Beziehung auszuführen. Daher versuche ich, das Eis zu brechen. Denn ich weiß, dass da irgendwo noch die wilde Dany aus dem Club versteckt sein muss. Und diese Dany will ich aus ihr herauslocken. „Wie war dein Tag noch so?“, frage ich sie.

Jetzt dreht sie auch ihren Kopf in meine Richtung. Ihre Wangen sind gerötet. Ihre Augen wirken müde. „Lang. Sehr lang“, sagt sie und stößt einen winzigen Seufzer aus. „Ich habe gerade noch versucht, ein wenig Ordnung in mein Zimmer zu bringen.“

Fragend sehe ich sie an.

„Ich bin doch gerade erst umgezogen“, hilft sie mir auf die Sprünge. „Und ich habe noch lange nicht alles ausgepackt.“

„Oh“, mache ich und bekomme augenblicklich ein schlechtes Gewissen. Ich weiß, dass sie frisch nach New York gekommen ist. Aber nicht, dass sie noch nicht mal ihren Umzug richtig abgeschlossen hat. Ich werfe einen Blick auf die rote Ampel und dann auf die leere Straße hinter mir. Ich zögere keinen Moment. Ich mache einen U-Turn und fahre zurück in die andere Richtung.

„Was machst du da?“, fragt sie mich entsetzt.

„Das Restaurant liefert auch“, erkläre ich grinsend.

„Und?"

„Na, ich kann es doch nicht zulassen, dass meine Freundin in einem nicht eingeräumten Zimmer haust."

„Aber", protestiert sie, doch ich lasse sie nicht.

„Keine Widerrede. Oder findet bei dir gerade eine wilde, riesige Party statt?"

„Nein. Es ist tatsächlich gar keiner zuhause."

„Na, perfekt!"

Ich parke direkt vor ihrer Haustür und steige wieder aus. Ich öffne ihr die Beifahrertür und reiche ihr meine Hand. Unsicher blickt sie mich mit ihren großen, blauen Augen an.

„Ich weiß nicht, ob das so eine gute Idee ist", stammelt sie. „Es herrscht wirklich eine sehr große Unordnung in meinem winzigen Zimmer."

„Schon okay. Ich bin mit unordentlichen Geschwistern aufgewachsen. Ich weiß, wie so etwas ist."

„Das glaube ich kaum." Sie läuft rot an und erst jetzt bemerke ich, wie ich sie mit meinem Vorschlag überfallen habe. Manchmal steigere ich mich zu sehr in meine eigenen Ideen hinein und denke gar nicht darüber nach, ob sie für meinen Gegenüber auch so super klingen. „Das war nur ein Angebot. Wenn du das lieber alleine machen möchtest, verschwinde ich einfach."

Jetzt winkt sie ab und lächelt. „Schon okay. Ich weiß es sehr zu schätzen und wenn du unbedingt deine freie Zeit mit dem Einräumen meiner Sachen verbringen möchtest, werde ich dich nicht davon abhalten." Frech zwinkert sie mir zu. *Da ist sie wieder. Die Dany aus dem Club.*

Wir gehen zum Eingang des heruntergekommenen Wohnhauses. Die Farbe der Fassade bröckelt ab. Die Tür ist kaum isoliert und auf den Steinstufen sind ein paar Löcher in die Kanten gekommen, so dass man aufpassen muss, wohin man tritt. Aber drinnen wirkt alles noch sehr gut im Schuss. Das Treppenhaus ist sauber und aufgeräumt. Auch die Etage, in der sich Danys Wohnung befindet, wirkt gepflegt.

Bevor sie den Schlüssel im Schloss herumdreht und die Tür zu ihrer Wohnung aufstößt, dreht sie sich noch einmal zu mir herum. „Bedenke bitte, dass ich sehr spontan umgezogen bin und mir quasi das Erstbeste genommen habe, was ich finden konnte, ja?"

Ich hebe beide Hände hoch. „Ja. Natürlich. Ich werde dich sicher nicht für deine Wohnung verurteilen."

Sie drückt die Tür auf und wir befinden uns in einem winzigen Flur mit einem grauen Teppichboden, auf dem sich unzählige Schuhe befinden. „Sicher, dass hier nicht doch eine Party stattfindet?", frage ich sie und deute auf den Schuhhaufen auf dem Boden.

„Ach, die gehören meinen Mitbewohnerinnen. Uns fehlt noch ein vernünftiges Schuhregal", erklärt sie hastig, während sie ihre Jeansjacke an die Garderobe hängt. Sie führt mich hinein und wir landen in einem kleinen, gemütlichen Wohnraum, der aus einer Küche und einem Wohnzimmer besteht. Eingerahmte Fotos hängen an den Wänden, die Esszimmergarnitur ist wild zusammengewürfelt und die Fensterbänke platzen fast aus allen Nähten, weil so viele Blumentopfe draufstehen.

„Es ist total chaotisch. Sorry", murmelt sie und hebt eine Bluse vom Boden auf.

„Es ist gemütlich", korrigiere ich sie und lächle. „Mir gefällt es."

Wir gehen weiter und nun bleiben wir vor einer verschlossenen Tür stehen, die zu ihrem Zimmer führen muss. Noch einmal dreht sie sich nach mir um und bedenkt mich mit einem eindringlichen Blick. „Das ist mein Zimmer", erklärt sie mir. „Ich hatte wirklich so gut wie gar keine Zeit, um auch noch irgendwas aus Kisten zu räumen."

„Ich bin auf das Schlimmste vorbereitet", versuche ich ihr die Angst zu nehmen.

Sie atmet tief durch und drückt dann die Tür auf.

Kisten stapeln sich fast bis zur Decke. Klamotten liegen überall. Auf den Kisten, auf den Boden, auf dem Bett. Es wirkt, als ob eine Bombe hier eingeschlagen hätte und ist tatsächlich schlimmer, als ich es mir vorgestellt habe. „Nun", sage ich und kremple mir die Ärmel hoch, „uns erwartet eine Menge Arbeit." Voller Tatendrang schnappe ich mir die erste Kiste und gucke Dany erwartungsvoll an. „Hast du irgendein System?"

Regungslos sieht sie mich an, bis meine Frage schließlich zu ihr vorgedrungen ist. „Äh", macht sie. „Ja. Doch! Ich habe mir tatsächlich was beim Packen gedacht." Sie deutet auf die bunten Punkte an den Kisten. „Blau ist Bad, grün ist Küche und pink ist mein Zimmer. Und die Punkte neben den pinken sind auch noch mal aufgeteilt in gelb für Kleiderschrank, lila für Deko und weiß für Krimskrams."

Sobald wir erst einmal ihre Möbel wieder freigeräumt haben, geht eigentlich alles ganz schnell. Durch ihr System steige ich schnell durch. Sie kümmert sich um den Kleiderschrank, während ich kontrolliere, ob der dritte Pfannenwender in der Küche wirklich gebraucht wird. Während wir sortieren und auspacken, plaudern wir und ich erfahre eine Menge über sie. Zum Beispiel, dass ihre Eltern beide Lehrer sind und sie eine jüngere Schwester hat, die jedoch schon verheiratet ist und vor kurzem ein Kind bekommen hat. Ich entdecke die Medaille, die sie während eines Tanzwettbewerbs in der Schule erhalten hat und sich irgendwie zwischen ihre Socken geschlichen haben muss. Und ich erfahre von ihrer besten Freundin, die letztes Jahr nach Australien ausgewandert ist.

„Und wieso bist du so überstürzt nach New York gekommen?“, frage ich sie, während ich einen weiteren, leeren Karton zusammenfalte.

Stille tritt ein. Sie blickt auf das schwarze T-Shirt in ihren Händen und denkt nach. Darüber, ob sie mir die Frage ehrlich beantworten soll oder nicht. „Es war einfach an der Zeit, dass ich weggehe“, sagt sie nach einer Weile und lächelt. „Ich habe mein ganzes Leben dort verbracht und dachte mir: Wenn nicht jetzt, wann dann?“ Damit beendet sie das Thema, auch wenn ich das Gefühl habe, dass es nicht die ganze Wahrheit ist und da mehr hinter steckt.

Plötzlich meldet sich mein Magen zu Wort und lässt ein lautes Knurren los. „Oh je. An den habe ich gar nicht mehr gedacht“, sage ich, während ich ihn reibe. „Sollen wir noch was bestellen?“, schlage ich vor.

„Ja, sehr gerne. Ich bin ebenfalls am Verhungern.“

Ich rufe in der Pizzeria an und bestelle uns je eine große Pizza mit extra viel Käse, die wenig später eintrifft. Wir machen es uns auf ihrem weichen Bett mit den Pizzakartons bequem und verschlingen wortlos die köstliche Pizza.

Nachdem sie auch das dritte Stück ohne ein Wort zu sagen, verschlungen hat, guckt sie mich mit ihren großen, blauen Augen an. „Wieso ausgerechnet ich?“, fragt sie mich so, als ob die Frage ihr schon so lange durch ihren Kopf geistert. „Wieso hast du nicht eine Schauspielerin engagiert oder einen Deal mit irgendeinem Model oder einer anderen berühmten Person gemacht? Das ist heutzutage doch Gang und Gäbe."

Ich lächle, denn Steve hatte mir vorhin noch das Gleiche vorgeschlagen. Ich lege das Pizzastück wieder zurück in den Karton und sehe sie an. Dann greife ich nach ihrer Hand und drücke sie fest. „Weil ich wusste, dass ich mit denen nicht so viel Spaß haben werde, wie mit dir."

Ich sehe, dass sie rot wird und beschämt auf ihre halb aufgegessene Pizza blickt. „Mit denen hättest du dir wahrscheinlich nicht nachts noch eine Käsepizza reinziehen können", gibt sie scherzend zu.

„Wohl kaum."

Sie schaut wieder hoch und ich halte ihrem Blick stand. Langsam beuge ich mich zu ihr herüber. Ihre Lippen glänzen vom Fett des geschmolzenen Käses und trotzdem sehen sie zum Anbeißen aus. Ich komme näher und höre, wie sie ruhig ein und ausatmet. Noch immer blicken wir uns an, doch bevor sich unsere Lippen treffen, stoppe ich abrupt. Das geht nicht. Ich wollte eine Fake-Freundin, keine richtige Freundin. „Sorry", murmle ich und ziehe mich wieder zurück.

Enttäuscht atmet sie wieder aus. Oder erleichtert? Ich weiß es nicht. Ich weiß nur, dass wir das nicht tun sollten. Das würde die Dinge nur unnötig verkomplizieren. Das gestern Nacht war ein ONS.

Mehr nicht.

7. Kapitel - Dany

Verwirrt bleibe ich in meinem halb aufgeräumten Zimmer sitzen, nachdem ich mich soeben von James verabschiedet habe. Ich berühre meine fettigen Lippen. Die Lippen, die er eben noch küssen wollte. Ich habe es gespürt. Er hat mich so angeblickt. Doch dann hat er abrupt gestoppt. Warum? Wieso?

Die Stunden, die wir gemeinsam in meinem Chaos verbracht haben, waren schön. Es war angenehm. Und das, nachdem ich zuvor noch furchtbare Angst davor hatte. Ich wusste nicht, wie ich mich ihm gegenüber verhalten sollte. Er ist schließlich mein Boss. Nein, *der* Boss. Einer der mächtigsten Männer in New York. Ein Mann, mit dem ich zwar bereits geschlafen habe, aber der mich nach wie vor total nervös macht.

Und dann hat er vorgeschlagen, mir beim Auspacken zu helfen. Und es war so ... entspannt. So normal. Es kam mir fast so vor, als ob er sich tatsächlich für mich als Menschen interessieren würde. Und als ob es ihm nicht nur darum gehen würde, eine Freundin für die Presse zu haben.

Doch dann hat er gestoppt. Kurz bevor sich unsere Lippen getroffen haben.

„Dany?", ertönt plötzlich die schrille Stimme meiner Mitbewohnerin Chrissy.

„Hier", erwidere ich und greife nach einer der leeren Kisten, um sie zu falten.

Sie steckt ihren schwarzen Lockenkopf durch meine angelehnte Tür und sieht sich mit großen Augen um. „Oh wow.

Du bist aber weit gekommen. Wahnsinn“, sagt sie und schaut sich in meinem Zimmer um.

„Ich habe den ganzen Abend mit Kisten ausräumen verbracht“, erkläre ich ihr grinsend.

„Ich hätte niemals gedacht, dass du so schnell fertig wirst. Vor ein paar Stunden noch sah es hier so aus, als ob eine Bombe eingeschlagen hätte.“

„Ja, ich weiß, aber“, beginne mich, stoppe mich dann aber. Ich will ihr erzählen, dass ich es nicht alleine geschafft habe. Dass ich Hilfe hatte. Aber dann würde sie Nachfragen anstellen und wissen wollen, wer mir dabei geholfen hat. Und dann müsste ich ihr von James erzählen, was nicht geht. Stattdessen müsste ich mir eine Lüge ausdenken und auch das fühlt sich falsch an. Also schweige ich. „Wie war dein Abend?“, lenke ich sie daher in eine andere Richtung.

Sie atmet tief durch und lässt sich dann auf mein ungemachtes Bett fallen. „Katastrophal“, holt sie aus. Chrissy arbeitet als Kellnerin in einer kleinen, spanischen Tapas-Bar. Vor kurzem hat ein Instagram-Post dafür gesorgt, dass der Laden nun jeden Abend aus allen Nähten platzt. Das Trinkgeld fällt für sie jetzt zwar sehr großzügig aus, doch der Stress ist enorm. Ausgiebig erzählt sie mir von der Touristen-Gruppe aus Deutschland, die den gesamten Abend einen riesigen Achter-Tisch in Beschlag genommen, am Ende aber nur ein winziges Trinkgeld gezahlt haben. Dann von der Familie mit den zwei schreienden Kindern und von dem Pärchen, das offensichtlich ihr erstes Date dort hatte.

„Was würde ich dafür geben, auch mal wieder ein erstes Date zu haben“, sagt sie, während sie mein Kissen umarmt und dabei verträumt an die Decke starrt.

„Wieso hast du dann keins?“, frage ich nach.

Sie lacht. „Es ist echt süß, wie neu du in New York bist. Du wirst schon früh genug lernen, dass die New Yorker alle so gestresst sind, dass sie keine ersten Dates mehr haben. Man trifft sich entweder direkt zum Vögeln oder gar nicht. Keiner will seine Zeit mit einem Essen verschwenden oder gibt sich noch die Mühe, jemanden näher kennenzulernen.“

Ich denke an James, der mich heute sehr wohl zum Essen ausführen wollte. Aber … dieses Beispiel kann ich jetzt unmöglich bringen. „Es sind doch sicherlich nicht alle so“, sage ich stattdessen.

„Es gibt sicherlich auch noch die biederen, konservativen Typen. Aber will ich die wirklich kennenlernen?“, sie dreht sich auf den Bauch, stützt ihr Kinn auf ihre Hände und starrt mich an. „Wie war dein erster Tag eigentlich?“, fragt sie mich.

Ich zucke mit den Schultern. „War okay, würde ich sagen“, erwidere ich fast schon gelangweilt. Dass ich direkt zum Boss zitiert wurde und nun die Freundin des begehrtesten Junggesellen bin, verschweige ich. Auch, wenn es mir auf der Zunge brennt, ihr davon zu erzählen.

„Süße Typen dabei?“, fragt sie.

Ich schüttle den Kopf. „Ich fürchte nicht.“

„Mist.“ Unzufrieden atmet sie aus, lässt mich dann aber wieder alleine, um unter die Dusche zu verschwinden.

Ich blicke noch einmal auf meine eingeräumten Schränke und versuche, James zu verstehen. Wahrscheinlich wollte er unsere Beziehung nicht unnötig kompliziert machen. Nur, weil wir schon Sex hatten, bedeutet es nicht, dass wir das jetzt fortführen müssen. *Oder?*

Das hier ist eine rein geschäftliche Verbindung. Nicht umsonst gibt es den Vertrag und darin steht schließlich nichts von Sex.

Ich setze mich auf den Boden und lehne mich gegen mein Bett. Es bringt nichts, noch weiter darüber nachzudenken. James bezahlt mich, um seine Fake-Freundin zu sein. Und das ist das Einzige, auf das ich mich nun konzentrieren sollte.

Ich hole noch einmal mein Handy hervor und tippe James Namen in die Suchliste ein. Zahlreiche Interviews über seine Geschäftsdeals erscheinen. Von verschiedenen Zeitschriftencover blickt er mir ernst entgegen. Und dann finde ich ihn endlich auf den Seiten der Klatschpresse, zusammen mit seiner Ex-Freundin, die keine geringere ist als eins der angesagtesten Top-Models. Ihr Vater ist ein berühmter Schauspieler, ihre Mutter ebenfalls Model. Mir bleibt die Spucke weg, als ich auf ihre langen Beine blicke. Auf ihre perfekten Gesichtszüge und die langen, blonden Haare. Auf solche Frauen steht er also. Kein Wunder, dass er sich ausgerechnet mich ausgesucht hat. Denn bei mir läuft er nicht Gefahr, dass ihm plötzlich die Lust überkommt und er seine geschäftlichen Ziele aus den Augen verliert. Ich bin bloß Dany. Das unscheinbare Mädchen vom Land.

Geknickt lege ich das Handy wieder zur Seite. Ich weiß nicht, was ich erwartet habe. Dass ich dort lauter Frauen in seiner Ex-Liste finde, die so aussehen wie ich? Wohl kaum. Ich warte, bis Chrissy wieder aus dem Bad kommt und mache mich dann bettfertig, um danach in einen unruhigen Schlaf zu fallen.

Erst zwei Tage später höre ich wieder etwas von James. In der Firma sehe ich ihn nicht. Genau, wie Keira es vorausgesagt hatte. Ich konzentriere mich daher auf die Aufgaben in meinem Job, die mir überraschend leichtfallen. Die Pausen verbringe ich mit Keira und die Abende mit meinen Mitbewohnern.

Als mein neues Handy in meiner Tasche vibriert, während ich gerade auf dem Heimweg bin, habe ich schon fast wieder vergessen, dass es da diesen *Deal* gibt. Zwischen James und mir. „Essen um 20 Uhr. Ich hole dich ab", steht in seiner Nachricht.

Die Nachricht macht mich fast schon wütend. Kein „Hallo". Kein Nachfragen, wie es mir geht. Oder ob ich da überhaupt Zeit habe. Es könnte schließlich sein, dass ich schon was anderes geplant habe, auch, wenn es nicht der Fall ist. Trotzdem sorgt die Nachricht nicht gerade dafür, dass ich mich auf ihn freue.

Trotzdem putze ich mich heraus, kämme mir noch einmal die Haare und ziehe mir ein hübsches Kleid an. Da mein Zimmer nun einigermaßen ordentlich ist, auch dank James, bin ich recht entspannt, als er kurz vor 20 Uhr vor meinem Haus zum Stehen kommt. Ich gehe die Treppenstufen herunter und lasse mich durch seinen auf Hochglanz polierten Wagen nicht aus der Ruhe bringen. Doch als er dann vor mir steht, mich anlächelt und dabei nicht nur so unverschämt gutaussieht, sondern auch noch betörend gut riecht, spüre ich, wie sich mein Verstand verabschiedet. Die andere Dany ist wieder da. Die, die sich von Äußerlichkeiten blenden lässt. Die, die ihm am liebsten sofort an den Hals springen würde. Und die, die nicht mehr daran denkt, dass er sich die letzten zwei Tage nicht bei ihr gemeldet hat und sie mit dieser knappen Nachricht an diese Stelle *bestellt* hat.

„Hallo“, sage ich und kann mir ein Lächeln nicht verkneifen. Die andere Dany hat nun Kontrolle über meinen Körper und über meinen Verstand. Und diese Dany möchte ihm gefallen. Um jeden Preis.

„Hey“, erwidert er und hält mir die Tür auf.

Ich lasse mich auf den Beifahrersitz nieder und beobachte, wie er lässig um das Auto herumgeht und neben mir Platz nimmt. Wieder trägt er dieses lässige Outfit, das ihm fast noch besser steht als der maßgeschneiderte Anzug.

„Wo fahren wir heute hin?“, frage ich so cool wie möglich. Er soll nicht wissen, wie wahnsinnig mich seine Nachricht gemacht hat. Oder das abrupte Ende unseres letzten Dates.

„Da wir die Pizza ja schon letztes Mal hatten, dachte ich, dass wir heute Mal diesen neuen Burgerladen um die Ecke probieren. Oder was hältst du von Tapas? Da soll ein sehr guter Laden in der Nähe sein, habe ich gehört.“

„Burger!“, sage ich schnell panisch. Denn der Tapas-Laden klingt sehr nach dem Restaurant, in dem Chrissy arbeitet.

„Gut. Dann also Burger“, er dreht sich in meine Richtung, lächelt und startet dann den Wagen.

Ich versuche, mich zusammenzureißen. Doch dieses Lächeln löst etwas in mir aus. Ich spüre, wie mein Herz einen kleinen Hüpfer macht und mir ein leiser Seufzer entfährt. Auch, wenn ich weiß, dass ich mir diese Gefühle nicht erlauben kann. Denn erwidern wird er sie ohnehin nicht. Dafür ist er zu professionell. So viel weiß ich schon über ihn.

Wir erreichen den kleinen Burgerladen, der sich als Irish Pub entpuppt. James parkt in der Nähe und wirft von weitem einen Blick darauf. „Oh, ich dachte irgendwie, dass es ein Diner wäre“, sagt er kritisch.

„Aber ein Pub ist doch super“, widerspreche ich, denn so langsam habe ich richtig großen Hunger.

„Ja?“, hakt er nach und sieht mich zweifelnd an.

„Ja, klar. Die haben meist eh die besten Burger.“

„Na gut.“

Wir steigen aus, stoßen die quietschende Tür des Pubs aufs und finden uns mitten in einer großen Gruppe von Fußballfans wieder, die hier ein Spiel verfolgen.

„Mit Fußball habe ich so gar nichts am Hut und du?“, fragt er mich.

Ich schüttle nur den Kopf. Denn ich bin im Allgemeinen kein großer Sportfan. Ich bewege mich gerne. Doch ich muss anderen nicht dabei zugucken.

„Dann nehmen wir doch den Tisch da hinten.“ Er deutet auf einen Tisch am anderen Ende des Pubs. Von dort aus kann man keinen Blick auf die zwei Fernseher werfen, weswegen er wohl noch leer ist.

Der Kellner bringt uns die Karten und wenig später haben wir jeder je einen Cheeseburger, eine Portion Pommes und ein großes Bier bestellt.

„Ich hätte nicht gedacht, dass du gerne Burger isst“, sage ich erstaunt, nachdem der Kellner hinter der Theke verschwunden ist.

„Wieso nicht? Dachtest du, dass ich mich bloß von Kaviar und kleinen Häppchen ernähre?“

Jetzt lache ich laut auf und bemerke, was ich für Vorurteile ihm gegenüber hatte. „Nein. Nur ... ach. Lassen wir das“, wische ich das Thema wieder vom Tisch.

Ein Tor fällt und die Menge jubelt, weswegen ich mich neugierig umdrehe und beobachte, wie sich die Männer um den Hals fallen. Verwirrt schüttle ich den Kopf.

„Du hast mit Mannschaftssport echt nichts am Hut, oder?"

„Nein. Merkt man das etwa?", gebe ich unschuldig zurück.

„Ein wenig", zieht er mich auf. „Gab es bei euch in der Schule kein Sport-Team, das man unterstützt hat?"

„Doch. Aber die waren furchtbar schlecht. Keiner wollte zu ihren Spielen gehen."

„Autsch", erwidert er voller Mitleid. „Nun. Für mich gibt es kaum etwas Besseres als in einer ausverkauften Halle zu stehen und mein Team anzufeuern. Die Fangesänge, die Show und die Emotionen." Er wirft seinen Kopf in den Nacken und scheint sich an ein bestimmtes Ereignis zu erinnern. „Wie oft ich wildfremden um den Hals gefallen bin, weil der Titel in letzter Sekunde doch noch an mein Team gegangen ist", grinst er und sieht mich dabei an. „Und wie oft ich schon voller Leidenschaft den Fernseher angeschrien habe, weil es mal doch nicht so gelaufen ist, wie ich wollte."

„Kann ich absolut nicht nachvollziehen", sage ich bloß und grinse ihn an.

„Vielleicht kommt das noch. Ich nehme dich auf jeden Fall mal mit zu einem Spiel und dann sehen wir weiter", verspricht er mir und zwinkert mir dabei zu.

„Kann es kaum erwarten."

Das Essen kommt und hungrig machen wir uns über die frittierten Pommes und den köstlichen Burger her. In seinem dunkelgrauen Sweatshirt und den leicht verwuschelten Haaren sieht James gar nicht so aus wie der schwerreiche

Multi-Millionär, der er eigentlich ist. Er wirkt wie der ganz normale, amerikanische Junge von nebenan, der gerne über Sport redet und Burger isst. Der normale Junge, bei dem nicht nur Topmodel und Schauspielerinnen eine Chance haben, sondern auch so eine wie ich. Auch, wenn ich diesen Gedanken so schnell wie möglich wieder aus meinem Kopf verbannen sollte. Denn ich habe keine Chance bei ihm. Ich sollte mir nichts vormachen.

„Gleich müssen wir aber noch eine extragroße Runde drehen", sagt er, als der Kellner den leer geputzten Teller wieder abräumt und er noch einen großen Schluck von seinem Bier nimmt.

„Auf jeden Fall", erwidere ich und beobachte, wie ein paar traurige Pommes und das halbe Brötchen auf meinem Teller davongetragen werden.

Er bezahlt die Rechnung und gemeinsam verlassen wir das Pub wieder. Neugierig bleibt er noch vor dem Fernseher stehen, um nach dem Spielstand zu sehen. Als ich mich verwirrt nach ihm umdrehe, grinst er mich schuldig an und kommt mir hinterher.

„Sorry. Ich kann manchmal einfach nicht widerstehen."

„Das kenne ich", erwidere ich vielsagend, auch, wenn ich damit etwas anderes als ein Sportevent meine.

Gemeinsam schlendern wir durch die leeren Straßen Brooklyns. Nur ein paar Herrchen und Frauchen sind mit ihren Tieren unterwegs. Ein Jogger überholt uns und an der Ampel entdecken wir eine gestresste Mutter, die alle Hände mit ihren zwei Kindern zu tun hat. Ansonsten ist nicht viel los.

Wieder unterhalten wir uns. Und wieder geht mir dieses Gespräch mit ihm so leicht und locker von der Hand, dass ich das Gefühl habe, dass ein anderer James neben mir spazieren gehen würde. Nicht der furchteinflößende CEO. Sondern der liebenswerte Mann, der ehrliches Interesse an mir hat.

Auch wenn ich natürlich die bittere Wahrheit kenne.

Er fährt mich noch nach Hause und dieses Mal gibt es diesen Moment nicht. Keine intensive Blicke. Kein Befeuchten der Lippen. Nichts.

„Wir sehen uns dann“, sagt er und lächelt mich an.

„Ja. Bis bald“, verabschiede ich mich und gehe auf die Eingangstür zu. Aus dem Augenwinkel heraus beobachte ich noch, wie er wieder fährt und gehe dann die Treppenstufen hoch in meine Wohnung.

Heute bin ich nicht verwirrt. Ich fühle mich auch nicht komisch. Es war ein schönes ... Treffen mit einem netten Mann. Mehr nicht.

Das muss ich mir zumindest einreden.

Weitere schöne Treffen finden statt. Wir gehen ins Kino. Wir gehen wieder spazieren. Wir holen uns ein Eis und setzen uns an den Fluss. Ganz normale Pärchensachen eben, doch wir sind kein Paar. Wir sind nicht mal Freunde. Bloß ein Boss und seine Angestellte.

Ich spüre diese Schmetterlinge noch immer, wenn er mich so verschmitzt anlächelt. Und ich bemerke diese Blitze, die durch meinen Körper jagen, wenn er mich berührt. Doch ich versuche, diese Gefühle alle weit weg von mir zu schieben. Das hier ist ein Job. Nicht mehr. Auch, wenn es mir immer schwerer fällt, die *andere* Dany aus meinem Kopf zu vertreiben und sie nicht gewinnen zu lassen.

Heute steht zu allem Überfluss auch noch die erste Übernachtung bei ihm an. Als ich aus dem Taxi steige und mit meiner Tasche vor seinem Appartement stehe, kommt mir alles so vertraut vor. Die gläserne Eingangstür, der Portier und der Fahrstuhl, der mich direkt nach oben in sein Penthouse bringen wird. Denn ich war schon hier. Auch wenn mir die Nacht so ewig weit weg vorkommt.

„Hallo", begrüße ich den freundlich wirkenden Mann hinter dem Tresen. „Mr. Parker sollte mich bereits erwarten. Ich bin Dany", sage ich laut und deutlich.

Der Mann nickt und greift dann zu seinem Telefon, um bei James anzurufen. Ich höre, wie er kurz sichergeht, dass ich tatsächlich erwartet werde und schickt mich dann hoch.

Als die Tür vor mir zugeht, werfe ich einen kurzen Blick in den Spiegel. Ich weiß nicht, was mich erwarten wird. Auch, wenn ich mir eigentlich sicher bin, dass James wahrscheinlich nicht mal da sein wird und wir uns auch ganz bestimmt nicht ein Bett teilen werden. Trotzdem bin ich nervös.

„Hey", höre ich seine tiefe Stimme rufen, als der Fahrstuhl in seinem Stockwerk angekommen ist.

Ich trete aus und blicke mich nach ihm um. Im Anzug steht er in seinem weiten Flur und blickt mich erwartungsvoll an. Er sieht aus, als ob er gerade auf dem Sprung ist und ihm gleich noch ein wichtiges Meeting bevorsteht.

Und irgendwie bin ich ... enttäuscht. Ich kann mir nicht mal erklären, wieso. Vielleicht, weil ich tief in mir drin doch erwartet habe, dass er bei mir bleibt?

Grinsend kommt er auf mich zu, während er sich den Kragen richtet. In diesem dunkelblauen Maßanzug sieht er geradezu verstörend gut aus. „Ich habe dir das Gästezimmer herrichten lassen", er deutet auf die offenstehende Tür uns gegenüber. „Mach es dir einfach bequem, bestell dir was zu

Essen oder plündere den Kühlschrank. Ich muss leider noch mal raus und etwas mit einem wichtigen Kunden klären. Ich sollte in ein paar Stunden wieder da sein." Er kommt auf mich zu und haucht mir einen Kuss auf die Wange. Und obwohl es nur ein Kuss ist, dem man Bekannten und Freunden oder seiner Familie zur Begrüßung gibt sorgt er dafür, dass mir ein wohliger Schauer über den Körper jagt.

„Okay", sage ich leise und beobachte ihn dabei, wie er durch die offene Fahrstuhltür geht und dann verschwindet.

Alleine bleibe ich in seiner großen Wohnung zurück.

Und jetzt?

Wie hat er sich das vorgestellt? Wieder bin ich wütend. Was soll das? Wieso soll ich hier meine Zeit absitzen, obwohl er gar nicht da ist?

Wütend schleudere ich meine Schuhe in den großen Flur und stell sie dann doch ordentlich in die Garderobe, weil das kindisch ist. Ich gehe durch die angelehnte Tür und plötzlich ist meine Wut wieder verflogen, als ich *mein* Zimmer sehe.

Ein Zimmer so groß wie meine gesamte WG. Mit einem riesigen Doppelbett, einem gemütlichen Sofa und einem Fernseher. Mit einem gut gefüllten Bücherschrank und einer leeren Schrankwand, die ich mit meinen Sachen bestücken kann. Dazu ein eigenes Badezimmer mit einer gigantischen Badewanne und tausenden von Beautyprodukten. Auf einmal sehe ich mich hier einen entspannten Spa-Abend verbringen. Mit einer Maske auf meinem Gesicht und einem Drink in meiner Hand, während ich durch das Programm des Fernsehers zappe. Doch das Beste habe ich noch gar nicht gesehen: Meine eigene Dachterrasse mit Blick auf den Central

Park. Ich bezweifle, dass irgendwo anders in New York die Aussicht so gut ist wie hier.

Ich spüre, wie das Handy in meiner Tasche vibriert und hole es heraus. „Sorry für den plötzlichen Abgang, aber dieser Kunde wartet nicht gerne. Ich hoffe, du machst dir einen schönen Abend. Bis später", lese ich die Nachricht von James und bleibe dabei auf seinem „bis später" hängen. Ich sehe ihn also noch an diesem Abend? Oder hat er das nur so geschrieben? Denn bis eben hatte ich das Gefühl, dass wir die Zeit hier getrennt voneinander verbringen. Dass ich mich in dieses Zimmer zurückziehe, alleine schlafen gehe und alleine wieder aufwache. Und dass er von mir erwartet, ihm nicht in die Quere zu kommen, während er noch geschäftliche Dinge erledigt.

Und auf einmal keimt Hoffnung in mir auf, denn irgendwie hoffe ich noch immer, dass das mit uns vielleicht doch noch etwas werden könnte, auch wenn ich weiß, dass die Chance verschwindend gering ist.

Ich gehe zurück in die Küche und werfe einen Blick in den Kühlschrank. Ich erwarte nicht viel. Einer wie James isst bestimmt nicht Zuhause. Trotzdem ist er gut gefüllt und ich finde etwas, um mir einen Salat und Pasta machen zu können. Es fühlt sich komisch an, in dieser fremden und vor allem hochmodernen und luxuriösen Küche zu kochen und trotzdem habe ich da Gefühl, dass das hier bloß ein Vorgeschmack ist, auf das, was mich in den nächsten Monaten noch erwarten wird. Das hier ist meine erste Nacht von vielen, die ich hier verbringen werde.

Mit meiner Mahlzeit verdrücke ich mich zurück in mein Zimmer und lasse mich auf das bequeme Sofa nieder. Ich schalte den Fernseher ein und entscheide mich für eine kurzweilige Show. Ich will mich nicht zu sehr in eine Serie oder einen Film vertiefen, sollte James gleich wieder zurückkommen und Zeit mit mir verbringen wollen.

Und während ich das denke, höre ich innerlich die Stimme meiner Freundin Betsy sagen, dass ich mich da nicht so hineinsteigern und Ruhe bewahren soll. Sie weiß natürlich nichts von James, trotzdem ist sie diejenige gewesen, die mich auf den Boden der Tatsachen befördert hat, wann immer ich ihr von irgendwelchen unerreichbaren Männern erzählt habe. Und James ist definitiv einer von ihnen.

Trotzdem kann ich es nicht lassen und höre mit einem Ohr in den Flur hinein, um mitzubekommen, dass James wieder da ist.

Doch ich höre den Fahrstuhl nicht. Nicht, nachdem ich mit dem Essen fertig bin. Auch nicht, während ich mir danach doch noch einen Film anmache. Selbst dann nicht, als ich mich abschminke und eine Gesichtsmaske auf meine Haut lege. Ich putze mir die Zähne und mache mich bettfertig. Noch einmal werfe ich einen Blick in den Flur. Vielleicht ist er ja schon zurückgekommen, als ich gerade meine elektrische Zahnbürste benutzt habe und nichts hören konnte. Aber der Flur ist leer. Genau wie der Rest der Wohnung.

Da es schon spät ist, beschließe ich, schlafen zu gehen. Aber mein Schlaf ist unruhig. Ich denke viel nach. Vor allem darüber, wo er steckt. Noch immer bei seinem Kunden? Bis spät in die Nacht? Ist das nicht eher unwahrscheinlich? Ich führe die Gedanken weiter und stelle mir vor, wie der Kunde ihm gegenüber gar kein Mann, sondern eine Frau ist. Eine große, blonde und wunderschöne Frau. Und wie die zwei erst einen produktiven Abend und dann eine heiße Nacht miteinander verbringen. Und es stört mich. Auch wenn diese Eifersucht gar nicht da sein dürfte und wahrscheinlich auch total unbegründet ist. Wieso sollte er diese Fake-Beziehung aufs Spiel setzen, nur weil er Lust auf eine andere hat?

Und wieder verselbstständigen sich meine Gedanken, ohne dass ich etwas dagegen unternehmen kann. Denn plötzlich stelle ich mir vor, wie er mit der Frau zusammenkommt und der Deal mit mir platzt. Und das löst geradezu Panik in mir aus.

Ich knipse das Licht wieder an und richte mich auf.

Was mache ich hier eigentlich?

Vielleicht war dieser Deal doch eine furchtbar blöde Idee. Ich merke schon jetzt, wie mich das Ganze aufwühlt und nicht mehr ruhig schlafen lässt. Noch weiß keiner über uns Bescheid. Vielleicht sollte ich James sagen, dass ich doch nicht die Richtige dafür bin und das alles wieder rückgängig machen will. Auch, wenn das Vertragsbruch bedeuten würde, den ich mir nicht leisten kann. Doch vielleicht ist er ja auch nachsichtig mit mir und kann meine Handlung nachvollziehen.

Ich drehe mich auf die Seite und sehe das grüne Licht an meinem Handy blinken. Ich habe eine Nachricht erhalten. Von James.

„Es wird später als gedacht. Du schläfst sicherlich schon. Ich hoffe, das Bett ist bequem und ich wünsche dir eine angenehme Nacht. Morgen sollten wir die Bombe platzen lassen. Erzähl einer Person aus dem Büro von uns. Es wird Zeit."

Mir schnürt sich die Kehle zu, während ich die Zeilen lese. Mir wird heiß und kalt zugleich und ich spüre, wie sich mein Magen umdreht. Mir wird übel.

James wird meine Handlung nicht nachvollziehen können. Ich werde Vertragsbruch begehen und damit würde ich mich bis an mein Lebensende verschulden. Es gibt kein zurück mehr.

Ich muss das jetzt durchziehen.

Ich habe keine andere Wahl.

Nach einer fast schlaflosen Nacht komme ich am nächsten Morgen im Büro an. James habe ich nicht mehr gesehen. Als ich mich in die Küche geschleppt und mir einen Kaffee gemacht habe, stand ein Korb mit frischen Brötchen bereits auf der Theke. Dazu eine Nachricht von ihm. „Ich hoffe, du hast gut geschlafen. Schreib mir später, wie es gelaufen ist."

Ich spüre, wie sich mein Magen erneut umdreht und mir übel wird. Meine Hände werden schweißnass und meine Knie zittern, wenn ich daran denke, dass ich das hier weitere sechs Monate durchstehen muss.

Trotzdem raffe ich mich auf und fahre ins Büro.

Als ich einen Blick in den verspiegelten Fahrstuhl werfe, sehe ich erst, wie elend ich aussehe. Ich habe tiefe Augenringe, meine Haut wirkt fahl und um die Nase herum bin ich ganz blass.

Auch Keira entgeht mein Erscheinungsbild nicht und sofort fragt sie, was los ist.

Ich blicke in ihre tiefblauen, besorgten Augen. Ich will es ihr erzählen. Von James, dem ONS, der Fake-Beziehung und wie schlecht es mir damit geht. Doch der Vertrag erstreckt sich wie eine große, böse Wolke über mir. *Es geht nicht.*

Stattdessen muss ich mich an den Plan halten. Ich zwinge mich zu einem Lächeln. Ich bin die Freundin vom Boss. Das sind schließlich gut Neuigkeiten. „Also“, mache ich geheimnisvoll und beuge mich zu ihr herüber, um ihr mein Geheimnis anzuvertrauen. Nicht darauf bedacht, dass vielleicht jemand in meiner Nähe stehen und alles mitanhören könnte. „Es gibt da tatsächlich etwas. Aber du musst schwören, dass du keinem was davon erzählst“, sage ich etwas zu laut.

Keira reißt die Augen weit auf. „Ich wusste es! Du warst die letzten Wochen schon so merkwürdig!“

„Ich habe was mit ...“, ich sammle mich noch einmal und sorge für eine dramatische Pause. „Also ... Ich habe was mit“, wiederhole ich noch einmal und sehe, wie sie fast vor Aufregung platzt. „Mit dem Boss!“, sage ich ganz schnell. Als wenn ich ein Pflaster lösen würde und darauf hoffe, dass der Schmerz schneller vergeht, wenn ich heftig daran ziehe.

„Nein!“, erwidert Keira schockiert und hält sich die Hand vor den Mund. „Nein!“, sagt sie noch einmal.

Ich nicke bestätigend. „Doch.“

„Mit dem Boss?!“, sagt sie viel zu laut, doch ich habe fast schon damit gerechnet. Keira ist nicht die leiseste und schon gar nicht die diskreteste Person. „Mit unserem Boss? Also mit Mr. Parker?“

„Mit James Parker, genau“, bestätige ich, so dass auch die letzte Person, die uns gerade vielleicht belauscht hat, es mitbekommen kann.

„Wahnsinn“, murmelt sie und lässt sich in ihren Schreibtischstuhl fallen. „Seit wann?“, will sie sofort wissen.

Ich zucke mit den Schultern. „Schon seit einer Weile. Aber psst! Es soll keiner wissen. Du weißt doch. Er und seine Angestellte..."

„Deswegen hat er dich direkt am ersten Tag in sein Büro zitieren lassen. Jetzt wird mir so einiges klar."

Ich habe ihr nie erklärt, warum ich damals zu ihm kommen musste, lasse ihrer Fantasie jetzt aber freien Lauf.

Sie richtet sich wieder auf und fährt mit ihrem Stuhl näher an mich heran. „Sag schon. Wie ist er so? Ist er genau so heiß im Bett, wie ich mir das vorstelle?", fragt sie mich schamlos.

„Keira!", rufe ich empört und starre sie entsetzt an.

Doch sie blickt mich ernst an. Sie will die Information unbedingt haben.

Also nicke ich. „Oh ja", verrate ich ihr und beende das Thema damit.

Ich hole das Handy von James hervor und schicke ihm eine Nachricht, in dem ich ihm mitteile, dass die Nachricht raus ist.

Jetzt gibt es tatsächlich kein zurück mehr.

8. Kapitel - James

„Es ist raus. Meine Kollegin weiß Bescheid“, lese ich die Nachricht von Dany, während ich in einem langweiligen Meeting sitze. Zufrieden lege ich das Handy wieder zur Seite und lehne mich in meinem Stuhl zurück.

Dass ich ausgerechnet Dany für diesen Plan gefunden habe, war ein absoluter Glücksfall. Es fällt mir leicht, Zeit mit ihr zu verbringen. Sie ist nicht so oberflächlich wie die anderen Frauen in New York City. Sie ist witzig, unterhaltsam und so erfrischend natürlich.

Als sie gestern Abend in meiner Wohnung aufgetaucht ist und so absolut zum Anbeißen aussah, habe ich meine Vorsätze schon fast wieder über Board geworfen. Ich wollte ihr nahe sein, gleichzeitig wusste ich aber auch, dass Sex und Intimität unsere Verbindung und vor allem den Deal bloß gefährden würde. Und so habe ich mir kurzerhand ein Hotelzimmer in der Nähe gebucht, um nicht in Versuchung zu kommen. Ihr war es sicherlich auch Recht, dass ich nicht Zuhause war und sie den Abend ganz alleine und in Ruhe verbringen konnte, statt mich, ihren Boss, in der Nähe zu wissen.

„Mr. Parker, wir haben da ein Problem“, höre ich meine Assistentin Helen sagen, die im Türrahmen steht und mich unsicher ansieht.

„Was gibt es denn?“, will ich wissen.

Die Augen meiner Kollegen sind allein auf sie gerichtet, weswegen sie nervös den Blick senkt. „Das sollten wir vielleicht lieber allein besprechen.“

Ich nicke und verlasse den Konferenzraum, um ihr nach draußen zu folgen.

Wortlos drückt sie mir ihr Handy in die Hand und ich weiß bereits, welche Schlagzeile mich dort erwartet. „Begehrtester Junggeselle New Yorks hat eine Freundin!“, lese ich laut vor. Unter der Schlagzeile ist mein Coverbild aus dem Magazin zu sehen. Daneben ein winziges Bild von Dany, das sie aus ihrem privaten Social-Media-Account haben müssen und sie nicht gerade vorteilhaft zeigt. Ich ahne bereits jetzt, dass sie kein gutes Haar an ihr lassen werden, wenn ich das nicht sofort in die Hände nehme.

„Oje“, mache ich betroffen und reibe mir das Kinn. Bis auf Steve weiß keiner von der Fake-Beziehung und so soll es auch bleiben.

„Was wollen Sie unternehmen?“, fragt sie mich.

„Bereiten Sie ein offizielles Statement vor.“

„Wollen Sie es dementieren?“

„Nein. Bevor sich alle den Mund zerreißen und man ihr und mir vor der Firma auflauert, mache ich es lieber kurz und schmerzlos.“

„Es ist also wahr?“, fragt sie mich schockiert.

Ich lächle. „Ja, es ist wahr“, sage ich und blicke in das ratlose Gesicht meiner Sekretärin. Sie weiß nicht, was sie darauf entgegnen soll. Es ist eigentlich immer eine schöne Nachricht, wenn jemand einen Partner gefunden hat. Doch ist es noch immer schön, wenn diese Neuigkeit sofort in der Presse diskutiert wird?! „Ich bereite alles vor“, sagt sie schließlich professionell und lässt mich zurück in den Konferenzraum gehen.

Als ich wenig später zurück in mein Büro kehre, wartet Steve bereits auf mich, der das weitere Vorgehen mit mir besprechen will. Auch ihn hat die Nachricht natürlich bereits erreicht.

Er hat bereits mehrere ausgedruckte Artikel in einer Mappe gesammelt und sie auf meinen Tisch gelegt. „Ihr hättet euch schon darum kümmern können, dass es nur vorteilhafte Bilder von ihr im Netz gibt", sagt er etwas unzufrieden und zeigt auf das Bild von einem Stadtfest, das sie in einem roten Top, Zöpfen und einem großen Bierkrug in der Hand zeigt. „Sie ist nicht unbedingt die Frau, mit der dich alle immer gesehen haben."

„Keine Sorge. Ich weiß schon, was ich mir dabei gedacht habe. Kannst du dafür sorgen, dass man ihren Namen auch noch auf die Veranstaltung für Samstagabend setzt?"

„Du meinst das große Gala-Dinner? Bist du dir wirklich sicher? Das ist ein sehr wichtiges Event."

„Ich bin mir absolut sicher", bestätige ich meine Entscheidung noch einmal, denn ich weiß, wie gut sich Dany in einem hübschen Designerkleid neben mir auf dem roten Teppich machen würde. „Und Helen bereitet bereits mein Statement vor. Heute Abend wird ganz New York wissen, dass ich vom Single-Markt bin."

Steve schüttelt enttäuscht den Kopf. „Ich weiß, du hast gerade keine Zeit für eine Beziehung und dich nerven all die Angebote der Frauen. Aber du verschwendest so viele Chancen. Was ist, wenn bei all den Frauen, die dich auf dem Cover gesehen haben, die Richtige dabei gewesen wäre?"

„Das bezweifle ich", erwidere ich knapp. „Außerdem hast du doch selbst gesagt, dass das hier eine gute Idee ist."

„Ja, mit einer anderen Frau. Aber ... wer nimmt die hier schon ernst?“, fragt er mich abfällig und deutet dabei auf ein besonders unvorteilhaftes Bild von Dany. So langsam werde ich wütend, denn inzwischen mag ich Dany sehr gerne und ich fühle mich persönlich angegriffen, wenn er so über sie spricht.

„Du wirst schon sehen. Ganz New York City wird sie ernstnehmen.“

Wie ein Lauffeuer verbreitet sich die Nachricht in der gesamten Stadt. Ich erhalte Anfragen von der Presse und Nachrichten von Freunden und Bekannten, in denen sie mich entweder beglückwünschen oder fragen, ob das mein Ernst sei.

Immer wieder verirren sich Kollegen in die Nähe meines Büros, um nach mir zu sehen. Der Vorstand jedoch hält sich noch bedeckt. Es ist nicht ungewöhnlich, dass sie erst ein paar Tage verstreichen lassen, bevor sie mich auf Neuigkeiten ansprechen.

Und so rufe ich Dany am Nachmittag zu mir, bevor ich das offizielle Statement abgebe.

Als sie in meinem Büro erscheint, wirkt sie blass und ängstlich. Sofort habe ich ein schlechtes Gewissen. Für diesen Zustand bin ich verantwortlich. Ohne mich müsste sie sich nicht durch die Flut von Aufmerksamkeit und Fragen kämpfen. Und das war gerade erst der Anfang.

„Wie läuft es unten im Büro?“, will ich direkt von ihr wissen und schenke ihr dabei ein freundliches Lächeln.

Unentschlossen zuckt sie mit den Schultern. „Alle zerreißen sich das Maul über mich. Keiner glaubt mir und alle denken, dass ich mir das bloß ausdenke“, sagt sie ruhig und sieht mich mit leeren Augen an.

„Keine Sorge. Das hört auf, wenn mein Statement rausgeht."

„Und dann?"

„Ich werde auch eine Mail an deine Kollegen schicken lassen. Die sollen sich auf ihre Arbeit konzentrieren. Nicht darauf, was zwischen dir und dem Boss passiert."

„Mh", macht sie und wirkt nicht zufrieden.

„Am Wochenende steht ein großes Charity-Event an", sage ich nun und komme ihr etwas näher. „Dort würde ich dich dann auch offiziell als meine Freundin vorstellen."

„Oh", murmelt sie und blickt hoch. Ihre blauen Augen wirken müde.

„Hast du nicht gut geschlafen in meinem Gästezimmer? Ich habe eigentlich sichergestellt, dass das Bett auch bequem genug ist."

„Es war bequem. Das ist normal, wenn ich auswärts schlafe."

„Verstehe. Sag mir einfach, wie ich es dir noch angenehmer machen kann. Du wirst in Zukunft ja noch ein paar Nächte dort verbringen", schlage ich ihr vor, doch das scheint sie nicht aufzumuntern. Ihr Blick wirkt noch immer leer.

Vielleicht hatte Steve doch Recht? Vielleicht hätte ich auf einen Profi zurückgreifen sollen? Eine Person, die mit all der Aufmerksamkeit klarkommt und gerne im Mittelpunkt steht? Eine Person, die von dieser Verbindung profitieren würde, die sich nicht negativ auf sie auswirkt.

„Ich hätte gerne, dass du dich mit meinem Berater Steve unterhältst", sage ich und denke an ihre unvorteilhaften Bilder, die überall im Internet kursieren.

„Mit deinem Berater?", wiederholt sie verwirrt. „Warum?"

„Die Presse wird sich auf deinen Auftritt in den sozialen Medien stürzen. Er wird mit dir deine Seiten durchgehen und dafür sorgen, dass keine weiteren unvorteilhaften Bilder von dir in der Presse auftauchen."

Sie vergräbt ihr Gesicht in den Händen. „Das Bild vom Dorffest? Mit dem Bierkrug?", murmelt sie. „Ich habe meinem Kumpel schon so oft gesagt, dass er das endlich löschen soll. Aber es ist immer noch da."

„Keine Sorge. Um genau so etwas wird sich Steve kümmern. Er wird dir auch noch mal ein kurzes Briefing geben, wie du mit den Medienvertretern kommunizieren wirst. Er ist wirklich gut in seinem Job."

„Okay", erwidert sie erleichtert. Ein Punkt weniger, um den sie sich kümmern muss. „Was ist mit meinen Eltern? Und mit meinen Freunden in der Heimat? Bekommen die auch Anfragen von der Presse?"

„Unwahrscheinlich. So wichtig bin ich dann doch nicht. Außerdem konzentriert sich der New Yorker gerne nur auf sein Umfeld", versuche ich ihr die Unsicherheit zu nehmen. „Aber auch darüber kannst du mit Steve sprechen."

„Verstehe."

„Um noch mal auf das Event zurückzukommen. Tausende Augen werden da auf dich gerichtet sein." Ich blicke noch einmal in ihre blauen Augen, die nun nicht mehr leer wirken. Stattdessen erkenne ich die Angst darin. Das hier ist zu viel für sie. Das realisiert sie nun. „Aber keine Sorge. Du wirst umwerfend aussehen. Ich habe meiner Stylistin bereits Bescheid gesagt. Sie wird sich um ein passendes Outfit für dich kümmern. Du musst nur dafür sorgen, dass du pünktlich da bist."

Sie nickt. „Okay." Tausende Gedanken jagen ihr durch den Kopf. Sie wirkt beschäftigt und nicht ganz bei der Sache.

„Gibt es sonst noch etwas, was du mit mir besprechen möchtest?", frage ich sie daher.

Sie zögert und überlegt. Wieder fängt sie an, mit ihren Fingern zu spielen. Doch dann schüttelt sie den Kopf. „Nein. Eigentlich nicht", blockt sie meine Frage ab.

Ich strecke meine Hand nun nach ihrer aus und berühre sie sanft. Ich spüre, wie ihr Körper auf mich reagiert. Sie zuckt kurz zusammen und erwidert meinen Blick. „Ich will, dass das hier so angenehm wie möglich für uns beide ist, okay? Die Leute von der Presse können manchmal fies sein. Aber versuch, all die Aufmerksamkeit einfach zu genießen und die Vorteile mitzunehmen, die sich dir bieten, wenn du in der Öffentlichkeit stehst."

„Die da wären?"

Ich greife in meine Schreibtischschublade und hole einen Stapel an Einladungen für diverse Eröffnungen und Partys hervor. „Nur ein kleiner Teil. Nicht zu vergessen all die Goodie-Bags, die sie bei solchen Events großzügig verteilen." Ich mache eine kurze Pause und denke an unsere erste Begegnung zurück. „Oder die DJs, die dort auftreten", sage ich und blicke ihr dabei direkt in die Augen.

Ich kann sehen, wie das Leuchten zurückkommt und lächle sie nun breit an. „Du wirst schon sehen. Ich werde dafür sorgen, dass die nächsten sechs Monate die besten deines Lebens werden."

9. Kapitel - Dany

James‘ Lächeln schießt mir nicht nur direkt zwischen meine Beine, sondern vor allem auch mitten ins Herz. Sein Versprechen, dass die nächsten sechs Monate die besten meines Lebens werden, löst etwas in mir aus: Vorfreude. Und es vertreibt all die Zweifel, die sich dort in den letzten Tagen breit gemacht haben.

Ich bin die Freundin einer der mächtigsten Männer New York Citys.

Natürlich sorgt er dafür, dass es mir gut geht. Dass mir nichts passiert. Und dass all die negativen Kommentare über mich in der Presse wieder verschwinden. Er hat die Macht dazu. Wenn nicht er, wer dann?!

Nachdem das Gespräch mit James beendet ist, werde ich in das Büro von Steve geschickt, der mich bereits erwartet. Als einziger ist er eingeweiht in den Deal und ich habe sofort das Gefühl, dass er mit mir als Fake-Freundin nie ganz einverstanden gewesen ist.

Abschätzig mustert er mich von oben bis unten, als ich vor ihm stehe. Er streicht sich seine blonden Haare zurück und deutet auf den Stuhl gegenüber von seinem Schreibtisch. Er will sofort mit der Arbeit beginnen und zeigt mir all die schlechten und unvorteilhaften Fotos, die bereits in den New Yorker Medien kursieren.

„Die Fotos sind jetzt da draußen. Die bekommen wir nicht mehr zurück. Aber sollte es noch mehr geben, von denen du weißt, sag mir lieber sofort Bescheid. Dann werde ich mich darum kümmern.“

Ich nicke bloß. Steve ist genauso einschüchternd wie James. Er ist groß, wahnsinnig gutaussehend und strahlt etwas Dominantes aus. Ich kann auf dem ersten Blick erkennen, dass er kompetent ist und gut in dem ist, was er macht, weswegen ich auch keine Widerworte geben will. Auf der anderen Seite fehlt ihm die Menschlichkeit, die James ausstrahlt, der trotz seiner Macht noch nahbar wirkt.

Aber seine Tipps bezüglich des Umgangs mit der Presse sind hilfreich und wertvoll. Nach der Stunde in seinem Büro fühle ich mich gut auf die Anfragen vorbereitet, die mich erwarten, wenn ich später das Gebäude wieder verlasse. Es graut mir zwar immer noch davor, aber immerhin weiß ich nun, was ich ihnen antworten kann und soll.

Der restliche Tag im Büro verläuft schleppend. Ich merke, wie mein Herz ein bisschen schneller schlägt als sonst. Ich bin angespannt und die ganze Zeit auf der Lauer. Die Kollegen beobachten mich und verfolgen jeden Schritt, den ich mache.

Keira weiß auch nicht, wie sie sich mir gegenüber verhalten soll. Einerseits brennt sie darauf, alles zu erfahren. Andererseits versucht sie, mich auch in Ruhe zu lassen. Vor allem, nachdem die Mail von James an alle rausgegangen ist. Zusammen mit dem offiziellen Statement. Ich bin jetzt ganz offiziell die Freundin von James Parker. Ganz New York City weiß nun davon.

Selbst bei meinen Mitbewohnerinnen in Brooklyn kommt die Nachricht an, die mich daraufhin panisch mit Nachrichten und Anrufen bombardieren. Doch um die muss ich mich später kümmern.

„Wirst du noch weiter hier arbeiten?“, fragt mich Keira am Ende des Tages.

Ich gucke sie erstaunt an. „Ja, klar“, erwidere ich, weil dies nie zur Debatte stand. Ich brauch den Job schließlich und kann es mir nicht erlauben, eine Lücke im Lebenslauf zu haben, nur weil ich für sechs Monate die Freundin eines Promis gespielt habe. Doch das kann ich ihr natürlich nicht erzählen. Sie weiß nicht, dass sich das in sechs Monaten wieder erledigt hat.

„Ich würde wahrscheinlich direkt in Rente gehen, wenn ich mir so einen reichen Mann geangelt hätte“, scherzt sie und lacht laut auf.

Ich lache mit ihr, schüttle dann aber den Kopf. „Das hat sich meine Tante damals auch gedacht. Bis sich ihr Mann dann doch für eine Jüngere entschieden hat. Und jetzt steht sie da: Ohne Berufserfahrung und mit einer riesigen Lücke im Lebenslauf. Sie musste vor kurzem zusammen mit 18-jährigen einen neuen Job anfangen. Ihr Vorgesetzter ist halb so alt wie sie.“

„Sei doch nicht so pessimistisch. Vielleicht ist er der Richtige und ihr werdet für immer zusammenbleiben! Dann musst du dir um so etwas auch gar keine Gedanken machen!“, sie streichelt mir aufmunternd über das Knie und ich zwinge mich zu einem Lächeln.

„Das wäre natürlich schön. Aber bis er mir keinen Ring an den Finger gesteckt hat, bleibe ich lieber auf der sicheren Seite!“, erkläre ich ihr und damit scheint sie sich zufrieden zu geben.

Nur wenig später mache ich Feierabend. Viel später als der Rest. Aber ich hatte keine Lust, unter ihrer Beobachtung zu stehen, während ich das Büro verlasse. James hat sich um einen Wagen für mich gekümmert, damit ich nicht mit der U-Bahn nach Hause fahren muss. Der wartet bereits in der

Tiefgarage auf mich. Zusammen mit ein paar Vertretern von der Presse, die bereits geahnt haben, dass ich heute nicht durch den Haupteingang das Gebäude verlassen werde.

„Dany! Dany!", rufen sie mir hinterher.

Ich lächle, denn dazu hat Steve mir geraten. Stets höflich sein und ihnen nichts bieten, worüber sie negativ schreiben könnten.

„Ist es wahr, dass du die neue Freundin von James Parker bist?", rufen sie mir hinterher.

„Ja und er hat bereits ein Statement dazu abgegeben."

„Wie habt ihr euch kennengelernt?!", wollen sie wissen. „Bist du deswegen nach New York gekommen, um ihn dir zu angeln?"

„Auch das hat James bereits in seinem Statement beantwortet", sage ich professionell und steige in den Wagen ein.

Ohne weitere Zwischenfälle komme ich in Brooklyn an. Bisher haben die Journalisten noch nicht herausgefunden, wo ich wohne und ich gebe mir Mühe, möglichst unerkannt in mein Haus zu flüchten, wo ich direkt auf Chrissy treffe, die mich mit großen Augen anguckt.

„Ist es wahr?", fragt sie mich und greift dabei an meinen Arm.

Ich grinse. „Ja, es ist wahr. Sorry, ich durfte nichts verraten", entschuldige ich mich sofort und habe sofort ein schlechtes Gewissen. All die Leute, die ich nun anlügen muss und denen ich die Wahrheit verschweigen werde.

„Wow. Also wie? Und wann? Seit wann kennt ihr euch?", will sie wissen.

Ich lege meine Tasche ab und ziehe meine Schuhe aus und gehe dann mit ihr in den Wohnbereich. Ich hole tief Luft, um die abgesprochene Geschichte widerzugeben. „Er hatte damals beruflich in meiner Gegend zu tun. Da haben wir uns das erste Mal gesehen. Ich wusste nicht, wer er ist. Wirklich nicht. Wir haben uns unterhalten, ein Bier getrunken, getanzt ... du weißt schon. Er kam dann immer öfters her und wir haben uns jedes Mal gesehen und dann hat es sich irgendwie so entwickelt."

„Und dann bist du nach New York gezogen?"

„Jein", druckse ich herum. Es war schwierig, eine möglichst glaubhafte Geschichte um unser wahres Kennenlernen herumzustricken. „Nachdem ich herausgefunden hatte, wer er wirklich ist, hatte ich eigentlich kein Interesse daran, das fortzuführen. Du weißt ja ... ich bin das einfache Mädchen vom Land. Die große Stadt hat mich noch nie gereizt und sein Lifestyle ... Der hat nie wirklich zu meinem gepasst. Aber ... was soll ich sagen: Die Liebe war stärker." Ich grinse und blicke in ihr verträumtes Gesicht.

Sie freut sich für mich und denkt, dass ich mein Happyend gefunden hätte. „Wahnsinn. Das klingt wie aus einem Märchen. Aber ... Wieso bist du dann zu uns gezogen und nicht direkt zu James?"

„Ich wollte dieses Glamour-Leben nicht. Ich wollte mein Leben so führen, wie ich es bisher kannte. Bescheiden und nun ja ... normal. Daher haben wir uns für diese Lösung entschieden."

„Und doch ist die große Bombe jetzt geplatzt."

„Ja. Insgeheim wusste ich, dass wir das nicht ewig geheim halten können, auch wenn ich es mir gewünscht hätte. Die ganze Aufmerksamkeit ist schon ... heftig."

„Das kann ich mir vorstellen. Oh, wow. New Yorks begehrtester Junggeselle. Und du hast ihn dir geschnappt. Wahnsinn."

Verlegen lächle ich.

„Wirst du ihn dann jetzt auch auf all die Events begleiten?"

Ich zögere. „Nicht immer. Aber auf ein paar werde ich ihn wohl begleiten. Am Wochenende soll wohl so ein wichtiges Dinner stattfinden. Da bin ich dann zum ersten Mal dabei."

„So ein wichtiges Dinner", wiederholt sie schnippisch. „Es ist *das* Charity-Event des Jahres! Jeder wird da sein!", erklärt sie mir fassungslos.

„So etwas hat er mir auch gesagt. Daher kümmert sich auch seine Stylistin um mein Aussehen."

„Eine Stylistin", wiederholt sie erneut meine Worte und schüttelt dabei ungläubig den Kopf. „Ich hätte auch mal gerne eine Stylistin."

Sie redet weiter, während ich mir etwas zu Essen mache und zählt auf, wen ich alles bei dem Dinner treffen könnte. Doch ich kenne nur die Hälfte der Namen. Und mit jeder Minute, die sie mir mehr über das Event erzählt, werde ich umso nervöser.

Wie wird es, an James Seite über den roten Teppich zu gehen?

Wird er mir überhaupt Beachtung schenken, wenn all die berühmten Leute da sind?

Werde ich die ganze Zeit alleine am Tisch sitzen und vor Nervosität kein Wort rausbringen? Und wird mich jemand dabei beobachten, wie ungeschickt ich mich anstelle?

Über all das habe ich gar nicht nachgedacht, als ich dem Ganzen zugestimmt habe. Ich habe keine Ahnung, wie man sich auf solchen Events bewegt. Über was man spricht und wie man sich dort verhält.

„Das wird schon. Sei einfach du selbst und dann läuft das alles von alleine. Viele, die dort sind, werden in diese Kreise hineingeboren. Aber glaub mir … all die Schauspieler und Musiker, die sich dort blicken lassen, die hatten bei ihrem ersten Dinner auch keine Ahnung davon und kommen genau wie du auch nur aus einem winzigen Dorf. Und keiner zerreißt sich heute noch das Maul darüber, dass sie die falsche Gabel für den Fisch oder den falschen Löffel für das Dessert gewählt haben."

Der falsche Löffel für das Dessert? Gibt es etwa mehrere?, schießt es mir sofort durch den Kopf und die Panik in mir wächst, auch wenn Chrissy es nur gut gemeint und versucht hat, mir die Angst zu nehmen.

Doch dann erinnere ich mich wieder an James Worte. *Die besten sechs Monate meines Lebens.* Und das will ich ihm glauben.

Ein paar Tage später finde ich mich in seiner Penthouse-Wohnung wieder. Seine Stylistin Ashley ist ebenfalls da und hat mir mehrere Kleider für das Gala-Dinner heute Abend mitgebracht, in die ich nacheinander hineinschlüpfe.

Das erste ist lang und schwarz. Es sitzt eng an der Brust und an der Hüfte. Unten ist es weit ausgestellt und steht mir … leider gar nicht.

„Oh, nein. Auf keinen Fall", sagt auch Ashley, als ich angezogen vor sie trete. „Oder vielleicht", versucht sie es noch zu retten und hält mir ein paar High-Heels hin. „Zieh die mal dazu an."

Ich steige in die wahnsinnig hohen Schuhe und blicke erst zu ihr und dann in den Spiegel.

„Nein. Nein. Das bist nicht du", sagt sie zu meiner Erleichterung, denn genau das habe ich soeben auch gefühlt. Sie drückt mir das nächste Kleid in die Hand.

Ein glänzendes Kleid aus einem festen Satinstoff. In Flieder. Verwirrt halte ich das bodenlange Kleid an meinen Körper. Es wirkt schon jetzt 20 Zentimeter zu lang. „Bist du sicher?", frage ich sie und betrachte mich mit dem Kleid vor mir im Spiegel.

„Ja, klar. Das wird ganz anders aussehen, wenn du es erstmal anhast. Vertrau mir."

Ich vertraue ihr, ziehe mich wieder aus und schlüpfe in das Kleid. Es sitzt eng an meinem Körper und wirft Falten an den falschen Stellen. Es wirkt so, als ob es für eine Frau geschneidert wurde, die insgesamt einen viel längeren Körper hat als ich.

„Oh, Gott, sorry", murmelt sie und hält sich die Hand vor den Kopf. „Ich habe bis eben gar nicht bemerkt, wie klein du eigentlich bist. Nein. Das geht natürlich gar nicht", sagt sie zu meiner Erleichterung und reicht mir das nächste Kleid. Ein wunderschönes, wadenlanges Kleid aus dunkelgrüner Seide. Wieder halte ich es vor meinen Körper und bemerke sofort, wie das blau meiner Augen bei der Farbe besonders gut zur Geltung kommt.

Ich ziehe es ein und lasse den leichten Stoff über meine nackte Haut gleiten. Es fühlt sich fantastisch an. Es umspielt meine Hüften. Betont meine kleinen, aber doch präsenten Brüste und zaubert gleichzeitig auch noch eine tolle Silhouette und einen schönen Hintern.

„Das ist es!“, sagt Ashley und klatscht begeistert die Hände zusammen. „Ja, das ist es. Das ist dein Kleid.“ Sie stellt sich neben mich und zupft am feinen Stoff herum, bis es tatsächlich perfekt sitzt. Zufrieden strahlt sie mich an. „Gefällt es dir auch?“

Ich nicke und erwidere ihr breites Lächeln. „Ich liebe es.“

„Wunderbar. In einer halben Stunde kommt die Make-Up-Artistin. Deine Haare ...“, sie geht einen Schritt zurück und sieht mich an. „Ich denke, sanfte Wellen sollten reichen. Das kann sie dir auch machen.“

„Eine Make-Up-Artistin?“, wiederhole ich verwirrt. Ich dachte, darum würde sie sich auch kümmern. Aber da habe ich wohl falsch gelegen.

Pünktlich trifft die schwarzhaarige Frau namens Anastasia in James Wohnung ein und breitet ihren großen Make-Up-Koffer vor dem Spiegel aus. In knapp einer Stunde zeigt sie mir, welche Wirkung Make-Up haben kann. Meine Haut wirkt wie Porzellan. Meine Lippen sind auf die doppelte Größe geschminkt und meine Augen haben noch nie so blau geleuchtet wie heute. Und obwohl ich mich so anders fühle, sehe ich kaum verändert aus. Ich sehe bloß besser aus. Als ob man einen Filter über mich gelegt hätte, der alles ein wenig mehr ins rechte Licht rückt.

„Toll!“, sagt Ashley, nachdem Anastasia fertig mit mir ist und auch meine Haare sitzen.

Ich betrachte mich noch einmal im Spiegel. Das ist nicht mehr die kleine Dany aus einem winzigen Ort in Georgia. Das ist die Dany, die jetzt in New York City lebt und mit James Parker zusammen ist. Ich spüre, wie meine Brust sich automatisch mehr nach vorne drückt und wie sich mein Kinn ein wenig hebt. Das neu gewonnene Selbstbewusstsein sorgt für eine ganz andere Körperhaltung.

„Wow", höre ich eine tiefe, männliche Stimme sagen und entdecke im Spiegelbild James, der hinter mir auftaucht. Seine Augen verschlingen mich geradezu. „Du siehst gut aus. Nein, was sage ich da? Nicht nur gut. Umwerfend."

Er kommt auf mich zu und behält dabei Anastasia und Ashley im Blick. Um den Schein zu wahren, drückt er mir einen leichten Kuss auf die Wange zur Begrüßung.

„Danke", murmle ich verlegen und fahre mit den Händen über mein neues Kleid.

„Ich wusste doch, dass du das hinbekommst", sagt er zu Ashley, die bloß grinst.

„Bei der Ausgangslage war das auch nicht so schwer", schmeichelt sie mir.

James blickt wieder in meine Richtung und sieht mich dabei liebevoll an. „Das stimmt", er kommt näher und fährt vorsichtig mit der Hand über meinen Arm. Ich spüre, wie sich Gänsehaut auf meinem gesamten Körper ausbreitet. In der Öffentlichkeit macht er das manchmal. Mich berühren. Wie ein Mann seine Freundin nun mal berührt. Und obwohl das abgesprochen ist, sorgt es trotzdem für diese kleinen, wohligen Schauer. Und auch dafür, dass sich mein Verstand für ein paar Minuten ausschaltet und nach mehr verlangt.

Die letzten Tage waren intensiv. Unsere Treffen waren anders. Jetzt, wo es raus ist, gehen wir auch in Manhattan aus. Die Paparazzi machen hin und wieder noch ein paar Fotos von uns und versuchen, uns in peinlichen Situationen zu erwischen, aber es gibt sie nicht. Unsere Auftritte sind stets gut geplant. James achtet haargenau darauf, wo wir hingehen und was die Presse über uns schreiben könnte. Und er achtet darauf, dass wir verliebt aussehen. Dass sein Arm auf meiner Schulter liegt, wenn wir das Restaurant betreten. Dass seine Hand auf meiner liegt, wenn wir bestellen. Und dass wir beide Händchen halten, wenn wir durch den Central Park schlendern.

Und weil wir eben so normal aussehen, hat die Presse immer weniger Interesse an uns. Alles läuft genau nach seinem Plan.

Und ich? Ich mache es einfach mit. Die Zeit mit ihm genieße ich sehr. Seine Gesellschaft ist nach wie vor angenehm. Und trotzdem merke ich, dass ich eigentlich mehr will. Mehr als bloß die unschuldigen Küsschen für die Kameras. Und mehr als die laschen Streicheleinheiten, wenn uns ein Passant ansieht.

Und doch weiß ich noch immer, dass es nicht geht. Obwohl ich spüre, dass die Anziehungskraft zwischen uns nach wie vor da ist. Aber vielleicht ist das alles auch nur von ihm gespielt. Vielleicht wusste er bereits nach der einen Nacht mit mir, dass wir nicht zusammenpassen und zieht diese Fake-Beziehung daher so gut durch.

„Bist du bereit?“, unterbrechen James Worte meine Gedanken.

Ich blicke hoch und sehe ihn in seinem schwarzen Smoking vor mir stehen. Die braunen Haaren hat er sich ordentlich nach hinten gekämmt. Den Bart sauber getrimmt. Er sieht gut aus. Wie immer. Doch heute kommt es mir so vor, als ob er noch ein bisschen besser als sonst aussieht. Wie der Märchenprinz, der am Ende des Märchens auf die Prinzessin wartet und sie zum Ball begleitet.

„Ja“, sage ich leise und ergreife seine Hand, die er mir reicht.

Wir gehen auf den Fahrstuhl zu, der uns nach unten bringt und steigen in den Wagen ein, der vor dem Gebäude bereits auf uns wartet und uns bis vor den roten Teppich fährt.

„Sitzt alles?“, fragt er mich, als die Wagentür geöffnet wird und er kurz davor ist, auszusteigen. Er sieht mich fragend an. Alles an ihm sitzt.

„Ja“, erwidere ich und bin augenblicklich ganz nervös, als ich die Menge da draußen höre. Fans warten auf ihre Idole. Reporter auf Interviews und Paparazzi auf Schnappschüsse.

James steht auf und reicht mir dann die Hand, um mir aus dem Wagen zu helfen. Kaum strecke ich einen Fuß durch die geöffnete Tür, kann ich bereits das Blitzlichtgewitter sehen, das auf mich einprasselt.

„Da ist sie!“, höre ich die Menge rufen.

Ich versuche, ruhig zu bleiben. Darauf hat Steve mich vorbereitet.

Angestrengt setze ich einen Fuß vor den anderen und lächle.

Ich lächle die Kameras und die Reporter an, während ich James Hand fest umklammert halte.

„Gleich ist es geschafft“, sagt er und führt mich langsam über den roten Teppich.

Wir stellen uns vor einer Wand auf, die mit den Logos der Sponsoren überzogen ist. Dort posieren wir ein weiteres Mal. Zusammen und getrennt.

Als wir endlich fertig sind, schmerzen meine Mundwinkel und vor meinen Augen tauchen weiße Flecken auf.

„Geschafft", sagt er zufrieden und betritt gemeinsam mit mir und vielen anderen Gästen den großen Veranstaltungsraum.

Überall huschen Mitarbeiter mit Headsets herum. Sie brüllen sich Sachen zu und wirken dabei gestresst, während ich langsam wieder zur Ruhe komme. Das Schlimmste wäre geschafft. Jetzt muss ich nur noch dieses Essen durchstehen.

„James!", ertönt die schrille Stimme einer älteren Dame in einem fliederfarbenen Kleid. Sie kommt direkt auf uns zugestürmt und drückt James einen feuchten Kuss auf die Wange. Dann widmet sie sich mir. Von oben bis unten mustert sie mich eingängig, bis sich ein breites Lächeln auf ihrem Gesicht ausbreitet.

„Und du musst Dany sein!", sagt sie und breitet ihre zierlichen Arme aus, um mich an sich zu drücken.

Verwirrt werfe ich James einen Blick zu, der bloß seinen Kopf schief legt und grinst, während ich in eine Wolke aus Chanel No. 5 gehüllt werde.

„Hi", presse ich hervor, nachdem sie mich wieder losgelassen hat. „Freut mich." Hilfesuchend schaue ich mich nach James um, der die Situation sofort aufklärt.

„Das ist meine Großtante Mildred", sagt er und deutet dabei auf die kleine Frau mit den grauen Haaren.

„Entzückend, James. Wirklich entzückend", sagt sie immer wieder, während sie mich betrachtet. „Ich freue mich so, dass du endlich auch eine Frau gefunden hast." Und ohne etwas erwidern zu können, rauscht sie auch schon davon und stürzt sich auf die nächste Person. Verwirrt bleibe ich zurück. Hat er bereits seiner Familie von mir erzählt? Ich spüre, wie sich ein warmes Gefühl um mein Herz ausbreitet. *Er hat von mir erzählt!* Doch dann erinnere ich mich wieder an den Deal und das offizielle Statement. Natürlich weiß sie von mir. Aber nicht, weil er von mir erzählt hat, sondern weil sie die Medien verfolgt. Und selbst wenn … Es geht hier eh nie um mich, sondern um die Fake-Freundin, die ich darstellen soll. Doch irgendwie scheinen meine Gefühle das gerade nicht so gut trennen zu können.

„Entschuldige", sagt er und grinst noch immer. „Sie ist immer so drauf. Sie war ganz aus dem Häuschen, als sie von dir erfahren hat."

Ich zwinge mich zu einem Lächeln. „Echt?", hake ich nach.

„Ja, sie ist etwas konservativ, was die Familie angeht. Ihrer Meinung nach sollten alle mit spätestens 30 verheiratet sein und der Nachwuchs ist am besten schon da oder auf dem Weg."

„Klingt wie die alten Leute in meinem Heimatort", merke ich an, doch das hört er schon gar nicht mehr, denn die nächste bekannte Person kommt auf uns zu.

Ohne überhaupt unseren Tisch erreicht zu haben, habe ich bereits unzählige Hände geschüttelt und Bekanntschaften gemacht. Mit bekannten Persönlichkeiten aus Film und Fernsehen aber auch aus der Finanzwelt, in der James zuhause ist. Wichtige Manager kannten meinen Namen, ohne dass ich jemals zuvor von ihnen gehört habe.

Wir lassen uns an unserem Tisch nieder und ich mache Bekanntschaft mit dem Bürgermeister der Stadt und seiner Frau. Eine berühmte Sängerin sitzt mir gegenüber und den Mann neben ihr habe ich bestimmt schon mal im Kino gesehen.

Wie im Film komme ich mir auch vor, als eine Dame in einem goldenen Abendkleid die Bühne betritt, um uns zu begrüßen. Sie erklärt, für welche Organisation gerade Spenden gesammelt werden und stellt ein paar der wichtigsten Gäste vor. Danach wird das Essen serviert.

All die Nervosität war vollkommen umsonst. Ich verbringe einen zauberhaften Abend mit köstlichen Speisen, guten Drinks und unterhaltsamen Konversationen. James ist dabei stets an meiner Seite. Er kümmert sich um mich und fragt regelmäßig, wie es mir geht und ob ich schon nach Hause möchte.

Als ich auf Toilette muss, hält er für mich meine Tasche und wartet vor der Tür auf mich. Lächelnd wasche ich mir im Anschluss die Hände und betrachte mich im Spiegel. Ich kann immer noch nicht glauben, dass ich ausgerechnet hier gelandet bin. Noch vor ein paar Wochen habe ich die Flucht nach New York City angetreten, weil ich nicht weiterwusste und plötzlich befinde ich mich in meinem persönlichen Märchen.

„Du hast echt Glück", sagt eine brünette Frau zu mir, die sich neben mir die Hände wäscht. Sie lächelt mich durch den Spiegel breit an.

Fragend erwidere ich ihren Blick.

„Mit James Parker. Du hast wirklich den Jackpot mit ihm gezogen."

„Oh. Ja", sage ich und lächle nun ebenfalls. „Ich weiß."

„Und damit meine ich nicht nur den Erfolg und das Geld, das er hat, oder das wahnsinnig gute Aussehen. Er gehört auch sonst zu den Guten."

Wieder nicke ich. Auch das ist nichts Neues für mich.

„Ich wünsche euch alles Gute." Nun strahlt sie, während sie mir noch einen letzten Blick durch den Spiegel wirft und dann wieder geht.

Ich bleibe mit gemischten Gefühlen zurück. Wenn sie nur wüsste, dass das hier alles bloß Fake ist.

Als ich die Toilette wieder verlasse, wartet James bereits geduldig auf mich und hält mir meine Tasche entgegen.

„Danke", murmle ich und werfe ihm einen flüchtigen Blick zu. Erst jetzt bemerke ich, dass er lächelt.

„Die Tanzfläche wurde eröffnet. Darf ich dich zu einem Tanz auffordern?", fragt er.

Ich höre, wie die laute Musik zu uns dringt und meine Muskeln bereits anfangen zu zucken. Ich habe immer Lust zu tanzen. „Natürlich."

An meiner Hand entführt er mich zurück in den großen Saal. Ich verstaue meine Tasche bei meiner Tischnachbarin und dann wirbelt er mich auch schon um mich herum. Sobald wir uns gegenüberstehen und die Musik durch unsere Körper fließt, gibt es kein Halten mehr. Wir tanzen. Und zwar so, als ob wir uns schon lange kennen würden. Unsere Schritte passen perfekt zusammen. Der Rhythmus, die Bewegungen. Alles wirkt so harmonisch und als ob wir das hier nicht zum ersten Mal machen würden. Es ist einfach, mit ihm zu tanzen. Er führt mich gekonnt über die Tanzfläche und es macht Spaß.

So viel Spaß, dass wir die Zeit komplett vergessen. Wir bemerken gar nicht, wie immer mehr Gäste gehen und wie sich der Saal leert. Wir tanzen, strahlen uns gegenseitig dabei an. Wir genießen die Musik und die Nähe des anderen, bis wir schließlich beide verschnaufen müssen.

„Wow“, sagt er und fächelt sich Luft zu. Seine Wangen sind gerötet. Das Jackett hat er bereits am Anfang abgelegt, trotzdem ist ihm furchtbar warm. „Ich muss dringend etwas trinken. Was ist mir dir?“, fragt er mich.

Ich nicke und setze mich dann auf einen freien Stuhl. Meine Füße schmerzen. Die Schuhe sind höher, als ich es gewohnt bin. Doch als ich eben über die Tanzfläche geschwebt bin, habe ich es gar nicht bemerkt. Oder eher gesagt: Es war mir egal. Gerade war mir alles egal.

James reicht mir ein großes Glas Wasser, das ich in einem Zug austrinke.

Er sieht sich um und bemerkt auch erst jetzt, wie weit die Zeit bereits fortgeschritten ist. „Wann ist es so spät geworden?“, fragt er mich verwundert und kommt etwas näher.

Sein betörender Duft steigt mir in die Nase und ich bin froh, gerade noch immer auf dem Stuhl zu sitzen, denn sonst wären mir bestimmt die Knie weggeknickt. „Ich weiß es auch nicht“, erwidere ich und schaue zu, wie er immer näherkommt und mir direkt auf den Mund blickt.

Mit der Zunge befeuchtet er seine Lippen und behält mich dabei im Blick. Ich kann es nicht mehr unterscheiden. Dieser Blick … spielt er das nur, weil wir gerade beobachtet werden oder ist das echt?

Ich spüre, wie mein Herz schneller schlägt. Es wünscht sich, dass er noch näherkommt. Dass er seine Lippen auf meine drückt und wir in einem innigen Kuss miteinander verschmelzen.

Doch seine Lippen treffen nicht auf meine. Er stoppt kurz bevor und wirft einen Blick auf seine Uhr. „Möchtest du noch bleiben oder sollen wir gehen?“

Am liebsten würde ich gehen. Mit zu ihm, um dort über ihn herzufallen. Doch das hat er bestimmt nicht im Sinn.

Auch ich werfe noch einen Blick in die immer kleiner werdende Menge. „Lass uns gehen“, sage ich schließlich. Ich bin erschöpft und müde. Vor allem aber überwältigt von meinen eigenen Gedanken und Gefühlen. Es ist erschöpfend, mehr zu wollen und gleichzeitig zu wissen, dass ich das nicht bekommen kann.

„Schläfst du bei mir?“, fragt er mich, als sich seine Hand wie automatisch um meine schließt.

Wortlos nicke ich, denn ich bin eh davon ausgegangen, die Nacht wieder in seinem Gästezimmer zu verbringen. „Klar.“

Wir holen unsere Sachen und er führt mich zum Wagen. Es ist nicht mehr viel los, weswegen wir unterwegs nicht mehr aufgehalten werden. Als ich einsteige, ist die Stimmung irgendwie angespannt. Ich bin unglücklich, während er zufrieden ist. Der Abend ist gut verlaufen. Ich habe mich von meiner besten Seite gezeigt. Das sagt er mir auch.

„Mit dir habe ich die richtige Wahl getroffen“, sagt er leise, während sich der Wagen in Bewegung setzt. Er greift nach meiner Hand und lächelt mich an.

Ich schlucke schwer. Wir sind nicht mehr in der Öffentlichkeit. Er muss nicht mehr so tun, als ob wir ein Pärchen wären.

Ich erwidere seinen Blick flüchtig und schaue wieder weg.

Doch seine Augen ruhen noch immer auf mir.

Ich spüre, wie er näherkommt. Er rutscht auf den mittleren Sitz. Seine Hand legt sich auf mein Knie und ich nehme den Blickkontakt wieder auf. Wieder starrt er auf meinen Mund. Und wieder leckt er sich langsam über seine Lippen. Doch dieses Mal stoppt er nicht. Dieses Mal berühren seine Lippen meine. Und dieses Mal fühlt es sich nicht gespielt an. Für wen auch? Wir sind alleine.

Ich lasse mich darauf ein. Auf diesen zärtlichen, sanften Kuss, in dem jedoch so viel Lust und Leidenschaft mitschwingt. Seine Hände fahren an meinem Körper entlang und auch meine Arme legen sich um seine starken Schultern und ehe ich mich versehe, sitze ich auf seinem Schoß und presse mich fest gegen seinen Körper.

Wir bekommen nicht mehr mit, wie das Auto in die Tiefgarage fährt und direkt vor dem Eingang des Fahrstuhls stehen bleibt. Der Fahrer gibt uns noch ein paar Minuten aus Höflichkeit, klopft dann aber schließlich gegen die Fensterscheibe, um uns darauf hinzuweisen, dass wir da sind. *Und ins Schlafzimmer wechseln könnten.*

Ich löse mich von James, der mich noch immer gierig ansieht. Er hält meine Hand, während wir zusammen den Wagen wieder verlassen und führt mich fordernd in den Fahrstuhl, wo er erneut über mich herfällt. Seine großen Hände umfassen mein Gesicht, streicheln es zärtlich, um mich dann wieder zu küssen.

Der Aufzug setzt sich in Bewegung und während der gesamten Fahrt knutschen wir. Als wir in seinem Penthouse ankommen, führt er mich in den Flur, nur um mich dort auf seine Hüfte zu heben, um mich dann ins Schlafzimmer zu tragen. *In sein Schlafzimmer.*

Behutsam legt er mich auf seinem Bett ab und macht sich gleich daran, meinen gesamten Körper mit Küssen zu übersähen, während er mir das Kleid herunterstreift.

Leise seufze ich auf, als ich seinen Mund in meinem Nacken spüre und seine Hände in meinem Schritt.

Passiert das hier gerade wirklich?

Davon habe ich die letzten Tage so oft geträumt.

Auch den Slip schiebt er mir von der Hüfte und ehe ich mich versehen kann, bohren sich seine Finger in meine nasse Muschi. Erneut seufze ich vor Erregung auf.

„Fuck", murmelt er, als er mit seinem Gesicht zwischen meinen Beinen verschwindet und beginnt, meinen Kitzler mit seiner Zunge zu berühren. „Du bist so nass."

Ich lasse mich fallen. Konzentriere mich auf seine Finger in mir und seine Zunge auf meiner Perle. Geschickt sorgt er binnen kürzester Zeit dafür, dass ich kurz vor meinem ersten Höhepunkt stehe. Mit den Fingern kralle ich mich an seinen Haaren fest, während er unerbittlich an mir leckt, bis ich schließlich komme.

Mit geschlossenen Augen und wild schlagendem Herzen liege ich nackt auf seinem Bett, während er einen Schritt zurücktritt und sich nun ebenfalls auszieht.

Als ich blinzle, kann ich sehen, wie er nackt zurück auf mich zukommt. Sein Schwanz steht steil von ihm ab. Er greift nach meinem Kopf und führt ihn fordernd zwischen seine Beine.

Nur zu gerne fange ich an, mit meiner Zunge über seine Eichel zu gleiten. Oh, Gott. Wie gut er schmeckt ... Meine Finger legen sich um seinen langen Schaft und vorsichtig schiebe ich mir seinen harten Penis tief in den Mund. Ich genieße den Moment. Er über mir. Ich unter ihm. Mit seinen Händen an meinem Kopf. Es macht mich an, wie groß er sich in mir anfühlt. Wie mächtig. Und auch, wie geil es ihn macht.

„Fuck“, stöhnt er erneut aus, als ich ihn immer tiefer in meinen Hals presse. Sein Griff wird fester und für einen Moment behält er mich in dieser Position, ehe ich mich wieder zurückziehe. Genüsslich fange ich an, sein bestes Stück mit meinem Mund zu verwöhnen, bis er genug hat, mich packt und zurück auf das Bett drückt.

Er kniet sich vor mich, spreizt meine Beine und schenkt mir dabei einen tiefen, innigen Blick. Noch einmal küssen wir uns, bevor er sich dann in mich schiebt.

Laut stöhne ich auf, als ich spüre, wie er immer tiefer in mich eindringt. Seine Hände legen sich an meinen Körper und er beginnt, sich langsam in mir zu bewegen. Mit langen, festen Stößen fickt er mich. Sein Kopf in meinem Nacken. Seine Hände an meiner Taille und an meinen Brüsten.

Ich halte mich an seiner starken Schulter fest und genieße, wie seine Stöße immer fester und härter werden. Auch sein Stöhnen wird lauter. Er wird schneller, seine Stöße gieriger.

Rhythmisch bewegen wir uns, pressen unsere Körper aneinander und tauschen immer wieder heiße Küsse miteinander aus.

Ein weiteres Mal packt er mich und dreht mich auf den Bauch. Ich spüre seine Hände an meiner Taille und merke im nächsten Moment, wie er mich zu sich hochzieht. Er dringt von hinten in mich ein und fickt mich weiter. Hart und fest. Seine großen Hände fahren über meinen Rücken und sein Bart kitzelt auf meiner Haut, während er mich immer wieder küsst.

Er wird schneller. Sein Stöhnen immer lauter.

Ich merke, wie sich der nächste Orgasmus in mir zusammenbraut. Wie sich mein Unterleib zusammenzieht und meine Finger sich immer fester in das Bettlaken unter mir krallen. „Oh, Gott“, stöhne ich, als ich kurz davor bin zu kommen.

Er macht weiter. Behält die gleiche Position bei und treibt mich damit zum nächsten Höhepunkt.

Laut stöhne ich auf, vergrabe mein Gesicht im Kissen unter mir und genieße, wie das warme Gefühl durch meinen Körper jagt.

Mit langen, tiefen Stößen, die immer schneller und schneller werden, fickt er mich weiter. Sein Griff an meiner Hüfte verstärkt sich. Sein Seufzen wird lauter und dann kommt auch er.

Ich spüre, wie er in mir zuckt und wie er sich langsam wieder beruhigt. Liebevoll fahren seine Hände über meinen schweißnassen Rücken, bis er uns beide auf das Bett drückt. Er zieht mich in seine Arme. Mit dem Gesicht liege ich auf seiner Brust und höre, wie schnell sein Herz schlägt.

„Puh“, macht er und fährt sich mit der Hand durch seine zerzausten Haare.

„Puh“, wiederhole ich. Einerseits aus körperlicher Erschöpfung und andererseits, weil meine Gedanken rasen.

Wieso ist das gerade passiert?

10. Kapitel - James

Tief sauge ich die Luft in mich ein, während ich das Gewicht von Danys Kopf auf meiner Brust spüre. *Fuck.* Das war nicht geplant. Ganz und gar nicht. Ich wollte die Finger von ihr lassen, um das alles nicht unnötig zu verkomplizieren. Und doch ist es passiert.

Der Abend mit ihr beim Gala-Dinner. Die neidischen Blicke der Männer. Die Zusprüche meiner Bekannten und Freunde. Und dazu unser Tanz. Ich konnte nicht widerstehen.

Und jetzt liegen wir hier.

Was sie nun wohl von mir denkt?

Gedankenverloren streichle ich ihr über die nackte Haut und höre, wie sie sanft atmet. Was ist das hier für sie? Eine reine Geschäftsbeziehung, die durch Sex nun etwas aufgelockert wird? Oder ... nein. Sie wird nicht mehr für mich empfinden. Unmöglich. Der Vertrag ist eindeutig. Und sie hat ihn gelesen.

Die letzten Tage mit ihr waren schön. Wir verstehen uns gut und ich bin froh, mich am Ende für sie und nicht für ein Model oder eine Schauspielerin entschieden zu haben, aber sie weiß genau wie ich, dass das hier alles nur gefaked ist.

Ich spüre, wie sich ein sanfter Schauer auf ihrem Körper ausbreitet, als ich eine besonders empfindliche Stelle berühre. Sie öffnet die Augen und sieht mich an. Auf ihrem Gesicht liegt ein zufriedenes Lächeln.

„Möchtest du auch noch etwas trinken?“, frage ich sie anstelle der Frage, die eigentlich durch meinen Kopf geistert.

Sie rutscht von mir herunter und nickt. „Ja, gerne.“

Nackt stehe ich auf und schlendere in die Küche.

Das hier ist nur Sex in einer Fake-Beziehung, oder?

Das machen wir nur, um die gemeinsame Zeit noch etwas spannender zu gestalten. Ich meine, dass es zwischen uns im Bett gut läuft, kann man schließlich nicht bestreiten. Und es wäre doch Verschwendung, wenn wir die gemeinsame Zeit nicht sinnvoll nutzen würden.

Das sind hoffentlich die Gedanken, die sie auch teilt, denn ich will keineswegs, dass sie sich falsche Hoffnungen macht. Oder gar verletzt wird.

Gedankenverloren stehe ich in meiner dunklen Küche. Ich hole eine gekühlte Flasche Wasser aus dem Kühlschrank und bringe sie gemeinsam mit zwei Gläsern zurück ins Schlafzimmer.

Noch immer nackt sitzt Dany auf meinem Bett und schaut mich an. Ihr Make-Up ist verwischt, was vermutlich mir geschuldet ist. Ihre langen Haare sind zerzaust. Und trotzdem sieht sie umwerfend aus.

Ich fülle das Glas und reiche es ihr. Mit einem Zug trinkt sie es vollständig aus, stellt es zur Seite und sieht mich verführerisch an. Sie geht auf alle vier, krabbelt in meine Richtung und hockt nun direkt vor mir. Allein bei dem Anblick regt sich etwas in mir. Mein Schwanz wird hart.

Sie greift danach und schiebt ihn sich unvermittelt in ihren hübschen Mund.

„Fuck“, murmle ich, halte mein Glas umklammert und kann nicht glauben, was hier gerade passiert.

Wie kann ich nur so viel Glück haben?

Genüsslich fängt sie an, mit ihrer Zunge an meiner Eichel zu lecken und sich ihn dann wieder tief in ihren Mund zu schieben.

Ich lege eine Hand an ihren Kopf und fange an, ihn gleichzeitig zu kraulen und fester auf meinen Penis zu drücken. Es gefällt ihr, wenn ich die Oberhand über sie habe. Und mir gefällt das erst recht.

Schnell stelle ich das Glas zur Seite, schnappe sie mir ein weiteres Mal und drehe sie auf den Bauch. Ohne weiter darüber nachzudenken, ziehe ich sie an ihrer Hüfte zu mir und ficke sie erneut.

Wie könnte ich auch nicht?!

11. Kapitel - Dany

Verschlafen öffne ich die Augen. Die letzte Nacht steckt mir noch in den Knochen. Das Dinner, das stundenlange Tanzen und ... Oh, Gott.

Schockiert reiße ich die Augen auf und blicke mich um. Ich bin nicht in meinem Bett. Weder in Brooklyn noch in *meinem Zimmer* bei James. Ich liege in seinem Bett. Weil ... *weil wir Sex hatten.* Schon wieder!

Und das obwohl ich mir noch geschworen hatte, es nicht noch einmal zu tun. Nicht mit ihm. Um mich zu schützen und um diese Geschäftsbeziehung, die es eigentlich sein sollte, aufrecht zu erhalten.

Wie konnte es nur so weit kommen?!

Ich schließe die Augen wieder und lasse die letzte Nacht Revue passieren. Dieser heiße Kuss im Auto. Dieser heiße Sex in diesem Bett.

Ich ziehe mir die Bettdecke über das Gesicht als ich an die zweite Runde denke. Die andere Dany war wieder da. Das wilde, unbändige Luder, das nicht genug bekommen kann. Oh, Gott.

Wie konnte ich das bloß passieren lassen?!

Und wie konnte er das bloß passieren lassen?!

Hat er sich beim letzten Versuch nicht noch selbst gestoppt?

Mir schwirrt der Kopf. Ich brauche Antworten.

Vorsichtig ziehe ich mir die Bettdecke wieder herunter und drehe mich auf die andere Seite. Ich räuspere mich und muss feststellen, dass er gar nicht mehr da ist.

Er ist verschwunden! Ich richte mich auf und werfe einen Blick zur Tür, die nur angelehnt ist. Ich atme ruhig durch und versuche, mich auf die Geräusche zu konzentrieren, die nach draußen zu mir dringen. Doch es ist ruhig. Es ist absolut nichts zu hören.

Ich bin alleine hier.

Noch einmal werfe ich mich zurück auf das weiche Kissen und starre nun mit offenen Augen an die Decke.

Wieso hat er noch einmal mit mir geschlafen?!

War er vielleicht einfach nur geil und hat mich als bequemste Möglichkeit gesehen? Ich meine ... ich war eh da. Und einmal hat er mich ja eh schon rumbekommen. Der Sex war beim ersten Mal gut, wieso nicht auch noch ein zweites Mal?

War es wirklich das für ihn?

Die einfachste Lösung für ein *vorrübergehendes Problem*?

Oder steckt da vielleicht doch mehr hinter?

Seine Blicke, diese Küsse ... Das ist doch mehr als nur etwas sexuelle Lust, richtig?!

Ich seufze laut und drehe mich auf die andere Seite. Wie konnte ich schon wieder in diese Situation geraten? Wie konnte er mich bloß in diese Situation bringen? Merkt er nicht, dass er mich mit seinen Taten total verwirrt.

Augenblicklich schrecke ich auf, als ich etwas rascheln höre. Er ist doch noch da.

Sofort springe ich auf, um den Geräuschen nachzugehen. Barfuß tapse ich durch seine Wohnung und entdecke ihn schließlich in der Küche. Der Duft von frisch gemahlenem Kaffee steigt mir in die Nase und dann dreht er sich zu mir um.

Sein Blick wandert einmal an meinem Körper entlang. Ganz langsam mustert er mich von oben bis unten, legt seinen Kopf schief und grinst mich dann dreckig an. „Guten Morgen, mein kleiner Nimmersatt“, sagt er und kommt langsam auf mich zu.

Erst jetzt bemerke ich, dass ich noch immer nackt bin.

„Oh, Gott“, murmle ich und halte mir beschämt die Hände vor meinen Körper, um mich zu bedecken. Was natürlich total überflüssig ist, da er mich eh schon nackt kennt.

„Morgen“, sage ich und blicke mich schnell in der Küche um. Auf der Suche nach einem Handtuch oder vielleicht sogar einer Zeitung, mit der ich mich bedecken kann.

Er kommt noch näher und steht nun direkt vor mir. Er trägt bereits seinen Anzug. Das Jackett liegt noch über dem Stuhl, aber die Schuhe hat er bereits an.

„Musst du schon los?“, frage ich ihn.

Er deutet wortlos auf die zweite Kaffeetasse auf dem Tresen und sieht mich fragend an, während er einen Schluck von seinem Kaffee nimmt.

Ich schüttle den Kopf. Nach Kaffee ist mir gerade ganz und gar nicht.

„Ja, ich habe leider einen frühen Termin und muss direkt ins Büro. Aber ich habe bereits einen Tisch für heute Mittag reserviert. Klingt das gut?“ Er stellt seine Tasse ab und legt seine Hand um meine nackte Taille. „Ich würde dir nur zu gerne noch etwas Gesellschaft im Bett leisten.“ Dann beugt er seinen Kopf zu mir herunter und gibt mir einen Kuss auf die nackte Schulter. Sofort breitet sich ein wohliger Schauer auf mir aus und mir entfährt ungewollt ein leiser Seufzer. *Fuck, warum muss mein Körper auch so verräterisch sein?!*

„Dann sehen wir uns später“, murmle ich bloß und blicke ihm dabei tief in die grünen Augen.

„Bleib so lange, wie du willst. Aber erschreck dich nicht, wenn die Haushälterin später vorbeikommt.“ Er schnappt sich sein Jackett und dreht sich noch einmal nach mir um, damit er noch einen letzten, intensiven Blick auf meinen nackten Körper werfen kann. „Ich schicke dir gleich die Adresse des Restaurants.“

Kaum ist er im Aufzug verschwunden, husche ich zurück ins Schlafzimmer und verstecke mich wieder unter der Bettdecke.

Das lief nicht wie geplant. *Ganz und gar nicht!*

Aber beim Mittagessen! Da werde ich ihn drauf ansprechen. Auf meine Gefühle und unsere ganze Fake-Beziehung. So kann es nicht weitergehen. Ich muss wissen, was das hier für ihn ist. Eine nette Freizeitbeschäftigung, während man ohnehin schon Zeit miteinander verbringt oder ...

Nein ... es kann nicht mehr für ihn sein. Wieso sollte es das? Hätte er die Zeit und Muße für eine Beziehung, wieso sucht er sich dann nicht einfach eine passende Frau aus? Wieso sollte er sich dann auf mich einlassen?

So oder so brauche ich Klarheit.

Ich drehe mich noch einmal im Bett um. Ich bin müde und erschöpft. Mein Kopf dröhnt von all den Fragen. Ich versuche noch mal meine Augen zu schließen und vielleicht eine oder zwei Stunden zu schlafen. Doch dann macht sich etwas anderes bemerkbar: Mein Magen.

Ich versuche es zu ignorieren. Das sind bloß die Bauchschmerzen, weil ich diesen ganzen Stress nicht mehr ertrage. Mehr nicht.

Doch dann werden sie schlimmer und ich spüre, wie mir etwas hochkommt.

Der Alkohol von gestern Abend?

Ich denke nach … Ich hatte keinen Alkohol. Ich hatte Wasser zum Essen und Wasser nach dem Tanzen. Aber sonst? Vielleicht einen Begrüßungssekt, wobei ich mir selbst da nicht mehr allzu sicher bin. Aber bevor ich weiter darüber nachdenken kann, springe ich auf und renne ins Badezimmer, um mich dort zu übergeben.

Nach einem unschönen Morgen beschließe ich, zurück in meine WG zu fahren, um mich dort umzuziehen. Danach fahre ich zu der Adresse, die mir James vor ein paar Minuten mitgeteilt hat. Ich trage ein hübsches, blaues Kleid, das weit fällt, weil ich irgendwas Enges nicht ertragen hätte. Nicht heute, denn mir wird zwischendurch immer mal wieder übel. Ich weiß wirklich nicht, was mit mir los ist. Vielleicht war das Essen schlecht?

Unwahrscheinlich bei der Qualität, die all die Speisen gestern hatten.

Doch was ist es dann?

Ich versuche, mich zu beruhigen und es auf die Nervosität zu schieben. Das geht sicher gleich vorbei, wenn ich mich endlich mit James aussprechen kann.

Ich atme noch einmal tief durch, als ich vor dem Restaurant stehe und in die verdunkelten Scheiben blicke. Es ist eins von den kleinen Restaurants. Schick und teuer. Restaurants, die ich früher nie besucht habe und nun ist das hier bereits das fünfte, das ich in der Zeit mit James betrete. Ich drücke die Tür auf und sofort eilt mir ein Kellner zur Seite. Er hält die Tür für mich fest und fragt gleichzeitig, ob ich verabredet sei. Dabei wirft er unauffällig einen Blick auf meine Kleidung, die vielleicht doch nicht ganz so angemessen für so eine schicke Location wirkt.

„Ich bin mit Mr. Parker verabredet", sage ich selbstbewusst und sehe, wie sich sein Blick verändert. Er erkennt mich. Ich bin die Freundin.

„Natürlich. Ich bringe Sie sofort an seinen Tisch."

Er führt mich durch das Restaurant, das mit wenigen Tischen ausgestattet ist. Alle sind mit weißen, makellosen Tischdecken bestückt. Das Besteck liegt fein säuberlich nebeneinander und polierte Weingläser stehen im perfekten Abstand zueinander in der Tischmitte.

„Da wären wir", sagt der Kellner und deutet auf einen großen Tisch, an dem mehrere Männer in Anzügen sitze.

„Äh", sage ich und bereue, dass ich nur Parker gesagt habe. Das hier muss eine Verwechslung sein. Ein anderer Mr. Parker. Doch der Kellner ist bereits verschwunden und lässt mich alleine vor dem großen Tisch zurück.

Ich blicke in die Gesichter der Männer, die alle in den 40ern sein müssen. Alle bis auf einen.

„Dany!", ertönt James Stimme, der mittendrin sitzt. Er steht auf und kommt auf mich zu, um mir lächelnd einen Kuss auf die Wange zu drücken. „Da bist du ja endlich."

„Hi", sage ich etwas verwirrt und werfe einen Blick auf die weiteren Männer neben ihm.

„Sorry, vielleicht hätte ich dich vorwarnen sollen", flüstert er mir nun ins Ohr. „Das sind sehr wichtige Geschäftspartner von mir, die noch zweifeln, ob sie den Deal mit mir abschließen sollen. Sie sind sehr konservativ und daher dachte ich, dass es eine gute Idee ist, wenn sie dich kennenlernen würden." Er zwinkert mir zu und rückt mir dann den leeren Stuhl zurecht.

Fassungslos lasse ich mich darauf fallen und schaue die Männer der Reihe nach an. Alle lächeln mir entgegen und in einigen kann ich die Erleichterung erkennen, weil ihr zukünftiger Geschäftspartner seine Freundin mitgebracht hat. Er ist kein Playboy, wie sie vielleicht vermutet haben. Sondern ein vernünftiger Mann mit einer Frau an seiner Seite.

Steve hat mich bereits vorgewarnt, dass es auch zu solchen Treffen kommen kann. Und dass ich mich bei diesen Treffen von meiner allerbesten Seite zeigen soll.

Hätte er mich doch bloß vorgewarnt. Dann hätte ich vielleicht noch eine dickere Schicht Make-Up aufgelegt, um meine geröteten Wangen zu verdecken. Und mich doch für das enganliegende und elegante Kleid entschieden, statt für das hier, was einem Strandkleid ähnelt.

Der Kellner kommt zurück, um meine Bestellung aufzunehmen. Mir ist nach Alkohol. Nach einem richtig starken Drink. Doch sehe ich, dass die anderen bloß Wasser und Softdrinks trinken und ich kann jetzt unmöglich negativ auffallen. Daher frage ich nach einem Pfefferminztee. Der ist ohnehin besser dafür geeignet, um meinen Magen zu beruhigen. Die Essensbestellung hat James bereits für mich getätigt, doch als der Salat mit dem Honig-Senf Dressing kommt, den ich eigentlich so gerne mag, spüre ich, wie mein Magen sich erneut meldet. Ich versuche tief durchzuatmen und mir nichts anmerken zu lassen.

James sagt noch ein paar Worte, die ich wie durch einen Nebel mitbekomme und dann wünscht er allen einen guten Appetit.

Ich greife zum Brot und reiße mir ein Stückchen davon ab. Das sollte ich runterbekommen und zum Glück klappt es auch. Den Salat lasse ich fast unangetastet stehen und halte mich stattdessen mit dem Parmesam auf, der in feinen Scheibchen oben drauf liegt. Oder an den Cherrytomaten, die im Ganzen an der Seite liegen, ohne das Dressing je berührt zu haben.

Es geht weiter mit dem Hauptgang. Während die Herren Steaks bekommen, hat James für mich die Gnocchi mit Spinatsauce bestellt. Definitiv die bessere Wahl, denn allein beim Geruch des gegrillten Fleisches wird mir schon wieder ganz anders.

Aber ich ziehe es durch. Während des gesamten Mittagessens bleibe ich höflich und freundlich. Ich antworte laut und ausführlich auf die Fragen, stelle interessierte Gegenfragen und mache alles, um bei den Männern positiv in Erinnerung zu bleiben. Genau so, wie Steve es mir damals erklärt hat.

Als das Essen vorbei ist, erwarte ich eigentlich, dass ich noch etwas Zeit mit James verbringen kann. Ein Spaziergang vielleicht oder eine Tasse Kaffee in einem Café in der Nähe. Ich muss ihn unbedingt auf die letzte Nacht ansprechen, doch er vertröstet mich. Er muss noch ins Büro.

Und ich bleibe mit all meinen Gedanken und Fragen alleine zurück.

12. Kapitel - James

„Vielen Dank, dass Sie sich die Zeit für uns genommen haben“, wird Dany von Mr. Taylor verabschiedet. „Es war mir eine besondere Ehre, Ihre Bekanntschaft zu machen.“ Er schüttelt ihr kräftig die Hand, während sie strahlt und ihm einen guten Rückflug nach Chicago wünscht.

Zufrieden betrachte ich die Szene. Es war eine gute Idee, Dany spontan mit zu diesem Mittagessen zu nehmen. Diese Männer sind sehr konservativ und setzen auf Partner, die mit ihrer Lebensplanung ein wenig weiter sind als ich. Partner, die bereits Frau und Kinder haben und sich damit voll und ganz auf das Geschäft konzentrieren können, statt sich auf die Suche nach der nächsten Frau zu begeben, wie einige anderer meiner Kollegen.

Steve hat mir bereits verraten, dass auch der Vorstand meine offizielle Beziehung gut aufgenommen hat. Auch unter ihnen gab es ein paar, die Zweifel bezüglich meines Lifestyles geäußert haben und lieber jemanden in einem gefestigten Umfeld auf dem Posten des CEOs gesehen hätten. Doch diese Zweifel sind nun ausgeräumt.

Dany hat sich nicht nur auf dem Gala-Dinner, sondern auch beim heutigen Essen von ihrer allerbesten Seite gezeigt. Mit ihrer höflichen und liebreizenden Art hat sie schnell alle um ihren Finger gewickelt. Sie ist zurückhaltend, gleichzeitig aber auch nicht schüchtern. Sie ist intelligent und witzig, ohne dabei vulgär zu sein. Und sie ist natürlich ein Hingucker, auf eine ganz natürliche Art und Weise. Sie benötigt nicht viel

Make-Up oder ein teures Designerkleid und haut trotzdem alle mit ihrer Schönheit um.

„Danke", sage ich, als ich sie zu ihrem Wagen führe, der sie gleich sofort wieder nach Hause bringen wird. Ich habe ihre Zeit bereits zu lang für mich beansprucht und will sie keineswegs noch länger aufhalten.

„Klar, das ist doch der Deal", gibt sie etwas kühl zurück.

Ich runzle die Stirn. Das ist nicht mehr die Dany von heute Morgen, die mich nackt in der Küche überrascht hat. Ist etwas vorgefallen?!

„Alles okay bei dir?", frage ich sie und greife nach ihrer Hand.

Sie nickt. „Ich bin nur etwas müde", gibt sie zu und grinst vielsagend. Unsere Nacht war kurz.

„Dann erhol dich gut." Ich will ihr noch einen Kuss geben, doch sie dreht ihren Kopf, so dass ich nur ihre Wange, statt ihren Mund erwische.

„Mach ich." Sie lächelt erneut, doch dieses Mal wirkt das Lächeln nicht echt. Irgendwas beschäftigt sie.

„Kommst du?", fragt Steve, der zum Ende hin noch dazu gestoßen ist und mit dem ich jetzt noch kurz ins Büro fahren will, bevor wir uns später auf dem Basketballplatz verausgaben wollen.

„Ja, sofort", erwidere ich und werfe Dany noch einen Blick zu.

Doch die hat sich bereits von mir abgewendet und steigt in den Wagen.

Was hat sie bloß?!

Aber ich habe keine Zeit, um mir darüber den Kopf zu zerbrechen. Steve erwähnt das Meeting, das mich heute noch erwartet und drängt mich dazu, in unseren Wagen zu steigen. Nachdem wir statt einer Stunde drei damit verbringen, über ein aktuelles Projekt zu reden, bin ich vollkommen ausgelaugt. Auch meine Nacht war kurz, aber die Aussicht auf ein paar schweißtreibende Stunden beim Sport muntern mich wieder auf.

„Wir sollten sofort los", sage ich, als wir das Meeting endlich beendet haben, und sehe in Steves erschöpftes Gesicht.

„Auf jeden Fall."

Ich schnappe mir meine Sporttasche und wenig später finden wir uns auf dem firmeninternen Basketballplatz ein, den ich vor ein paar Monaten hier habe errichten lassen.

Sofort stürzen wir uns in ein hitziges Spiel und es gelingt Steve ungewöhnlich oft, auf den Korb zu zielen und zu treffen. Sonst bin ich es, dem die meisten Punkte gelingen. Doch heute ist er es.

„Was ist los mit dir, Kumpel?", fragt er, als wir eine kurze Pause einlegen, um etwas zu trinken.

Ich schüttle den Kopf und damit die Gedanken von mir ab. „Gar nichts", sage ich, obwohl sofort Danys falsches Lächeln vor meinem inneren Auge auftaucht. Dann schnappe ich mir wieder den Ball und will das Spiel fortsetzen, doch Steve hält mich auf.

Er greift sich den Ball und legt ihn auf den Boden, um dann seinen Fuß darauf zu stellen. „Sag schon, was ist los. Du bist nicht bei der Sache. Das merke ich sofort. Hat das was mit der Kleinen zu tun?"

Er kennt mich einfach zu gut. „Nein. Was soll schon sein? Es läuft super. Du hast doch gesehen, wie sehr ihr die Partner aus der Hand gefressen haben."

„Aber läuft es auch zwischen euch gut? Also, wenn ihr alleine seid?“

„Mehr als gut.“ Wieder denke ich an die gestrige Nacht. Wie sie unter mir gekniet hat, um sich meinen harten Penis in den Mund zu schieben ... Automatisch fange ich an zu grinsen, bis ich einen harten Schlag auf meiner Schulter spüre. „Au!“

„Du schläfst doch wohl nicht mit ihr, oder?“, fragt mich Steve entsetzt.

Ich zucke mit den Schultern. Gerade er sollte das nicht verurteilen. Er hüpft mit jeder Gelegenheit ins Bett, die sich ihm bietet. „Und wenn doch?“

„James!“, ermahnt er mich und verdreht die Augen. „Dir ist schon klar, dass ihr bloß eine Scheinbeziehung führt oder?“

„Ja und?“ Ich sehe das Problem nicht. „Was spricht dagegen, wenn wir die gemeinsame Zeit ... sinnvoll nutzen.“

„Sinnvoll nennst du das also“, jetzt lacht er laut auf. „Nein, ernsthaft. Das ist eine ganz, ganz blöde Idee. Was ist, wenn sie Gefühle für dich entwickelt?“

Ich schüttle den Kopf. Unmöglich. „Sie weiß doch, was das zwischen uns ist. Sie wird sich doch nicht wohl erhoffen, dass das mit uns was Ernstes werden könnte. Und dass aus einer Fake-Beziehung eine reale wird“, sage ich, doch er sieht mich nur verständnislos an.

„Auf die Idee würde sie wahrscheinlich nicht kommen, wenn du die Finger von ihr lassen würdest.“

„Aber ... gestern Nacht. Du hättest sie erleben sollen. Sie wollte es.“

„Wäre ja noch schöner, wenn sie es nicht gewollt hätte.“

„Das meine ich nicht. Aber ... du hättest sie erleben wollen. Sie war wie damals im Club. Dany ist anders als die anderen

Frauen. Sie weiß, was sie will und lässt sich von so etwas nicht verunsichern."

„Darauf würde ich nicht wetten. Außerdem", er wirft mir einen nachdenklichen Blick zu. „Ich kenne dich. Auch du steckst so viel Nähe nicht so einfach weg. Was ist, wenn du dich am Ende in sie verliebst?"

„Ich?" Seine Worte kommen mir absolut absurd vor.

Er legt seine Hand auf meine Schulter. „Ja, du. Ich weiß, wie du bist, wenn du verliebt bist. Und ich kann dir sagen ... die letzten Tage. Du hast dich verändert."

„Das liegt daran, dass endlich dieser Druck von mir ist", erkläre ich es ihm.

„Nein. Daran liegt es nicht." Er schnappt sich den Basketball und läuft zurück aufs Feld.

Was will er mir damit sagen?

Verwirrt bleibe ich zurück und beobachte, wie er mit langen Schritten auf den Korb zu sprinte. *Ich habe mich verändert?* Was meint er?

„Wir wirke ich denn?", rufe ich ihm zu. „Wie habe ich mich verändert?"

Steve lächelt mir zu und läuft dann auf mich zu, um mir den Ball zuzuwerfen. „Du wirkst ausgeglichener. Glücklicher. Wie damals mit ... Alison."

Seine Worte treffen mich. Alison war die Frau, von der ich immer gedacht habe, dass ich den Rest meines Lebens mit ihr verbringen werde. Bis sie mich an unserem Jahrestag hat sitzen lassen. Für einen anderen. Doch bis dahin war ich glücklich.

Und um ehrlich zu sein, fühle ich mich mit Dany genauso.

13. Kapitel - Dany

Mir ist schlecht, als ich am Montag wieder zurück ins Büro komme. Den Sonntag haben wir getrennt voneinander verbracht, da er noch etwas Persönliches erledigen wollte. Ohne mich. Und ich habe die Zeit genutzt, um mir über einiges klarzuwerden. Ich kann das alles nicht einfach hinwerfen, denn ich brauche das Geld. Und bis auf die klitzekleine Sache, dass ich nach Ablauf der sechs Monate mit gebrochenem Herzen dastehen werde, ist das alles doch gar nicht mal so übel. Die vielen Einladungen, die Aufmerksamkeit und all die Kontakte, die ich knüpfen kann. Dazu natürlich das Geld. Das sollte ich nicht außeracht lassen. Ich brauche das Geld und ich muss vor allem diesen Vertrag erfüllen, um mich nicht in den finanziellen Ruin zu stürzen.

Mir bleibt also keine Wahl. Ich muss es durchziehen. Aber die Zärtlichkeiten hebe ich mir definitiv nur noch für die Öffentlichkeit auf. Es wird keinen weiteren Sex mehr zwischen uns geben. Das muss auf jeden Fall aufhören.

Und heute werde ich James davon erzählen. Sobald ich ihn sehe.

„Hey“, werde ich von Keira im Büro begrüßt, die mir ein breites Lächeln schenkt.

„Hey, wie war dein Wochenende?“, will ich von ihr wissen und hoffe, dass mich ihre Geschichten ein wenig ablenken werden.

Sie holt weit aus und erzählt, was sie alles getrieben hat. Welche alten Freunde sie wiedergesehen hat und welcher ihrer Schulfreunde inzwischen verheiratet ist. Lang und ausführlich erzählt sie mir auch von dem Date, das sie gestern Abend hatte, doch ich höre nur mit einem Ohr hin, weil ich an James denke.

Ich frage mich, wann wir uns das nächste Mal sehen und was wir machen werden. Und vor allem, wie ich ihn darauf ansprechen soll, dass ich das alles hier nur noch professionell halten will. Auch wenn ... Ja, auch wenn ich wahnsinnige Lust darauf hätte, den Sex mit ihm fortzuführen. Doch das geht nicht. Ich sollte es lassen.

„Ist das nicht krass?", sagt Keira und erwartet eine Antwort von mir.

„Oh, ja, total", erwidere ich und nicke, um ihr beizupflichten.

„Sowas habe ich echt noch nie erlebt", regt sie sich weiter auf und ich werde langsam neugierig. Vielleicht hätte ich ihr doch besser zuhören sollen?

Wir verbringen die nächsten Minuten noch damit, uns über ihr dreistes Date aufzuregen, ehe wir uns an die Arbeit machen.

Zwischendurch werfe ich immer wieder einen Blick auf mein Handy, was ich von James erhalten habe. Seit ein paar Tagen ist keine Nachricht mehr darauf eingegangen und so langsam werde ich ungeduldig. Ich muss endlich mit ihm sprechen.

Doch auch in der Mittagspause kommt nichts von ihm. Auch nicht, als sich mein Arbeitstag langsam dem Ende nähert. Erst als ich durch die Haustür meiner WG komme, spüre ich, wie das Handy in meiner Tasche vibriert.

„Abendessen in zwei Stunden. Ich schicke einen Wagen", lese ich die knappe Nachricht. Und wieder ärgere ich mich darüber. Auch, wenn das hier eigentlich die Kommunikation ist, die ich mir für unsere Fake-Beziehung wünsche. Trotzdem … nach dem Wochenende dachte ich eigentlich, dass er sich etwas mehr Mühe mit den Nachrichten geben würde. Dass sie vielleicht etwas liebevoller sind und dass sie zwischendurch auftauchen, um zu fragen, wie es mir geht. Und nicht nur, um mir Befehle zu geben. Doch mir steht es nicht zu, mehr zu erwarten. Das weiß ich ganz genau. Und ich weiß auch, dass es so besser ist.

Ich weiche den Fragen meiner Mitbewohner aus, als ich ins Wohnzimmer komme und verziehe mich schnell in mein Zimmer und unter die Dusche, um mich für das Abendessen fertig zu machen.

Pünktlich steht der Wagen vor der Tür und bringt mich zurück nach Manhattan. Wir halten vor einem schicken Restaurant, in dem winzige Portionen auf weißen Tellern serviert werden. Ich habe keine Lust auf das Essen und sehne mich nach einer Pizza oder einem Burger.

Als ich dann auch noch James umringt von seinen Kollegen entdecke, überlege ich für einen Moment, mir eine Ausrede zu überlegen und gleich wieder zu gehen. Doch dann entdeckt er mich und winkt mich zu sich.

„Dany!“, sagt er und greift nach meiner Hand, um mich zum Tisch zu führen.

Ich versuche, das Gefühl zu ignorieren, das in diesem Moment durch meinen Körper jagt. Es ist eine Mischung aus einem wohligen Schauer, weil ich seine Haut auf meiner spüre und gleichzeitig Panik, weil *ich seine Haut auf meiner spüre* und mir sofort unsere gemeinsame Nacht wieder in meinen Kopf schießt.

Er stellt mich seinen Kollegen und Geschäftspartnern vor, die mich alle mit großen Augen mustern. Und wieder hat er mich nicht vorgewarnt. Ich bin davon ausgegangen, dass wir den Abend alleine verbringen, stattdessen muss ich nach Feierabend anstrengende Konversation betreiben, auf meine Tischmanieren achten und mich ihren Fragen aussetzen.

Aber ich ziehe den Abend durch und bleibe bis zum Schluss, auch, wenn es mir in den Fingern juckt, den Stuhl zurückzuschieben und mich bei James und dem Rest zu verabschieden, mit dem Grund, dass es mir nicht gutgeht.

Stattdessen bleibe ich, bis die Rechnung kommt und die ersten das Restaurant verlassen.

„Kommst du noch mit zu mir?“, flüstert James mir zu und wirft dabei einen etwas zu langen Blick in meinen Ausschnitt, der mir direkt verrät, an was genau er gerade denkt.

„Ich“, beginne ich und weiche seinem intensiven Blick aus. Ich habe unbestreitbare Lust auf ihn. Aber ich weiß, dass ich es lassen sollte. Das ist nicht gut für mich. „Ich“, fange ich erneut an, schlucke die Zweifel herunter und blicke auf den Boden. „Ich habe vorhin einen Anruf aus der Heimat bekommen“, lüge ich und versuche, dabei möglichst besorgt zu blicken. „Meiner Grandma geht es nicht gut. Ich muss für ein paar Tage zu meiner Familie fahren“, rattere ich schnell meine wohl überlegten Worte herunter und versuche dabei, keinen Blickkontakt mit ihm aufzunehmen, damit er meine Lüge nicht durchschaut. Meiner Grandma geht es gut. Aber ich benötige dringend ein paar Tage, um Abstand von James zu gewinnen, in der Hoffnung, dass diese Lust auf ihn endlich abklingt und ich das Ganze endlich als geschäftliche Verbindung sehen kann.

„Oh, nein“, macht er besorgt und legt mir eine Hand auf den Arm. „Ist es schlimm? Soll ich dich begleiten?“, bietet er mir an und sofort meldet sich mein schlechtes Gewissen.

Hätte ich vielleicht doch ehrlich sein sollen und ihm einfach sagen, dass es mir nicht gut geht und ich etwas Abstand brauche?

Ich schüttle den Kopf. „Es wird sicherlich schon wieder. Aber ich wäre jetzt trotzdem gerne für meine Familie da“, erzähle ich meine Geschichte weiter.

„Natürlich. Kein Problem. Wie kommst du hin? Soll ich dir einen Wagen samt Fahrer leihen? Einen Flug für dich buchen?“

„Ich habe alles bereits organisiert.“ Ich blicke wieder hoch und damit mitten in seine grünen Augen, die mich noch immer fixieren und so liebevoll ansehen, dass mir wieder ganz anders wird. Vielleicht kann ich diese Nacht noch bei ihm verbringen und dann morgen ganz früh los? Doch ich muss stark bleiben. „Aber danke“, sage ich schließlich und lächle ihn an. Ich werfe einen Blick in die Runde und sehe, dass auch der Rest aufbruchsbereit ist. „Ich muss noch packen, daher würde ich jetzt schon fahren“, erkläre ich ihm, woraufhin er verständnisvoll nickt. Ich stehe auf, schließe ihn in eine innige Umarmung und gebe ihm noch einen sanften Kuss, ehe ich das Restaurant verlasse.

Als ich am nächsten im Flieger sitze, erreicht mich zum ersten Mal eine Nachricht von James, die nicht den konkreten Zeitpunkt oder bloß die Adresse beinhaltet. „Ich wünsche dir einen guten Flug und kann es kaum erwarten, dich in ein paar Tagen wiederzusehen“, lese ich, bevor ich mein Handy in den Flugmodus schalte.

Wieso? Warum fängt er ausgerechnet jetzt damit an?

So lange habe ich mir so eine Nachricht gewünscht. So lange wollte ich genau diese Worte von ihm lesen. Aber ausgerechnet jetzt, wo ich gedanklich mit ihm abschließen und mich bloß auf unseren geschäftlichen Deal konzentrieren wollte, fängt er damit an?

Wieso?

Die Nachricht war einzig und allein für mich gedacht. Die Öffentlichkeit kann sie nicht sehen. Es ergibt überhaupt keinen Sinn.

Außer ... er meint die Nachricht ernst. *Er wird mich vermissen.*

Aber ... Nein. Unmöglich. Als ob ich für James Parker mehr sein könnte als ein Geschäftsdeal und eine Frau, mit der er hin und wieder Sex hat.

Damit will ich gar nicht erst anfangen, sonst verrenne ich mich noch in diesen absurden Gedanken.

Aber ist er wirklich so absurd?

Könnte es nicht vielleicht doch sein?!

Am Flughafen werde ich von meiner Mom in Empfang genommen, die mich fest in ihre Arme schließt. Knapp zwei Monate ist es nun her, seitdem ich Georgia den Rücken zugekehrt habe. Seitdem ist viel passiert.

„Da bist du ja endlich wieder“, sagt sie und drückt mir noch einen Kuss auf die Wange, während sie sich meine Tasche schnappt und mich zum Parkplatz führt. „Dad und ich haben dich sehr vermisst.“ Sie drückt mir liebevoll das Knie, als sie neben mir im Auto Platz nimmt.

„Ich habe euch auch vermisst“, erwidere ich und lasse meinen Blick über die weite Landschaft Georgias schweifen.

Alles sieht noch genau so aus wie damals, als ich meinen Heimatort verlassen habe.

„Beth freut sich auch schon, dich zu sehen. Und das Baby natürlich auch."

Als ich das Wort Baby höre, horche ich auf und ich bemerke, wie meine Lippen sich automatisch zu einem breiten Lächeln verziehen. „Wann sehe ich sie?", will ich wissen und muss sofort an die dicken, weichen Bäckchen meiner Nichte denken, in die ich jedes Mal am liebsten meine Zähne versenken würde, weil sie so süß sind.

„Sie sind schon Zuhause und warten auf dich."

„Wie schön." Ich kann es kaum erwarten, dass wir das große Farmhaus meiner Eltern endlich erreichen. Kaum stellt Mom den Motor ab, reiße ich die Tür auf und renne auf die hölzerne Veranda zu.

„Beth?", rufe ich in das alte, große Haus meiner Eltern hinein und vernehme ein leises Kichern aus dem Wohnzimmer.

„Hey", sagt meine Schwester und dreht sich mit dem Baby auf dem Arm in meine Richtung. Meine Nichte sieht mich direkt an und lächelt.

Ich spüre, wie mein Herz einen kleinen Hüpfer macht. Wie immer, wenn ich zuckersüße Kleine sehe. Und plötzlich ist alles vergessen. New York, die Fake-Beziehung, James. Jetzt zählt nur noch sie.

Stundenlang bleibe ich mit der Süßen im Wohnzimmer sitzen, halte ihre Hand, blicke in ihr niedliches Gesicht und spiele mit ihr.

Mom und meine Schwester sitzen daneben. Mein Dad ist noch in der Schule. Er und Mom sind Lehrer und beide stehen kurz vor ihrer Pension.

„Wir haben von ihm gehört“, sagt Mom schließlich nach einer Weile.

Ohne in ihr besorgtes Gesicht blicken zu müssen, weiß ich bereits, wen sie meint.

„Du hast es sogar in die Zeitungen hier geschafft“, fügt meine Schwester hinzu. „Alle reden über dich und … den schwerreichen CEO.“

Ich zucke mit den Schultern. „Ja und? Sollen sie doch“, sage ich gleichgültig.

„Wie habt ihr euch kennengelernt?“, will Mom wissen.

Ich halte inne. Den Menschen in New York erzähle ich immer, dass ich ihn hier in Georgia getroffen habe. Doch Mom und Beth wissen, was ich die letzten Monate getrieben habe. Sie wissen, wo ich war und mit wem ich zusammen gewesen bin. Und sie wissen auch, dass das nicht James war. „In einem Club“, verrate ich daher wahrheitsgemäß und hoffe, dass mir diese ganzen Lügen nicht noch um die Ohren fliegen. Doch wem sollten sie davon erzählen? Der Presse in New York?

„Ich wusste nicht, wer er ist“, sage ich schließlich und lächle die beiden an. „Für mich war er ein ganz normaler Mann. Wir haben getanzt und uns unterhalten und, nun ja…“ Ich grinse in mich hinein, weil ich vor meiner Mom nicht aussprechen will, dass wir Sex hatten.

„Du meinst, du gehst in New York aus und triffst dabei den begehrtesten Junggesellen der Stadt?“

„Genau. An meinem ersten Abend. Ich hatte noch total fettige Haare vom Umzug, war nicht geschminkt und trug meine schmutzige Jeans, während der Rest im Club total aufgebrezelt war.“

„Und dann hat er sich unter all den Frauen ausgerechnet dich ausgesucht?“

Ich weiß, wie absurd das klingt. Aber genau so ist es passiert. „Ja.“ Ich nicke grinsend, denn das ist das erste Mal, dass ich jemandem von unserer wahren Kennenlerngeschichte erzähle und nicht auf die vorbereitete Geschichte von James und Steve zurückgreifen muss.

„Warum?!“, platzt es Beth fassungslos heraus. „Ich meine … er hätte bestimmt jede im Club haben können.“

„Beth!“, ermahnt Mom sie. „Sie ist ihm eben aufgefallen. Zwischen all den hübschen Frauen ist ihm unsere Dany ins Auge gesprungen und das, obwohl sie nicht zurechtgemacht ist. Das spricht doch total für ihn.“

„Ich glaube, er fand es ganz gut, dass ich ihn eben nicht kenne und dass ich ihn zu Anfang auch ein wenig ignoriert habe“, erinnere ich mich an den Abend. „Das kannte er nicht. Schließlich rennt ihm ganz New York sonst hinterher.“

„Sein Jagdinstinkt wurde geweckt“, schlussfolgert Beth. „Am Ende ticken alle Männer doch gleich“, lacht sie nun.

„Wohl wahr.“

Während der nächsten Tage verbringe ich viel Zeit mit meiner Familie. Es tut gut, nicht darauf achten zu müssen, wie ich mich in der Öffentlichkeit gebe. Auch, wenn ich die vielen neugierigen Blicke der Dorfbewohner hier natürlich spüre. Doch am Ende bin ich für sie auch nur die Dany, die bereits ihr gesamtes Leben hier verbracht hat und spätestens am zweiten Tag behandeln sie mich auch so, als ob sie mich bereits in Windeln gesehen hätten.

Für heute bin ich mit meiner alten Schulfreundin Mindy zum Essen verabredet. Wir treffen uns im örtlichen Pub, um

Neuigkeiten auszutauschen und uns über die leckere Hausmannskost von Nelly, der Köchin und Inhaberin des Pubs, herzumachen.

Als Mindy mich entdeckt, strahlt sie. Ihre langen, schwarzen Haare fallen ihr sanft in ihr rundliches Gesicht. Sie hatte schon immer diese freundliche und liebenswerte Ausstrahlung, die sie sofort zur Freundin von jedermann werden ließ.

Ich komme auf sie zu und erwidere ihr Lächeln. Kaum stehen wir uns gegenüber, schließt sie mich in eine feste Umarmung. Eine Umarmung, die mir schon während der Schulzeit Trost gespendet hat, wenn es mal nicht so gut läuft. Es ist die Art von Umarmung, nach denen man sich sehnt, wenn man einen schlechten Tag auf der Arbeit oder Streit mit seinen Freunden hatte. Daher genieße ich sie, sauge ihren lieblichen Duft tief in mich ein und fühle mich noch einmal wie die 13-Jährige Schülerin, die gerade mit ihrem Freund Schluss gemacht hat und dachte, dass es das Ende der Welt sei.

Wir betreten den Pub, der zu dieser Uhrzeit noch recht spärlich besucht ist. Ein paar Dorfbewohner sitzen an ihren Stammtischen. Ein paar ältere Damen warten auf die erste Fuhre an Pies, für die Nelly bekannt ist.

Nostalgisch blicke ich mich um. Die Holzdielen knarzen noch immer, wenn man über eine ganz bestimmte Stelle läuft. Die Fenster sind noch immer so schmutzig, das bloß ganz wenig Sonnenlicht von außen hereinfällt. Und unser Stammtisch von damals steht noch an genau der gleichen Stelle.

„Als ob ich nie weg gewesen wäre“, sage ich und sehe, wie Mindy die Augen verdreht.

„Du warst ja auch kaum weg. Zwei Monate sind keine lange Zeit."

„Es kommt mir aber so vor."

Wir setzen uns an den Tisch und sofort stellt sie mir allerlei Fragen. Wie es mir geht und wie New York ist. Welche Promis ich bereits alle kennengelernt habe und wie meine Mitbewohner sind.

Ich erzähle und beantworte ihre Fragen. Jedoch stets darauf bedacht, ihr nicht die volle Wahrheit zu erzählen. Dabei brennt es mir auf der Zunge.

Ich will es ihr erzählen. So wie damals. Jedes kleinste Detail. Wie das mit dem Deal rund um die Fake-Beziehung aussieht. Wie viel Geld mich erwarten wird, wenn ich die sechs Monate durchziehe und welche Regeln es gibt.

Ich will ihr erzählen, wie ich mich fühle, wenn ich mit James alleine bin und wie es ist, neben ihm auf dem roten Teppich zu stehen und der Welt etwas vorzumachen. Ich will mich darüber auslassen, dass jeder Kuss ein bisschen mehr kribbelt, als er eigentlich sollte und dass jede Berührung von ihm etwas in mir auslöst. Ich muss das alles endlich loswerden. Ich will mich unbedingt jemanden anvertrauen und all die Gedanken, die seit Wochen in meinem Kopf sind, endlich loswerden.

Aber es geht nicht. Und so tische ich auch ihr all die Lügen auf. Ich erzähle ihr von heimlichen Treffen hier in Georgia. Kichere dabei und sehe aus dem Augenwinkel, wie auch sie kichert und mir begeistert zuhört. Sie will mehr wissen und ich erzähle mehr. *Mehr Lügen.*

Bei Unterzeichnung des Vertrages habe ich nicht darüber nachgedacht, wie es sein wird, wenn ich meine Familie und

Freunde in der Heimat besuchen würde. In New York City waren sie so weit weg. Und nun sitze ich ihnen gegenüber, lächle und lüge ihnen direkt ins Gesicht. Und ich fühle mich furchtbar dabei.

Das Essen kommt und wir wechseln zum Glück das Thema. Ich lasse mir erzählen, wie die letzten zwei Monate bei ihr ausgesehen habe und bekomme Updates über meine alten Freunde und Bekannten aus der Schule. Viel hat sich nicht getan, trotzdem kommt es mir so vor, als ob ich seit Jahren nicht mehr hier leben würde. Alles ist so weit weg.

Nachdem wir uns zum Nachtisch noch Nellys berühmten Schokokuchen gegönnt haben, spüre ich auf einmal, wie sich mein Magen auf einmal bemerkbar macht. Er grummelt und macht komische Geräusche. Und dann ... von jetzt auf gleich, kommt mir alles wieder hoch. Ich halte mir den Mund zu und renne los. Geradewegs auf die nächste Toilette, in die ich mich übergebe. Schon wieder.

Was ist bloß los mit mir?

Habe ich in New York irgendeine Unverträglichkeit entwickelt?

Kann ich das Wasser hier nicht mehr ab?

Oder hat sich mein Magen inzwischen so sehr an die Gourmet-Küche in der Großstadt gewöhnt, dass er so etwas wie den Hackbraten nicht mehr abkann? Anderseits sollte die Qualität der Lebensmittel hier um ein Vielfaches besser sein, als in der Pizzeria um die Ecke, in die ich regelmäßig gehe.

Ich werfe einen Blick in den Spiegel. Meine Haut ist bleich, gleichzeitig sind meine Wangen gerötet. Ich spritze mir etwas kaltes Wasser ins Gesicht, spüle meinen Mund aus und atme tief durch. Es ist bestimmt nichts. Nur die Anspannung der letzten Wochen, die meinen Magen etwas empfindlich macht.

Das rede ich mir zumindest ein.

Ich kehre zurück zu Mindy, die mich besorgt in Empfang nimmt. „Alles gut bei dir?“, fragt sie mich.

Ich nicke und nehme einen großen Schluck von meiner Cola. Ich spüre, wie das süße Getränk meinen Hals herunterläuft und meinen Magen augenblicklich ein wenig beruhigt. „Ich weiß auch nicht, was das ist. Wahrscheinlich all der Stress der letzten Wochen.“

„Du hast das öfters?“

„Seit kurzem erst.“

Mindy legt den Kopf schief und grinst. „Also wenn ich es nicht besser wüsste, würde ich behaupten, dass du schwanger bist“, scherzt sie und lacht laut auf.

„Schwanger?“, wiederhole ich und spüre, wie mir direkt wieder schlecht wird. Denn ihre Behauptung trifft mich, da ich bereits seit Tagen vergeblich auf meine Periode warte.

Aber ... nein. Das kann nicht sein. James und ich verhüten. Und so oft hatten wir auch noch keinen Sex miteinander. Außerdem ...

„Dany? Das war nur ein Scherz“, versucht sie mich wieder zu beruhigen und legt mir die Hand auf meinen Arm, während ich an unser erstes Mal denke.

Die erste Nacht. Nach dem Club-Besuch. Als ich so gierig über ihn hergefallen bin ... Keiner von uns hat auch nur eine Sekunde damit verschwendet, an ein Kondom zu denken ...

Mir wird heiß und kalt zugleich. Was ist, wenn ... Nein. Das kann nicht sein.

„Es ist gar nicht so unwahrscheinlich“, sage ich leise und blicke Mindy tief in die dunklen Augen.

Ihr Lächeln verschwindet und sie sieht mich fassungslos an. „Echt jetzt?“, fragt sie mich und weiß nicht, wie sie reagieren soll. Viele unserer Freundinnen haben bereits Kinder. Doch die sind alle bereits seit Jahren mit ihren Partnern zusammen und schon verheiratet. Wenn also eine dieser Freundinnen verkündet, dass sie schwanger ist, ist das Geschrei vor Freude immer groß. Alle fallen sich in den Arm und beglückwünschen sich.

Doch bei mir ... Bei mir weiß sie nicht, wie sie reagieren soll. Meine Fassungslosigkeit und mein Schweigen sprechen jedoch Bände.

„Komm“, sagt sie, holt ihr Portemonnaie hervor und legt etwas Geld auf den Tisch. „Wir verschaffen dir jetzt Klarheit.“

Sie greift nach meiner Hand und führt mich aus dem vollen Pub, um mich in ihren Wagen zu setzen und zum nächsten Supermarkt im nächsten Ort zu fahren, damit ich mir dort anonym einen Schwangerschaftstest kaufen kann.

Sie übernimmt das Reden, weil ich dazu nicht in der Lage bin. *Was ist, wenn ich tatsächlich schwanger sein sollte?*

Vor der Tür halte ich die Pappschachtel in der Hand und starre ungläubig darauf. Ich muss eigentlich gar keinen Test mehr machen. Ich bin mir ziemlich sicher, wie er ausfallen wird. Die Morgenübelkeit, die ausfallende Periode ... Das sind doch alles recht eindeutige Zeichen.

„Da vorne ist eine Toilette“, sagt Mindy und deutet auf die Tür mit der Frau drauf.

Ich zögere. Einerseits will ich wissen, ob ich tatsächlich schwanger bin, andererseits ... sollten sich zwei Striche auf dem

Test bilden und er mir damit bestätigen, dass ich schwanger bin … Was passiert dann? Sage ich es James? Behalte ich es für mich? Behalte ich das Baby?

„Ich warte hier auf dich“, höre ich Mindy sagen und bin in diesem Moment froh, nicht alleine sein zu müssen.

Ich hole tief Luft, werfe noch einmal einen Blick auf den Test in meiner Hand und gehe auf die Toilette.

Es stinkt und zerknülltes Toilettenpapier liegt auf dem Boden. Doch ich habe keine Zeit, mich zu ekeln. Ich will es jetzt wissen.

Ich öffne die Schachtel, gehe kurz die Gebrauchsanweisung durch und hole den Test hervor. Dann ziehe ich mir die Hose herunter und hocke mich über die Schüssel. Ich lasse es über den Test laufen und lege ihn dann auf der Klopapierhalterung ab, während ich mich wieder anziehe.

Der erste Streifen taucht auf und dann … ich halte die Luft an, als ich den zweiten, schwachen blauen Strich entdecke. Noch einmal falte ich die Anleitung auf. Vielleicht ist das normal? Vielleicht taucht der Streifen als Funktionstest auf und verschwindet dann wieder, wenn man nicht schwanger ist?

Doch ich weiß es eigentlich besser.

Da steht es.

Blau auf weiß.

Ich bin schwanger.

14. Kapitel - James

Mit einem großen Blumenstrauß in meiner Hand stehe ich in der Ankunftshalle des nationalen New Yorker Flughafens. Dany hat mir ihre Ankunftszeit genannt, woraufhin ich spontan beschlossen habe, sie abzuholen. Das gibt nicht nur gute Presse, sondern auch mehr Zeit, die wir gemeinsam miteinander verbringen können. Denn in der Woche, in der wir getrennt voneinander waren, habe ich erst bemerkt, wie sehr ich sie vermisse, wenn sie nicht bei mir ist.

Vielleicht hat Steve Recht. Vielleicht empfinde ich inzwischen mehr für sie?

Ich bemerke, wie immer mehr Menschen durch den Ausgang herausströmen und spüre plötzlich, wie mein Herz ein bisschen schneller schlägt und ich schlagartig nervös werde. Ich zupfe den Kragen meines Hemdes zurecht und glätte meine Haare mit der Hand. Was ist bloß los mit mir?

Noch vor einer Woche hat mich Danys Anwesenheit nicht so sehr aus der Ruhe gebracht, doch auf einmal bin ich aufgeregt, sie gleich zu sehen.

Ich erwische mich dabei, wie ich jedes Mal in Richtung Ausgang blicke, um zu überprüfen, ob sie durch die Absperrung kommt. Ich beobachte Paare dabei, wie sie sich in die Arme fallen, und Familien, die wieder vereint sind. Ihre lächelnden Gesichter zaubern mir selber ein Lächeln in mein Gesicht und als ich das nächste Mal hochblicke, sehe ich sie.

Dany.

Sie müht sich mit ihrem großen Koffer ab. Eine der Rollen klemmt, weswegen sie mitten auf dem Weg stehen bleibt, sich nach unten bückt, um sie wieder in Fahrtrichtung zu bewegen. Ein Mann, der ungeduldig an ihr vorbei will, brüllt ihr etwas Unfreundliches zu und ich kann sehen, wie sie ungläubig den Kopf schüttelt. Dann schiebt sie ihren Koffer mit Gewalt weiter und bringt damit die klemmende Rolle wieder in Bewegung.

Ich verlasse meinen Posten und gehe auf die Klapptür zu, an die sie nun ihre Hände legt, um sie zu öffnen.

Sie blickt hoch in meine Richtung. Wahrscheinlich verwundert, warum ihr jetzt jemand den Weg versperrt, bis sie mich sieht. „James?!“, sagt sie verwirrt und blickt erst mich und dann den Strauß in meiner Hand an.

„Hey“, sage ich, nehme ihr den Koffer aus der Hand und lege den freien Arm um ihre zierliche Schulter, während ich mit der anderen Hand die Blumen halte.

„Was machst du denn hier?“, fragt sie noch immer völlig fassungslos. Bis sie bemerkt, wo wir uns befinden und dass wir bereits die Aufmerksamkeit mehrerer Personen auf uns gezogen haben. „Ich meine … Was für eine schöne Überraschung.“ Sie streckt beide Hände nach mir aus, um sie an mein Gesicht zu legen, um mir dann einen Kuss auf meinen Mund zu drücken. Ein halbherziger Kuss. In der Art, wie man seine Eltern oder seine Grandma begrüßen würde. Das ist kein Kuss, dem man seinem Freund gibt. Das ist auch kein Kuss, den sie mir sonst gibt, wenn wir zusammen in der Öffentlichkeit sind. Und schon gar kein Kuss, den ich bekomme, wenn wir alleine sind.

Irgendwas ist anders. Das merke ich sofort.

Sie löst sich wieder von mir, woraufhin ich ihr die Blumen in die Hand drücke.

„Oh, wow. Die sind wunderschön", erwidert sie und hält ihre Nase an die bunten Blüten. Danach greift sie nach meiner Hand und gemeinsam schlendern wir zu meinem Auto.

„Wie war der Flug?", frage ich sie auf dem Weg dahin.

„Och. Es lief alles nach Plan", antwortet sie knapp und wirft noch einmal einen Blick auf den Strauß in ihrer Hand. Sie ist nicht ganz bei der Sache. Das merke ich sofort.

„Dann bist du nicht zu müde, um direkt Essen zu gehen?"

„Nein. Essen klingt gut." In ihrem Ton ist keine Begeisterung zu hören. Es klingt fast schon mechanisch.

Was ist in Georgia passiert?

Wir erreichen meinen Wagen und verstauen ihr Gepäck im Kofferraum. Danach öffne ich die Beifahrertür für sie und lasse sie einsteigen. Ich nehme auf dem Fahrersitz Platz.

Sie wirkt verwirrt. „Wo ist denn dein Fahrer?", will sie wissen.

„Dem habe ich heute einmal freigegeben", erwidere ich lächelnd und starte den Motor.

Angespannt lehnt sie sich zurück. Es behagt ihr nicht, alleine mit mir zu sein. Das spüre ich. Aber ich weiß nicht, was sie beschäftigt.

„Wie geht es deiner Grandma?", will ich wissen. Vielleicht ist es ja das. Vielleicht hat sie es nicht geschafft.

Sie öffnet den Mund, um zu antworten. Doch dann verstummt sie wieder, als ob sie sich an etwas erinnern würde. „Ihr geht es gut", sagt sie schließlich knapp.

„Geht es ihr also wieder besser?"

„Ja, genau. Zum Glück." Sie atmet erleichtert durch, doch die Anspannung ist noch immer da. Das war es also nicht.

Ich werfe einen Blick zur Seite und betrachte sie. Ihre Augenbrauen sind zusammengekniffen, ihre Lippen fest aufeinander gepresst. „James, ich …“, sagt sie schließlich, hält dann aber doch noch einmal inne.

„Ja?“, frage ich sie liebevoll und lege meine Hand auf ihre.

„Ach, nichts. Es ist nur …“ Sie zieht ihre Hand unter meiner hervor, um sich damit an der Lippe zu spielen. Vorsichtig zieht sie ein loses Hautschüppchen herunter. „Ich…“, beginnt sie noch einmal und legt die Hand wieder auf ihren Schoß.

Etwas geht ihr durch den Kopf. Etwas, was sie dringend mit mir teilen muss. Doch sie weiß nicht, wie sie es mir mitteilen soll.

Geht es um den Deal? Will sie nicht mehr?

„Wir fahren nach Brooklyn. Keine Paparazzi, die uns beim Essen beobachten könnten. Wir können also frei miteinander sprechen, wenn dir etwas auf dem Herzen liegt“, biete ich ihr an.

„Okay“, sagt sie bloß und behält alle weiteren Gedanken für sich, bis wir die kleine Pizzeria in der Nähe ihrer WG erreicht haben.

„Da gehen wir hin?“, fragt sie und ihre Augen leuchten auf.

„Genau. Du hast doch mal erwähnt, dass du da gerne hingehst.“

„Ja, schon. Aber ich hätte nicht gedacht, dass du auch mal mit mir hingehen würdest.“

„Wieso nicht?“

„Na ja. Die Pizzeria ist vor allem für ihre fettigen, dicken Böden und die extragroßen Portionen Käse bekannt. Nicht für ihre außergewöhnlichen Kreationen oder besonders guten Zutaten.“

„Fettige Böden und viel Käse klingen doch gut. Mehr braucht eine gute Pizza gar nicht."

Wir betreten den kleinen aber vollen Laden, in dem die Angestellten hektisch umherlaufen. „Für zwei?", brüllt uns eine rothaarige Frau entgegen und fischt zwei eingeschweißte Karten hervor.

„Ja, genau", erwidere ich schnell und beobachte, wie sie in die hinterste Ecke zeigt und mit den Karten davonläuft.

Verwirrt bleibe ich stehen.

„Wir sollen ihr folgen", erklärt Dany mir und läuft ihr hinterher.

Sie bringt uns an einen winzigen Tisch, der viel mehr einem Brett gleicht, das an die Wand geschraubt wurde. Daneben stehen zwei Holzhocker. Es wirkt alles andere als einladend, doch Dany hat sich bereits mit einem Lächeln draufgesetzt und jetzt kann ich unmöglich noch einen Rückzieher machen.

„Vielleicht hätte ich was reservieren sollen", sage ich, als ich nach einem geeigneten Platz für mein Jackett suche.

„Die nehmen keine Reservierungen an. Der Laden ist immer voll und wenn man keinen Platz bekommt, nimmt man sich eben eine Pizza mit und isst sie im nächsten Park", erklärt Dany mir.

„Verstehe", murmle ich, versuche mein Jackett über meine Beine zu legen und schlage die Speisekarte auf.

Wir beide entscheiden uns für die Peperoni Pizza mit extra viel Käse. „Und ein großes Bier?", frage ich, als ich die große Zapfanlage entdecke. „Was sagst du?"

Dany verzieht das Gesicht. „Nein. Ich nehme lieber die Cola", sagt sie. Erst in meine Richtung und dann in die

Richtung der Kellnerin, die gerade neben uns auftaucht. Sie nimmt die Bestellung auf und verschwindet sofort wieder.

Ich lehne mich gegen die Wand und werfe einen Blick durch das kleine Lokal. Familien mit Kindern essen hier. Freundesgruppen, aber auch Paare, die hier ein Date haben. Es ist bunt gemischt und entsprechend laut.

Dany sieht mich zum ersten Mal am heutigen Tag, an. „Wie war deine Woche?“, will sie wissen und greift über den Tisch, um nach meiner Hand zu greifen. Vorsichtig fährt sie mit ihren Fingerspitzen über meinen Handrücken.

„Stressig. Wie immer. Du kennst das ja mittlerweile“, sage ich und hole gar nicht weit aus. Ich bin nicht hier, um mit ihr über meinen Job zu reden. Sie kennt ihn mittlerweile. „Aber ich habe es immerhin geschafft, mit Steve zum Basketball zu gehen. Und ich habe mir den Film angesehen, den du mir empfohlen hast.“

Wieder sucht sie Blickkontakt. Sie lächelt jetzt. „Wirklich?“, fragt sie. „Der mit den vier Teenagerjungs?“

„Ja, genau.“

„Und? Wie hat er die gefallen?“

„Er war okay“, erwidere ich drucksend, denn ich weiß, dass ihr diese Antwort sicherlich nicht gefallen wird.

„Nur okay? Warum nur okay?“

Sie zieht ihre Hand wieder weg und richtet sich auf, um in Angriffsstellung zu gehen.

„Er war mir, um ehrlich zu sein, etwas zu kindisch.“

„Kindisch?“, empört schnaubt sie auf. „Was soll denn daran kindisch sein?!“

Ich grinse. „Es hat einfach nicht ganz meinen Humor getroffen.“

„Ja, weil du den Humor eines Opas hast." Beleidigt verschränkt sie die Hände über der Brust, was mich erneut zum Lachen bringt.

„Aber bis auf den Humor, hat er mir gefallen."

„Der Humor ist aber das Beste am Film." Sie reckt ihr Kinn weit nach oben und blickt mich missbilligend von der Seite an.

„Na gut. Vielleicht gebe ich ihm noch mal eine Chance."

„Solltest du. Unbedingt. Am besten, wenn ich dabei bin. Vielleicht muss dir nur jemand die Witze erklären."

„Einverstanden." Besänftigend lächle ich sie an. Da ist sie wieder. Die Dany, die ich kenne.

Die Pizza kommt und misstrauisch ziehe ich eins der riesigen Stücke vom Teller und beobachte, wie der geschmolzene Käse Fäden zieht und der dünne Teig durchhängt. „Jetzt bin ich gespannt", sage ich und beiße hinein.

Ich habe alles erwartet. Am ehesten noch eine mittelmäßige Pizza. Aber nichts Gutes. Doch das hier ... Das habe ich nicht erwartet. „Wow", bringe ich etwas sprachlos hervor. „Die schmeckt ja tatsächlich!"

„Ja, was hast du denn gedacht?!", gibt sie etwas empört zurück und beißt nun ebenfalls genüsslich in ihr großes Stück.

Wir schaffen die komplette Pizza nicht und lassen ein paar Stücke über, die wir uns einpacken lassen.

Danach sitzen wir mit gut gefüllten Bäuchen am Tisch und leeren die restlichen Schlucke unserer Getränke.

„Das war wirklich fantastisch", gebe ich zu und reibe mir den Bauch.

Sie schüttelt den Kopf. „Erst der Film. Dann die Pizza. Du kannst mir ruhig glauben, wenn ich sage, dass etwas wirklich gut ist", schießt sie auf mich.

Wieder lache ich und genieße, wie entspannt es wieder zwischen uns ist. „Ich muss mir nach dieser Käsebombe unbedingt die Beine vertreten. Wollen wir noch einen kleinen Spaziergang machen?"

„Klar. Bin dabei."

Wir zahlen und verlassen den vollen Laden, vor dem sich bereits eine Schlange gebildet hat, damit die Nächsten reinkommen können. Auch am To-Go-Schalter ist jede Menge los.

„Ich erzähle meinen Freunden aus Manhattan besser nicht davon. Sonst hat man gar keine Chance mehr, hier noch einen freien Platz zu bekommen", denke ich laut nach.

„Genau. Behalt den Spot lieber für dich." Automatisch greift sie nach meiner Hand, sobald wir den Bürgersteig betreten und verschränkt ihre Finger in meinen.

Wortlos schlendern wir nebeneinander und genießen die milde Juninacht. Ein paar Menschen sind noch unterwegs. Aber auch die sind eher gemächlich unterwegs. Keiner hetzt zur U-Bahn. Keiner muss pünktlich für seinen nächsten Termin sein. Es herrscht eine ausgelassene Stimmung, die sich offensichtlich auch auf Dany überträgt, denn auch sie wirkt auf einmal ganz anders.

„Wo kommt eigentlich deine Familie her?", fragt sie mich wie aus dem Nichts.

Über meine Familie haben wir bisher noch gar nicht gesprochen, denn wann immer es geht, vermeide ich das

Thema. „Aus New York City“, sage ich schließlich nach einer kurzen Pause.

„Ach echt? Und leben die hier alle noch?“

„Mehr oder weniger“, erwidere ich knapp und spüre dann aber ihren fragenden Blick auf mir. Sie will mehr wissen. „Mein Dad ist vor ein paar Jahren nach England gezogen und lebt noch dort. Meine Mutter ist mit meinen zwei jüngeren Geschwistern hiergeblieben. Doch eigentlich lebt sie mehr in Los Angeles als in New York. Hier her kommt sie nur noch, wenn die Pflicht ruft. Also, wenn wichtige Charity-Events anstehen.“

„Du hast noch Geschwister?“

„Genau. Zwei Stück. Zwillinge. Junge und Mädchen.“

„Zwillinge“, wiederholt sie. „Oh, wow. Wie ist das so?“

Ich verdrehe die Augen. „Damals war es schrecklich. Die zwei waren wie Pech und Schwefel. Die haben immer zusammengehalten und sich natürlich gegen mich verschworen“, ich sehe wie Dany kichert.

„Haben sie dich immer bei deinen Eltern verpetzt?“

„Nicht nur verpetzt. Sie haben behauptet, dass ich für ihre Streiche verantwortlich war. Und davon haben sie sich so einige überlegt. Einmal haben sie das Bad im dritten Stock unter Wasser gesetzt und beide haben natürlich behauptet, dass ich das war. Mein Dad wollte mir schon Hausarrest für den restlichen Monat aufdrücken, aber Mom hat ihren Plan dann durchschaut und die Strafe ging an sie. Aber so etwas haben sie ständig gemacht.“

„Das glaube ich. Wir hatten auch Zwillinge damals in der Schule“, sie hält kurz inne, während sie an die beiden denkt. „Marvin und Kevin. Schreckliche Jungs. Jeden Tag haben sie sich einen neuen Streich überlegt. Am Ende mussten sie in getrennte Klassen gehen, weil kein Lehrer sich das Doppelpack noch zugetraut hat." Jetzt kichert sie. „Aber die Streiche waren gut. Manchmal waren die echt kreativ. Ich frage mich, was heute aus ihnen geworden ist."

„Bestimmt zwei fürsorgliche Familienväter, die gewissenhaft ihren bodenständigen Jobs nachgehen", sage ich, doch sie runzelt die Stirn.

„Entweder das oder nur einer von ihnen hat den Absprung geschafft, während der andere jetzt alte Leute in Florida abzieht."

„Oder sie machen das zusammen."

„Genau." Sie kichert und wird dann wieder ganz ernst. „Was ist aus deinen Geschwistern geworden?"

„Meine Schwester lebt noch immer in New York. Sie hat inzwischen zwei kleine Kinder bekommen und ist verheiratet. Mein Bruder lebt auf der ganzen Welt. Aktuell ist er in Spanien."

„Und siehst du sie oft?"

Ich schüttle den Kopf. „Nicht wirklich. Mir fehlt einfach die Zeit. Und...", sage ich, halte dann aber inne. Meine Schwester und ich haben nicht das allerbeste Verhältnis zueinander, weil in der Vergangenheit einiges vorgefallen ist. Mir fällt es jedoch schwer, darüber zu reden.

„Und?", bohrt Dany weiter nach und ich spüre ihren Blick auf mir.

Ich blicke in ihre sanften Augen. Nicht viele meiner Freunde wissen, was damals vorgefallen ist, aus Angst, dass sie mich verurteilen könnten. Aber bei Dany mache ich mir eigentlich keine Gedanken. Sie würde das nie machen.

„Es ging damals um das Familiengeschäft. Es stand bereits von Anfang an fest, dass ich als Ältester es mal übernehmen würde. Meine Geschwister sollten natürlich beide ihren gerechten Anteil bekommen, aber meine Schwester hat sich schon früh aus allen Geschäften rausgehalten. Anders als mein Bruder und ich hat sie auch nicht studiert und sich schon damals auf dem Vermögen meiner Eltern ausgeruht. Als mein Vater mir dann die Verantwortung für die Firma übertragen hat, habe ich sie sozusagen übergangen. Sie wollte einen Posten in der Geschäftsführung, aber ich habe sie dort einfach nicht gesehen. Während mein Bruder und ich jede freie Minute in der Firma verbracht haben, war sie lieber mit ihren Mädels unterwegs und feiern.

Es hat ihr gar nicht gepasst, dass sie zwar Anteile erhalten hat, aber quasi nichts in der Firma zu melden hat. Obwohl sie das Kind des ehemaligen Gründers ist."

„Und deine Eltern? Wie haben die das gesehen?"

„Mein Vater wollte sich aus alledem komplett raushalten. Er ist kurz danach nach England gezogen und hat sich dort ein neues Leben aufgebaut. Und meine Mom ... der war die Firma schon immer egal. Das Geld und das Prestige natürlich nicht. Davon kann sie ja profitieren, aber die Firma an sich oder die Mitarbeiter ... Da hat sie schon immer einen großen Bogen drum gemacht. Es war ziemlich früh klar, dass meine Schwester nach ihr kommt. Zusammen haben sie dann noch versucht, einen Posten für meine Schwester rauszuschlagen, doch ich war da recht stur."

„Wieso wollte sie überhaupt einen? Ihren Anteil hat sie doch ohnehin bekommen, oder?"

„Ja, natürlich. Der stand ihr zu. Sie müsste für den Rest ihres Lebens auch nicht arbeiten. Sie hätte sich einfach weiterhin auf dem Erfolg meiner Eltern und ihren Anteilen ausruhen können. Aber zu dem Zeitpunkt befand sie sich in einer Phase, in der sie einen recht erfolgreichen Mann beeindrucken wollte. Und bei ihm hat Geld nicht gereicht. Seine Auserwählte musste beruflich erfolgreich sein und sie dachte sich wohl, wenn sie einen Posten in der Firma hat, würde ihn das beeindrucken."

Dany verdreht die Augen. „Wow … Und am Ende hätte sie das gesamte Geschäft wahrscheinlich auch noch gegen die Wand gefahren, weil sie einen Mann beeindrucken wollte?"

„Das war auch mein Gedanke. Auch, wenn ich von vielen Seiten Gegenwind erhalten habe."

„Warum Gegenwind? Für mich ist das alles recht eindeutig."

Ich grinse. „Klar, weil ich dir das so erzähle. Aber meine Schwester kann sehr manipulativ sein. Sie hat natürlich niemandem den wahren Grund erzählt, sondern behauptet, dass sie sich endlich ändern will und dass sie, genau wie mein Bruder und ich, in die Fußstapfen unseres Vaters treten will. Aber die kennen sie auch alle nicht so gut wie ich."

„Verstehe."

„Seitdem ist unser Verhältnis, nun ja, ein wenig angeschlagen. Kurz darauf hat sie den Kontakt komplett abgebrochen. Zu meinem Bruder und mir. Aber das hat sich gebessert, seitdem sie verheiratet und Mutter geworden ist."

„Trotzdem schade, dass du deine Neffen und Nichten nur so selten siehst."

„Ja, das ist schade. Aber ich bin schon froh darüber, dass ihr Mann ihr ins Gewissen geredet hat und sie mich inzwischen nicht mehr komplett aus ihrem Leben ausschließt."

„Ist es denn noch immer der gleiche Mann, für den sie in der Firma einsteigen wollte?"

Ich lache auf. „Oh, nein. Der hat sie sofort fallen gelassen, nachdem er gehört hat, dass sie noch nicht einen Finger im Leben krumm gemacht hat. Nein. Ihr jetziger Ehemann ist ein recht bodenständiger Steuerberater. Das komplette Gegenteil von all den exzentrischen Männern, die sie davor hatte. Aber wahrscheinlich war er genau das, was sie gebraucht hat."

„Freut mich für sie." Sie drückt meine Hand ein wenig fester und lächelt.

Es ist schön mit ihr über meine Familie sprechen zu können. Bisher haben wir Privates aus unseren Gesprächen immer rausgehalten. Die waren bisher immer recht oberflächlich. Vielleicht auch, um diese ganze Fake-Geschichte möglichst oberflächlich zu halten, um keine tiefergehenden Gefühle zum anderen aufzubauen. Das war zumindest bei mir immer der Grund. „Und wie ist das in deiner Familie?", frage ich sie.

„Wir sind die langweilige Durchschnittsfamilie aus Georgia, würde ich sagen", erwidert sie schulterzuckend. „Meine Eltern sind beide Lehrer im Ort. Meine Schwester hat vor kurzem ebenfalls geheiratet und ein kleines, zuckersüßes Mädchen auf die Welt gebracht. Sie leben alle nah beieinander und bis vor kurzem...", jetzt hält sie inne und blickt verträumt auf den kleinen, geschlossenen Park vor uns. „Ja, bis vor kurzem habe ich auch noch dazu gezählt."

Ich verstumme. Ich weiß, dass Dany recht spontan nach New York gekommen ist. Aber ich kenne den Grund dafür nicht. Denn entweder erzählt sie es nicht gerne oder aber, sie hat sich bisher noch nicht dafür bereit gefühlt, mir davon zu erzählen. „Darf ich fragen, warum du damals nach New York gekommen bist?“

Sie bleibt stehen und blickt noch immer auf den geschlossenen, üppigen Park vor uns. Dann lässt sie meine Hand los, um mit ihren Fingern zu spielen. Ich weiß inzwischen, dass sie das immer macht, wenn sie nervös ist. Sie lächelt gequält. Es fällt ihr schwer, an die Vergangenheit zu denken. „Wollen wir uns irgendwo hinsetzen?“, schlägt sie schließlich vor.

Ich nicke und deute auf die niedrige Mauer, die den Park von der Straße trennt. „Wir könnten uns hineinschleichen“, schlage ich vor.

„So ein Vorschlag aus deinem Mund“, sagt sie und lächelt endlich wieder. „Okay!“

Wir steigen über die Mauer und betreten den menschenleeren Park. Alles ist dunkel und wirkt so friedlich. Wir lassen uns auf einer Bank nieder und dort erzählt sie mir alles.

„Ich war jahrelang mit dem Sohn des Bürgermeisters des Orts zusammen. Wir galten als das Traumpaar schlechthin. Er war der Sunnyboy und jeder mochte ihn. Und ich war ... Nun ja, ich war die Glückliche, die ihn bekommen hat. Jeder hat mich beglückwünscht, dass er sich ausgerechnet für mich entschieden hat. Und jeder hat mich beneidet. Die Familie hatte nämlich nicht nur das größte Haus und das größte

Anwesen, sondern natürlich auch das Sagen. Sein Dad war schließlich der Bürgermeister.

Es lief auch alles ganz gut zwischen uns, bis er nach knapp drei Jahren sein wahres Gesicht gezeigt hat. Er wurde immer aggressiver und hat sich über jede Kleinigkeit aufgeregt. Schon da hatte ich mir überlegt, Schluss mit ihm zu machen. Aber irgendwie habe ich mich nicht so recht getraut. Ich dachte auch, dass ich da vielleicht zu empfindlich sei.

Und dann bin ich eines Tages von der Arbeit nach Hause gekommen. Wir waren erst frisch zusammengezogen. Sein Vater hatte uns ein hübsches kleines Haus im Stadtzentrum besorgt, was ich liebevoll eingerichtet habe, um es zu unserem Zuhause zu machen.

Nun ja ... in diesem Zuhause und auf der hübschen blauen Couch, die ich für unsere gemeinsamen Abende ausgesucht habe, erwischte ich ihn mit einer alten Klassenkameradin, die mich noch nie ausstehen konnte. Er wusste das. Und trotzdem ließ er sich auf sie ein.

Ich verließ unser Haus natürlich sofort und wollte nichts mehr mit ihm zu tun haben. Das knallte ich ihm dann auch noch auf unserer Veranda gegen den Kopf. Er versuchte noch, mich zu beruhigen und es als Ausrutscher zu verkaufen. Doch ich hatte bereits seit Wochen schon so ein komisches Gefühl und nun wusste ich, woran das lag.

Ich verkroch mich bei meinen Eltern und die rieten mir, am nächsten Tag noch mal das Gespräch mit ihm zu suchen. Ganz aufgeben wollte ich uns noch nicht. Auch, wenn es natürlich hoffnungslos war.

Doch sobald ich die Straße betrat, spürte ich bereits die Blicke der anderen Bewohner auf mir. Sie tuschelten, als ob sie bereits etwas wussten. Zuerst dachte ich, dass vielleicht jemand unseren Streit mitbekommen hätte, doch als mich dann die ersten Beschimpfungen auf offener Straße erreichten, wusste ich, dass hier etwas gewaltig schieflief. Noch bevor ich ihn zur Rede stellen konnte, fand ich heraus, dass er ganz schnell eine Lügengeschichte verbreitete. Und in der hieß es, dass ich ihn die ganzen letzten Monate betrogen hatte.

Und weil er nun mal der Sunnyboy war und ich bloß die glückliche Auserwählte, glaubte ihm jeder sofort und plötzlich war ich die Böse." Sie seufzt laut und schüttelt dabei den Kopf. „Ich versuchte gar nicht erst, es klar zu stellen. Ich erklärte es bloß meiner Familie, die natürlich zu jeder Zeit auf meiner Seite stand, aber die Stadtbewohner wollten davon nichts wissen. Für sie war es einfach, mich zu hassen und weiterhin auf seinen Charme reinzufallen.

Ich zog wieder zu meinen Eltern, aber lange hielt ich es dort nicht mehr aus. Die gesamte Stadt war gegen mich, daher bin ich geflüchtet."

„Das klingt nach keinem fairen Prozess."

Sie lacht auf. „Keineswegs. Aber so läuft es dort ab." Tief seufzt sie. „Es kann der schönste Ort sein, wenn du nach den Regeln spielst. Aber sobald du einmal auch nur etwas falsch gemacht hast, kann es die Hölle auf Erden bedeuten."

„Aber du hast doch nichts falsch gemacht."

„Doch. Ich kam an diesem Abend zu früh nach Hause, ohne ihm vorher Bescheid zu geben. Daher war das alles im Grunde genommen meine Schuld."

„Was?! Das ist doch lächerlich", sage ich, weil ich nicht glauben kann, was sie da gerade sagt.

Doch sie bleibt ernst. „Das waren seine Worte."

Ungläubig schüttle ich den Kopf. Das kann er nicht ernst gemeint haben.

„Er dachte, dass er diese Affäre wirklich vor mir geheim halten könnte und wir uns ein schönes Leben machen. Er und ich. Und sie. Naja, da hat er sich geirrt. Eine andere hätte vielleicht mitgespielt und den Schein bewahrt, um sich weiterhin ein schönes Leben mit ihm zu machen. Aber ich habe das nicht mit mir machen lassen. Und das hat ihn wohl verärgert."

„Unglaublich. Er hätte die Person sein müssen, die seine Heimat verlassen muss."

Jetzt zieht sie langsam beide Schultern hoch. „Ich weiß nicht … Ich glaube, er hat mir mittlerweile einen Gefallen getan. Eigentlich wollte ich den Ort schon immer verlassen. Meine Familie und Freunde haben mir immer den Rücken gestärkt und mir gesagt, dass ich es tun soll. Er war immer dagegen. Denn dort ist er jemand. Aber woanders? In der großen weiten Welt? Da wäre er ein Niemand. Und das wusste er. Aber jetzt konnte ich endlich gehen, ohne dass mir der Abschied sonderlich schwergefallen ist."

„Bis auf die Familie, die du zurückgelassen hast."

„Genau und ein paar meiner Freunde. Meine beste Freundin ist bereits vor Jahren von dort weggegangen."

„Oh, wo lebt die inzwischen?"

„In Australien."

„Australien", wiederhole ich ungläubig. „Was hat sie dorthin gezogen?"

Sie legt den Kopf schief und grinst. „Die Liebe."

„Was sonst." Ich seufze und grinse in mich hinein. Es ist schön hier mit ihr zu sitzen. Und es ist schön mit ihr zu plaudern und etwas mehr über sie zu erfahren.

„Das habe ich noch niemandem hier in New York erzählt", gesteht sie und dreht den Kopf in meine Richtung."

„Wieso nicht?"

Jetzt schaut sie mich eindringlich an. „Ich denke, das weißt du genau. Es würde nicht so ganz mit unserer Kennenlernstory übereinstimmen."

„Oh. Klar." Ich schweige, weil mir bewusst wird, wie viel sie für diese Fake-Beziehung aufgeben muss. Die ersten Monate in New York City sollte sie dazu nutzen, um anzukommen und neue Freundschaften zu schließen. Stattdessen muss sie mit mir zu Events gehen und allen eine Lügengeschichte auftischen.

„Es tut mir leid, dass du niemandem die Wahrheit erzählen kannst."

„Schon okay. Es ist zur Abwechslung auch mal ganz spannend." Sie grinst. „Mein Leben lang habe ich immer nur die Wahrheit gesagt. Selbst die unbequemen Wahrheiten, auch, wenn andere lieber eine Lüge gehört hätten. Aber jetzt ständig zu lügen … das ist doch mal was anderes", sagt sie und verkneift sich ein Grinsen, weil das ganz offensichtlich ein Scherz ist.

„So lange musst du ja nicht mehr durchhalten."

„Ja und dann? Was passiert eigentlich danach?" Sie guckt mich mit ihren großen, blauen Augen an.

„Danach?", wiederhole ich ihre Worte und blicke auf den Vogel, der in diesem Moment vor unseren Füßen landet und etwas vom Boden pickt. „Ich …", sage ich, da ich noch gar nicht darüber nachgedacht habe. Was soll danach auch schon sein?

„Ich weiß es nicht“, gebe ich zu, denn insgeheim hoffe ich, dass es kein danach geben wird. Tief in mir drinnen, wollte ich mich nie mit dieser Frage beschäftigen, denn das würde bedeuten, dass unsere gemeinsame Zeit vorbei ist. „Ich kann dir aber eins versprechen: Wir finden einen Trennungsgrund, der uns beide gut dastehen lässt.“

„Schön. Das beruhigt mich“, gibt sie leise zurück und lässt sie, entgegen ihrer Aussage, sehr wohl beunruhigt wirken.

Wir schweigen und schauen dem Vogel dabei zu, wie er versucht, einen Regenwurm aus der Erde zu ziehen.

Mir gehen ihre Worte nicht mehr aus dem Weg.

Was passiert eigentlich danach?

15. Kapitel - Dany

Mit einem Versprechen beendet James das Thema. Es wird keine schmutzige Trennung geben. Nicht wie zwischen meinem Exfreund Mike und mir. Und etwas sagt mir, dass er dieses Versprechen halten wird.

Trotzdem bin ich mit der Antwort nicht zufrieden. Er denkt bereits über das Ende nach. Für ihn hat das hier noch immer ein Ablaufdatum. Und das, obwohl ich ihm gerade mein Herz ausgeschüttet habe. Für einen Moment dachte ich, dass uns mehr verbindet als nur dieser Vertrag.

Der Auftritt am Flughafen mit den Blumen. Gut. Der war einzig und allein für die Presse. Aber danach das Essen in Brooklyn. Keiner hat uns dabei gesehen. Bloß die Menschen, die sich ohnehin nicht für ihn interessieren. Und doch hat er sich an den winzigen Tisch mit mir gequetscht und die vor Fett triefende Pizza gegessen.

Und er hat meinen Lieblingsfilm geguckt, während ich nicht da bin. Er fand ihn zwar nicht gut, aber er hat es immerhin gemacht. Mike habe ich nie dazu bewegen können.

Und dann dieser Spaziergang. Es hat sich so natürlich angefühlt, seine Hand zu halten, während wir durch die dunkle Nacht gegangen sind. So gut. So absolut zauberhaft. Mein Herz hat die ganze Zeit ein bisschen schneller geschlagen als sonst. Auch, weil ich kurz davor war, ihm von meinem anderen Geheimnis zu erzählen. Von dem Baby, was in mir heranwächst. In diesem Moment hat es sich richtig angefühlt, bis er unser Ablaufdatum erwähnt hat. Die Euphorie, die in den letzten Stunden in mir gewachsen ist, ist plötzlich wieder aus mir entwichen. Wie aus einem Luftballon, dessen Knoten man wieder öffnet.

Schweigend sitzen wir nun nebeneinander und gucken diesem Vogel zu, der mit aller Macht versucht, den Wurm aus der Erde zu bekommen. Endlich hat er es geschafft, doch statt ihn zu essen, behält er ihn nur in seinem Schnabel und fliegt davon.

„Bestimmt für seinen Nachwuchs“, kommentiert James und schaut belustigt dabei zu, wie der Vogel im nächsten Baum verschwindet und mit dem Wurm wahrscheinlich seine Jungen füttern wird.

Und während ich mir vorstelle, wie der Wurm in den hungrigen Schnäbeln der Babys verschwindet, wird mir ganz anders. Plötzlich stelle ich mir vor, wie er als Vater wäre.

Seine Neffen und Nichten sieht er nur selten, weil er nur wenig Zeit hat. Und gut ... auch weil seine Schwester nach einer ätzenden Persönlichkeit klingt, aber würde das dann bei unserem Kind nicht ähnlich ablaufen? Er bleibt oft bis tief in die Nacht im Büro. Zwischendurch ist er teilweise für Wochen verreist und überhaupt steht seine Arbeit immer an oberster Stelle.

Doch dann werfe ich ihm wieder einen Blick zu. Er lächelt breit, während er das Piepen aus dem Baum hört.

Könnte dieser Mann ein schlechter Dad sein?

Er ist so liebevoll und fürsorglich. Er kümmert sich so gut um mich und meine Bedürfnisse. Ich kann mir nicht vorstellen, dass er sein eigenes Kind vernachlässigen würde. Eher würde er im Job kürzertreten.

„James, ich...", beginne ich und spüre, wie er sich sofort von den Vögeln abwendet und seinen Kopf in meine Richtung dreht.

Ich bin schwanger. Es liegt auf meiner Zunge. Ich muss es nur noch aussprechen. Das hier ist der perfekte Moment. Nur wir zwei. An diesem dunklen, friedlichen Ort. Doch ich bringe es nicht über mich. Die Worte kommen nicht über meine Lippen.

Ich greife stattdessen nach seiner Hand und drücke sie. „Ich freue mich echt, dass du mich heute Abend vom Flughafen abgeholt und mich in die Pizzeria eingeladen hast", sage ich stattdessen und lächle ihn an.

Er erwidert das Lächeln und ganz plötzlich kommt er näher. Seine Lippen befinden sich direkt vor meinem Gesicht. Ich könnte den Kopf einfach zur Seite drehen. Wir sind alleine. Keiner beobachtet uns. Wir müssen niemandem etwas vorspielen, doch ich will meinen Kopf nicht zur Seite drehen. Ich will seine Lippen auf meinen spüren. Und so lasse ich es zu. Er küsst mich.

Und wieder ist es einer dieser Küsse, der mir das Hirn vernebelt. Einer dieser Küsse, die mich nach mehr verzehren lassen. *Ich will mehr.* Hier und jetzt.

Wir knutschen inzwischen. Seine Zunge drängt sich in meinen Mund. Seine Hände liegen auf meinem Körper. Es fühlt sich so natürlich an. So gut.

Ich klettere auf seinen Schoß und spüre seine harte Männlichkeit zwischen meinen Beinen. Oh, Gott. Was treibe ich hier bloß schon wieder?

Aber ich kann nicht aufhören. Es fühlt sich zu gut an. Er fühlt sich zu gut an. Vor allem, als sein harter Schwanz in meinen Händen liegt und ich mir meine Hose ein Stückchen nach unten schiebe, um ihn in mich gleiten zu lassen.

Es fühlt sich fast schon verboten gut an, als er Stück für Stück in mich eindringt, seine Hände auf meiner Taille liegen und er anfängt, mich auf sich zu bewegen. Meine Hüften kreisen und mit den Beinen drücke ich mich hoch und runter.

Ich lege den Kopf in den Nacken und schließe die Augen. Dann beuge ich mich wieder zu ihm herunter und küsse ihn. Dabei werde ich schneller und wieder langsamer. So lange, bis ich alles um mich herum vergesse. Leise stöhne und seufze ich.

Fuck. Ich hatte mir doch geschworen, damit aufzuhören. Doch wie kann sich etwas so gut anfühlen, wenn man es eigentlich nicht mehr tun sollte?! Vielleicht ist es dann doch richtig, wenn es mich so sehr erfüllt?

Ich schiebe all meine Gedanken zur Seite und genieße es. Seinen harten Schwanz in mir, seine starken Hände an meiner Taille und seine Zunge an meinem Hals.

Und dann komme ich gemeinsam mit ihm.

Erschöpft sinke ich auf ihm zusammen. Seine starken Arme halten mich. Ich spüre seinen kräftigen Herzschlag an meiner Brust und höre, wie seine Atmung sich wieder beruhigt.

Vorsichtig klettere ich von seinem Schoß, ziehe mir die Hose wieder an und lasse mich neben ihm nieder.

Es ist dunkel und trotzdem kann ich seine geröteten Wangen von hier aus sehen.

Wir haben uns verleiten lassen. *Von der Lust.* Und jetzt wissen wir nicht, was wir sagen sollen.

„Also", bricht er schließlich das Schweigen. „Daran habe ich nun wirklich nicht gedacht, als ich dich vom Flughafen abgeholt habe." Er grinst. Wie ein kleiner Junge, der gerade ein riesiges Eis in die Hand gedrückt bekommen hat.

Und ich kann nicht anders und grinse auch. Das war wirklich nicht seine Absicht. Das glaube ich ihm. Trotzdem bleibt dieser fade Beigeschmack.

Vor allem auch dann, als er mich im Anschluss nach Hause fährt und nicht noch mit zu sich nimmt, um gemeinsam Arm im Arm einschlafen zu können.

„Ich bin die nächsten Tage geschäftlich verreist", teilt er mir mit, als ich neben ihm im Wagen sitze und gerade die Beifahrertür öffnen will.

„Oh, ach so", mache ich überrascht. Davon wusste ich bisher noch gar nichts.

„Ja, deswegen wollte ich dich heute unbedingt noch einmal sehen."

„Verstehe", mache ich und fühle mich augenblicklich benutzt. Wollte er nur Druck abbauen, bevor er morgen abhaut? So fühlt es sich gerade auf einmal an. Ich öffne die Tür und drehe mich noch einmal nach ihm um.

Beide Hände liegen am Lenkrad. Er will mich gar nicht in eine Umarmung zum Abschied schließen und noch einmal küssen. Er hat jetzt schließlich das, was er wollte.

„Dann sehen wir uns in ein paar Tagen", sage ich kalt und schließe die Tür hinter mir.

„Genau, bis dann", erwidert er ebenso kühl.

Ich gehe von der Straße herunter und bleibe auf dem Gehweg stehen. James fährt sofort los und lässt mich mit meinen Gedanken und Ängsten alleine zurück.

Was passiert nach Ablauf der sechs Monaten?

Und was passiert mit dem Baby?

Ich schüttle den Kopf. Wieso fällt es mir so schwer, ihm davon zu erzählen? Und wieso fällt es mir im Gegensatz so einfach, mit ihm Sex zu haben?

Sollte es nicht umgekehrt sein?

Langsam gehe ich auf das Haus zu und schließe die Tür auf.

Die letzten Stunden hängen mir noch immer nach.

Wie kann es sein, dass die Zeit mit ihm so schön ist und mich gleichzeitig so unglücklich macht?

Ich will einerseits nicht, dass es endet.

Andererseits weiß ich auch, dass ich mich retten sollte, so lange ich noch kann.

16. Kapitel - James

Ich trete auf das Gaspedal, nachdem ich Dany wieder Zuhause abgesetzt habe. Ihr Stöhnen in meinen Ohren hallt noch nach, als ich an der nächsten Ampel wieder zum Stehen komme und ein Grinsen bildet sich automatisch auf meinem Gesicht.

Ich habe ehrlich nicht auf so einem Ausgang des Dates gehofft, als ich sie mit Blumen am Flughafen in Empfang genommen habe, und doch ist es passiert. Und es hat sich so passend angefühlt. So gut. Wir verstehen uns ohne Worte. Wenn ihre blauen Augen in meine blicken, löst das etwas in mir aus. Etwas, was ich nicht beschreiben kann und etwas, was ich bisher noch nie so intensiv erlebt habe.

Sie war wieder da. Die Dany, die ich kenne. Die freche, selbstbewusste Dany. Die, die weiß, was sie will. Die, die mich mit ihrer selbstsicheren Art beeindruckt und umhaut.

Die Ampel schaltet auf grün und auf dem schnellsten Weg fahre ich rüber nach Manhattan und parke meinen Wagen in der Tiefgarage.

Mein Geschäftstrip führt mich für ein paar Tage nach Chicago. Wichtige Geschäftspartner soll ich dort von unserem neuen Projekt überzeugen. Und auch mein Vater wird dort sein, um sich sein regelmäßiges Update über die Firma geben zu lassen. Allein bei dem Gedanken an meinen Vater dreht sich mir der Magen um. Oberflächlich betrachtet verstehen wir uns recht gut. Ich weiß, dass er mir vertraut und das bedeutet mir eine Menge. Er hat mir nicht ohne Grund die Firma und sämtliche Geschäfte überschrieben, weil er von meinen Fähigkeiten überzeugt ist. Trotzdem würde ich ein

Zusammentreffen mit ihm am liebsten vermeiden, wenn es denn möglich wäre. Mein Vater ist ein großartiger und bewundernswerter Mann, der in seinem Leben schon viel erreicht hat. Und trotzdem fühle ich mich in seiner Gegenwart immer ganz klein. Schon damals war ihm nichts gut genug. Und heute verstehe ich auch, warum er mich so gefordert und gepusht hat. Ohne seine strenge Erziehung wäre ich heute nicht da, wo ich bin. Und doch verspüre ich diese Angst tief in mir drin, wann immer ich mit seiner Gegenwart konfrontiert werde. Denn sobald er vor mir steht, fühle ich mich wieder wie der kleine Junge, der ihm seine 2 statt einer 1+ unter die Nase hält. Wie der Teenager, der nicht als Klassenbester die Schule abgeschlossen hat. Und wie der junge Mann, der sein Studium nicht in der gleichen Rekordzeit beendet hat wie er.

Ich werde für ihn niemals gut genug sein. Das ist tief in mir verankert und beschäftigt mich vor jedem einzelnen Treffen mit ihm erneut.

Am nächsten Morgen beziehe ich meine Suite in dem schicken Hotel mitten in Downtown Chicago. Das erste Meeting verläuft stressfrei und wie geplant - zu meiner Erleichterung. Denn im Anschluss finden noch drei weitere statt. Meine Assistentin hat alles recht knapp getaktet, weswegen ich mich am Ende des Tages doch erschöpft fühle, als ich spät am Abend in meine Suite zurückkehre.

Als ich alleine auf dem großen Bett liege, verselbstständigen sich meine Gedanken. Ich nehme Abstand von meinen Geschäftspartnern, von den Zahlen und Berichten und komme immer wieder zu einer Person zurück: Dany.

Vielleicht hat Steve Recht. Vielleicht ist das hier mehr als nur eine Fake-Beziehung für die Presse. Vielleicht könnte mehr aus uns werden, wenn wir beide es denn wollen. Und bisher habe ich den Eindruck, dass auch Dany nichts dagegen hätte.

Ich greife nach meinem Handy, um ihr eine Nachricht zu schreiben, doch während ich auf den grellen Bildschirm blicke, schlafe ich ein.

Auch die nächsten Tage sind stressig. Ich habe selten Zeit für eine kurze Verschnaufpause. Ich hetze von Termin zu Termin und komme mit meiner Arbeit gut voran. Trotzdem hätte ich gerne einen Moment für mich. Nur ein paar Minuten, um kurz mit Dany zu telefonieren oder ihr eine Nachricht zu schreiben. Doch ich komme einfach nicht dazu, weswegen ich beschließe, ihr erst bei meiner Rückkehr wieder zu schreiben, wenn ich die Ruhe und den Kopf dafür habe. Denn mit jedem Tag mehr, den ich von ihr getrennt bin, bemerke ich erst, wie sehr sie mir fehlt. Ich will wissen, was sie treibt, was sie denkt und was sie fühlt.

„Da bist du ja“, höre ich eine mir wohlbekannte Stimme sagen, als ich gerade an der Bar meines Hotels sitze und vor wenigen Sekunden den wichtigen CEO einer Chicagoer Firma verabschiedet habe.

Ich drehe mich um. „Dad“, sage ich, stehe auf und komme auf ihn zu.

Mein Vater ist inzwischen 65 Jahre alt und trotzdem hat er noch immer das einschüchternde Auftreten eines Mannes mittleren Alters, der an der Spitze seiner Karriere steht. Sein Maßanzug passt ihm, dank seiner eisernen Disziplin und regelmäßigen Teilnahmen am Marathon, auch heute noch perfekt. Mit den hellblauen Augen, die auch mein Bruder geerbt hat, blickt er von oben auf mich herab. Seine Körpergröße von 1,95 Metern habe ich nie erreicht. Im

Gegenzug wurde ich aber von seinem erblich bedingten Haarausfall verschont, mit dem sich mein Bruder herumschlagen darf.

Er klopft mir auf die Schulter und deutet dann auf den besten Tisch im Restaurant: Direkt am Fenster mit Blick auf die Stadt. „Setzen wir uns doch“, sagt er und geht auf den reservierten Tisch zu.

„Also, wie läuft es?“, fragt er mich ohne Umschweife, sobald wir uns hingesetzt haben.

Ich nicke. „Es läuft gut. Sehr gut sogar.“ Dabei grinse ich und ich bemerke, wie meinem Dad mein Grinsen nicht mehr entgeht.

„Ich meinte nicht privat. Wie läuft es in der Firma?“

„Auch da läuft es sehr gut“, lasse ich mich nicht beirren.

„Das ist schön zu hören. Mein Berater hat mir die aktuellen Zahlen vorgelegt. Du hast Recht. Es läuft gut. Auch wenn…“, beginnt er und zählt Dinge auf, die ich noch verbessern könnte. Feinheiten, die einer anderen Person kaum auffallen würden, doch meinem Dad entgeht so etwas nicht.

„Ich werde es auf die Liste setzen“, erwidere ich bloß und sehe, wie er zufrieden nickt.

„Du hast also eine Freundin?“, wechselt er das Thema schnell.

Natürlich ist ihm auch das nicht entgangen. Es war groß in den Medien und obwohl er nicht mehr in New York lebt, wird ihm diese Neuigkeit von seinem Sohn nicht entgangen sein. Auch, wenn ich es irgendwie gehofft habe. Denn mit ihm möchte ich ganz sicher nicht über Dany sprechen.

„Genau. Ihr Name ist Dany.“

Er zieht eine ergraute Augenbraue hoch und mustert mich kritisch. „Und die arbeitet in deiner Firma? In welcher Position?“

Er stellt die Frage bloß, um mich zu provozieren. Er kennt die Antwort bereits. Wahrscheinlich weiß er alles über Dany. Noch mehr als ich.

„Sie ist Assistentin in der Marketing-Abteilung.“

„Was hast du dir bloß dabei gedacht?!“

„Entschuldige?“

„Warum konntest du dir nicht ein vernünftiges Mädchen aussuchen?“

„Dany ist ein vernünftiges Mädchen.“

„Wie vernünftig kann sie sein, wenn sie ihren Heimatort verlässt, weil sie den Sohn des Bürgermeisters betrogen hat“, zählt er seine geheimen Informationen auf.

„So war es nicht.“

„Ach? Hat sie dir das erzählt?“

„Ja, das hat sie.“

„Und woher weißt du, dass sie nicht lügt?“

„Ich vertraue ihr.“

„Wie lange kennst du sie bereits?“

„Seit ein paar Monaten.“

„In ein paar Monaten kann man einer Frau noch nicht vertrauen. So ein Mädchen wie sie würde doch alles erzählen, damit ein Mann wie du bei ihr bleibt.“

„So ist das wirklich nicht“, widerspreche ich ihm. Doch mein Dad will nichts davon hören.

„Wie sieht das denn aus, wenn du mit so einer …“

„Ihr Name ist Dany“, sage ich nun etwas nachdrücklicher.

„Meinetwegen. Aber was sollen denn die Geschäftspartner denken, wenn du mit Dany auf ihren Charity-Events auftauchst."

„Sie ist eine Bereicherung für jede Party", erkläre ich und denke an ihren ersten Auftritt auf dem roten Teppich. Sie sah nicht nur grandios aus, sondern hat auch ganz ausgezeichnete Manieren an den Tag gelegt.

„Ich will ja nicht sagen, dass sie keine liebenswerte Frau ist. Sie ist bestimmt eine gute Partie für einen anderen. Aber ich möchte dich noch einmal daran erinnern, wer du bist und in wessen Fußstapfen du trittst."

Ich verdrehe die Augen. Das hat weder bei meinem Bruder noch bei meiner Schwester je eine Rolle gespielt.

„Was ist denn mit deiner Exfreundin?", fängt er auf einmal an. „Sitzt sie immer noch im Vorstand dieses Unternehmens?"

„Ja, das tut sie", erwidere ich genervt. Er sollte wissen, dass wir uns vor einiger Zeit getrennt haben.

„Habt ihr noch Kontakt?"

„Nein, und das möchte ich auch gar nicht mehr."

„Bist du immer noch sauer, weil sie dich hintergangen hat?"

„Sie hat mich nicht hintergangen, sie hat mich betrogen."

„Ach. Sei doch endlich mal erwachsen und steh drüber. Es gibt Wichtigeres. Sie hat dir gutgetan."

„Sie hat der Firma gutgetan. Mir garantiert nicht." Ich kann nicht glauben, was er da gerade von sich gibt.

„Und diese Dany? Die tut dir gut?"

Ich denke an ihr zauberhaftes Lächeln, das für ein wohliges Gefühl rund um mein Herz sorgt und nicke. „Ja."

Doch davon ist mein Dad nicht überzeugt. „Nun gut, du wirst schon sehen, was du davon hast."

Fragend sehe ich ihn an. „Was meinst du damit?"

„Das mit euch wird nicht lange halten. Ihr kommt aus zwei verschiedenen Welten. Deine Arbeit stand immer an erster Stelle. Sie arbeitet, um sich die Miete und Lebensmittel leisten zu können. Sie wird immer nur so viel machen, wie man von ihr verlangt, während du jede Sekunde in deine Karriere steckst. Was glaubst du, wie lange sie das noch mitmachen wird, wenn sie kein Verständnis dafür hat?"

„Du sprichst von Mom", sage ich trocken und erinnere mich an all die Streits, die die zwei hatten, während ich noch ein Kind war. Es ging immer um Dads Job und dass er ihrer Meinung nach zu viel arbeiten würde. Gleichzeitig hat sie keinen Finger krumm gemacht und in seinem Erfolg gebadet. Eine Eigenschaft, die ich bei Dany ganz und gar nicht sehe.

„Ich will dich nur vor einem großen Fehler bewahren."

„Mom und Dany sind sich nicht mal ansatzweise ähnlich."

„Das glaube ich dir, mein Sohn", sagt er besänftigend und legt mir eine Hand auf meinen Arm, um mich zu beruhigen. „Ich möchte trotzdem nur das Beste für dich. Aber hat sie dir erzählt, dass sie sich in ihrem Heimatort auch den Sohn des erfolgreichen Unternehmers geangelt hat?"

„Das hat sie, ja."

„Erkennst du da denn kein Muster?"

Wenn er nur wüsste … Ich halte für einen Moment inne. Dieses ganze Gespräch könnte mit einem Mal beendet werden, wenn ich ihm die Wahrheit erzähle. Wenn er weiß, dass das alles nur eine Fake-Beziehung ist, um die wahren Golddigger von mir fern zu halten, würde er endlich Ruhe geben.

Ich atme tief durch. Keiner sollte davon erfahren. Ich wollte keiner weiteren Person davon erzählen. Doch mein Dad … Wenn es drauf ankommt und es das Wohl der Firma betrifft, kann er schweigen wie ein Grab. Niemals würde auch nur ein Wort seine Lippen verlassen, das dafür sorgen könnte, dass ich in der Presse schlecht dastehe.

„Ich sollte dir vielleicht etwas erzählen", sage ich und senke meine Stimme.

Mein Vater sieht mich aufmerksam an. Ein Lächeln liegt auf seinen Lippen. Ahnt er etwas?

„Ihr seid gar nicht richtig zusammen, stimmt's?", nimmt er mir meine Erklärung vorweg. „Das ist alles nur Schein für die Presse und Öffentlichkeit."

Verwirrt blicke ich ihm in die hellen Augen. „Woher weißt du das?", frage ich ihn.

Er zuckt mit den Schultern und lehnt sich tief in seinen Samtstuhl zurück. „Du bist mein Sohn. Du kannst mir nichts vormachen. Auch, wenn ich gerade fast darauf reingefallen wäre. Aber ich muss sagen, das ist ein sehr geschickter Schachzug von dir. Die Öffentlichkeit liebt dich dafür, dass du dir eine einfache Angestellte ausgesucht hast und der Vorstand atmet endlich erleichtert auf, weil sie nun denken, dass du demnächst endlich zur Ruhe kommst und nicht mehr so sprunghaft bist."

„Ich war noch nie sprunghaft."

„Noch nicht", korrigiert er mich und seine Augen blitzen jetzt. Er lehnt sich noch mal zu mir nach vorne und klopft mir auf die Schulter. „Die ganzen Frauen, die dich nach dem Magazin-Titel vom Fleck weg heiraten wollen, sind jetzt auch verschwunden?"

„Verschwunden nicht. Aber sagen wir mal, die Anzahl hat sich reduziert."

Er nickt anerkennend. „Und du triffst dich mit ihr nur in der Öffentlichkeit, damit euch die Presse eure kleine Lügengeschichte abnimmt?"

„Sie übernachtet auch bei mir im Gästezimmer", verrate ich ihm, woraufhin er grinst.

„Verstehe. Naja, euer Plan scheint aufzugehen. Wie lange willst du das durchziehen? Und was bekommt sie dafür?"

Ich erzähle ihm die Details unseres Deals und wieder nickt er. „Wenn das so ist, dann möchte ich eurer *Beziehung* natürlich nicht mehr weiter im Weg stehen. Es scheint ja für beide Seiten zu klappen."

„Ja, sie ist sich bewusst, auf was sie sich eingelassen hat."

„Gut", zufrieden nickt er erneut. „Auch, wenn ich manchmal den Anschein erwecke, dass ich für meine Angestellten nichts übrig habe, möchte ich trotzdem, dass es ihnen gut geht und sie sich nicht hintergangen fühlen."

„Dafür gibt es keinen Grund", erwidere ich und beende damit endlich das leidliche Thema.

In dem Moment fällt geräuschvoll ein Glas auf den Marmorboden und zerspringt in tausend Teile.

Erschrocken fahre ich herum und entdecke eine Frau mit langen, schwarzen Haaren, die sich über das Glas am Boden beugt. „Oh Gott, wie ungeschickt von mir", sagt sie laut, als der Kellner auf sie zukommt.

„Kenne ich die nicht von irgendwoher?", fragt mein Dad und wirft ihr einen genaueren Blick zu.

Auch ich drehe mich noch einmal nach ihr um und muss meinem Vater Recht geben. „Sie ist eine der Assistentinnen in der Firma", erkläre ich ihm, woraufhin er wissend nickt.

„Verstehe", lautet seine knappe Antwort, ehe wir beide dann unsere Bestellung bei der Kellnerin aufgeben.

17. Kapitel - Dany

„Arbeitet die da etwa auch mit am Projekt?", flüstere ich Keira bei der Arbeit zu, als ich mich mit ihr in den Konferenzraum begebe, wo wir uns mit ein paar anderen Kollegen für die kommende Projektarbeit treffen. Mit dem Kinn deute ich auf die schwarzhaarige Frau, die in genau diesem Moment ihre glatten Haare nach hinten wirft. Genervt verdrehe ich die Augen.

„Stephanie? Oh ja. Als Ersatz für Anna." Sie wirft mir einen ebenso genervten Blick zu, wie den, der sich in diesem Moment auf meinem Gesicht befinden muss. „Ich weiß. Ich habe auch keinen Bock auf die."

Gemeinsam blicken wir noch einmal über den großen, glänzenden Konferenztisch und schauen Stephanie dabei zu, wie sie mit ihrem seidigen Haar spielt.

Eigentlich komme ich gut aus mit meinen Kollegen hier in der Firma. Selbst, nachdem sich das mit James herumgesprochen hatte, hat sich mir gegenüber keiner fies verhalten. Alle waren nett und verständnisvoll. Ein paar von ihnen waren natürlich auch ein wenig neidisch - er ist schließlich New Yorks begehrtester Junggeselle -, doch das hat sich schnell gelegt. Anfänglich wussten viele auch nicht, wie sie mit mir umgehen sollten. Mit mir, der Freundin vom CEO. Doch mit der Zeit hat sich das gelegt, nachdem sie verstanden haben, dass ich mit seinen Geschäften nichts zu tun habe und dass ich nach wie vor die kleine Assistentin bin, die in der Firma eigentlich nichts zu sagen hat. Meine direkten Kollegen aus der Abteilung haben sich sogar für mich gefreut. Sie hingen mir in den Pausen an den Lippen, wenn ich von unseren Dates erzählt habe. Von den Gala-Events und von den exklusiven Restaurants. Ich habe sie gerne mit meinen Stories unterhalten. Sie waren ein dankbares Publikum.

Alle, bis auf Stephanie.

Schon am ersten Tag haben wir beide bemerkt, dass wir keine Freundinnen werden. Die Chemie zwischen uns hat einfach nicht gepasst. Ich fand es nicht schlimm, schließlich habe ich schnell Keira als Verbündete gefunden und auch mit den restlichen Kollegen kam ich gut klar. Ich habe sie, so gut wie es geht, ignoriert. Und sie mich ebenfalls. Doch dann kam der Tag, an dem alle von James und mir erfahren haben, und an dem Tag hat sie beschlossen, dass sie mich nicht mehr ignorieren wird. Sie hat mich beobachtet. Jeden meiner Schritte befolgt. Immer darauf wartend, dass mir ein Missgeschick passiert oder ein Fehler unterläuft, auf den sie sich dann stürzen kann. Sie hat jede kleinste Kleinigkeit zum Anlass genommen, um mich vor den anderen zu schikanieren.

Einmal ist mir ein wirklich kleiner Fehler unterlaufen. Ein Fehler, der nicht den Weltuntergang bedeutet hätte. Eine falsche Briefmarke, die auf einem unwichtigen Info-Brief klebte. Doch noch eine Woche später zog sie mich damit auf.

Dabei ist sie bei weitem nicht perfekt. Auch ihr unterlaufen Fehler. Den anderen natürlich ebenfalls. Viel schlimmere sogar, als mir. Doch nur bei mir macht sie ihren Mund auf. Ich bin schließlich die Freundin vom Boss. Ich habe perfekt zu sein. Ich darf mir keine Fehler erlauben. Das scheint sich zumindest in ihr Gehirn eingebrannt zu haben. Denn nur so kann sie es sich erklären, warum er sich ausgerechnet mich ausgesucht hat und nicht sie oder eine andere aus der Abteilung.

„Die ist so unverschämt neidisch auf dich“, sagt Keira jedes Mal, wenn sie mal wieder einen abschätzigen Kommentar während einer meine Erzählungen macht.

Gegen Keira hat sie nichts. Zu ihr ist sie stets höflich und freundlich. Doch als meine Freundin hält Keira zum Glück zu mir und steht mir stets bei, wenn Stephanie es wieder einmal auf mich abgesehen hat.

Bisher konnte ich ihr gut aus dem Weg gehen. Sie saß am anderen Ende des Büros und bis auf ein paar böse Blicke kam nie etwas aus ihrer Richtung. Wir mussten nicht die gleichen Akten bearbeiten und auch nie für die gleichen Vorgesetzten arbeiten. Ich dachte, dass ich ihr für immer aus dem Weg gehen könnte, bis irgendwer von uns die Abteilung wechseln würde, und habe mich mit ihrer Feindseligkeit mir gegenüber abgefunden. Doch jetzt ist es passiert. Jetzt wurden wir dem gleichen Projekt zugeteilt.

„Na, das kann ja lustig werden“, murmelt Keira, während wir uns ihr gegenüber am großen Tisch niederlassen.

Sofort spüre ich Stephanies Blick auf mir. Ihre hellgrünen Augen funkeln mich böse an.

Was habe ich ihr bloß getan?

Womit habe ich ihren Hass nur verdient?!

Aber ich habe keine Zeit, um mir weitere Gedanken darüber zu machen, denn der Projektleiter betritt in diesem Augenblick den Raum und fordert meine Aufmerksamkeit ein. Er erklärt den Ablauf des Projektes und auch, dass wir in Dreierteams zusammenarbeiten sollen, um die einzelnen Akten schneller bearbeiten zu können. Keira und ich tauschen einen Blick aus. Wir wollen auf jeden Fall eins dieser Dreierteams bilden. Schnell blicken wir uns um und suchen nach Tina, unserer anderen Lieblingskollegin, doch sie ist nicht da.

„Und jetzt?“, flüstere ich Keira zu und werfe einen flüchtigen Blick rüber zu Stephanie, die noch immer alleine ist. Die anderen Teams finden sich schnell und ehe wir uns versehen können, teilt man uns Stephanie zu.

„Mist“, murmle ich und setze ein gequältes Lächeln auf, als sie aufsteht und auf uns zukommt, um sich neben mich zu setzen.

Mich würdigt sie keines Blickes, während sie Keira ein breites Lächeln schenkt und dabei ihre langen Haare mit der rechten Hand nach hinten wirft. Und plötzlich fühle ich mich wie das kleine, schüchterne Mädchen, dessen beste Freundin aus irgendeinem Grund die schönste und beliebteste Schülerin ist und das kleine, hässliche Entlein immer aus Mitleid mit zu all den Partys und Veranstaltungen nimmt, die dort natürlich nicht beachtet wird.

„Das kann Dany übernehmen“, höre ich Keira sagen, die mir daraufhin einen Zettel reicht und Stephanie damit übergeht.

„Klar. Kein Problem“, erwidere ich und spüre Stephanies hasserfüllten Blick auf mir. Sie kann nichts dagegen sagen. Wir sind nicht mehr in der Schule, wo solche Sticheleien keine Auswirkungen auf sie haben, sondern im Job, in dem es sich sofort bemerkbar macht, ob die Kollegen miteinander arbeiten können oder nicht. Auch wir haben, genau wie die anderen, eine Deadline, die wir einhalten müssen. Und genau das wird auch ihr in diesem Moment bewusst.

Der Projektleiter beendet das Meeting und schickt uns dann in den Gruppen davon. Kurz besprechen wir, wie wir alles angehen wollen und danach können wir alle einzeln zurück an unsere Schreibtische gehen.

„Kaum zu glauben, dass wir ausgerechnet mit ihr zusammenarbeiten müssen“, sagt Keira, als wir wieder an unserem Platz sitzen. „Und hast du gemerkt, wie sie dich am Anfang ausschließen wollte? Ich frage mich echt, was sie hat“, überlegt sie laut.

„Das kann ich dir sagen: Es ärgert sie, dass ich mit James zusammen bin.“

„Aber war sie nicht schon von Anfang an so fies zu dir?“

Ich zucke mit den Schultern und schüttle dann langsam den Kopf. „Eigentlich sind wir uns anfangs aus dem Weg gegangen. Aber dann … nachdem, du weißt schon … das mit James und mir öffentlich wurde … ab da hat sie es sich zur Aufgabe gemacht, mich zu nerven.“

„Zu nerven“, wiederholt Keira grinsend. „So kann man es auch nennen. Ich würde eher sagen, dir das Leben zur Hölle machen“, sagt sie, auch, wenn ich es nicht so ausgedrückt habe. „Ich frage mich eh, wie du ihre ganzen Sticheleien so einfach wegstecken und ignorieren kannst. Ich wäre wahrscheinlich mehr als einmal ausgerastet und hätte ihr meine Meinung gegeigt.“

Ich werfe ihr einen Blick zu. Keira wirkt von außen betrachtet so lieb und unschuldig. Doch wenn sie einmal die Klappe aufreißt, ist sie nicht mehr zu halten. „Ich will einfach nicht auffallen“, erwidere ich kleinlaut.

„Verstehe. Aber, wenn die noch einmal versucht, dich zu hintergehen, dann bleibe ich nicht mehr so freundlich und leise wie heute. Das sag ich dir!“

Ich lächle und bin in diesem Augenblick wirklich froh, so eine Freundin wie Keira zu haben, trotzdem will ich auf jeden Fall professionell bleiben. „Versuchen wir einfach, dieses Projekt mit ihr hinter uns zu bringen."

„Aye aye!" Sie widmet sich wieder ihren Akten, doch dann hält sie inne und verstummt. „Eine Frage habe ich trotzdem noch." Mit großen Augen guckt sie mich fragend an.

„Schieß los."

„Wie läuft es denn? Zwischen James und dir?"

Ich seufze kaum bemerkbar auf und weiß im ersten Moment nicht, was ich sagen soll. Mein Magen zieht sich allein bei dem Gedanken an ihm zusammen.

Ich habe bereits seit ein paar Tagen nichts mehr von ihm gehört, da er auf Geschäftsreise ist. Und bisher hat es mir nichts ausgemacht. Ich kann den Abstand von ihm gut gebrauchen, um mir über einiges klar zu werden. Über die Fake-Beziehung, über die echten Gefühle und über das Baby. Bisher halte ich noch immer daran fest, meinen Vertrag zu erfüllen und seine Freundin zu spielen. Doch mit jedem weiteren Tag und jeder weiteren Lüge, die ich mir für Freunde und Presse aus den Fingern saugen muss, wird mir bewusster, auf was ich mich da eingelassen habe. Das sind nicht nur sechs Monate meines Lebens, die diese Fake-Beziehung in Anspruch nehmen wird, sondern das ist vermutlich etwas, was mich den Rest meines Lebens begleiten wird. Vor allem mit dem ungeborenen Baby, das ich in mir trage. Ich würde es niemals übers Herz bringen, es abzugeben oder gar die Schwangerschaft abzubrechen. Und daher muss ich den Vertrag auch erfüllen und die restlichen Monate durchziehen.

Ich zwinge mich zu einem Lächeln und blicke Keira in die erwartungsvollen Augen: „Es läuft klasse. Gerade ist er nicht in der Stadt, aber wir telefonieren jeden Abend und er schickt mir kleinere Geschenke oder Blumen, um mir zu zeigen, dass er ständig an mich denkt“, lüge ich ihr ins Gesicht und fühle mich schrecklich dabei.

Nicht nur, weil ich mir insgeheim wünschen würde, dass es genau so ist, sondern auch, weil ich meine Freundin wieder einmal belügen muss.

„Wow. Du hast echt so ein Glück“, sagt sie und seufzt leise. „Ich dachte immer, dass CEOs so viel Zeit mit Arbeit verbringen und ihre Partner total vernachlässigen würden und dann bei einer Geschäftsreise total untertauchen und sich nie melden. Aber James scheint ja komplett anders zu sein.“

Ich schüttle den Kopf und lächle müde. „Nein. James ist nicht so“, lüge ich ein weiteres Mal und ertrage diese Bauchschmerzen in mir kaum noch, als ich realisiere, dass ich diese Lügen für den Rest meines Lebens fortführen muss.

„Und wer war das hier?“, höre ich Stephanies nervige Stimme sagen, als wir gemeinsam mit Keira in einem kleinen Besprechungsraum sitzen.

Ich blicke hoch und entdecke meine Schrift an den pinken Post-Its. „Das war ich“, sage ich beiläufig. Die Arbeit zwischen uns läuft doch besser als geplant. Stephanie und wir versuchen, professionell zu bleiben. Selbst Keira hält sich zurück, um bloß nicht noch mehr Zeit mit ihr verbringen zu müssen. Außerdem ist sie sehr gründlich und gewissenhaft. Ihr fallen die kleinsten Unstimmigkeiten auf, was für das Projekt sehr wichtig ist.

Und auch heute scheint sie einen kleinen Flüchtigkeitsfehler entdeckt zu haben. „Hier, guck mal“, sagt sie zu mir und deutet auf eine Zahl, die ich falsch übertragen haben muss. „Sei das nächste Mal etwas konzentrierter. Sonst stehen wir am Ende mit völlig falschen Zahlen da und müssen von vorne anfangen“, führt sie weiter aus. Dabei bleibt sie respektvoll. Sie hält sich zurück. Wie wir alle. Doch dann scheint sich ein Schalter in ihr umzulegen, als ich mir das Dokument schnappe und noch einen genaueren Blick darauf werfe. „Bei so einem groben Fehler wären andere direkt gefeuert worden“, murmelt sie.

Dieser Schlag kommt vollkommen unvorbereitet. Keira und ich tauschen einen verwirrten Blick aus.

„Wie war das?“, sagt Keira, während ich versuche, sie davon abzuhalten, eine große Sache daraus zu machen.

Stephanie wirft mir einen abschätzigen Blick zu. „Na, ist doch so. Nur weil sie den Boss fickt, kann sie sich alles hier erlauben. Ohne uns wäre sie doch schon lange aufgeschmissen. Du hast doch selbst gesehen, wie viele Fehler ihr unterlaufen.“

Ich reiße den Mund auf.

Nur weil ich den Boss ficke?! Wie bitte?!

Mein Mund steht offen. In meinem Kopf habe ich die Worte bereits gebildet. Doch es kommt kein Ton heraus. Ich schließe den Mund wieder und senke den Blick.

Ich weiß insgeheim, dass sich das hier alle denken. Stephanie ist nur die Erste, die sich traut, mir das ins Gesicht zu sagen.

Es stimmt. Mir unterlaufen viele Fehler in letzter Zeit. Kleine, flüchtige Fehler, die von meinen Kollegen aufgefangen werden, bevor es weitergeleitet wird. Fehler, die passieren, weil ich unkonzentriert bin, denn meine Gedanken sind stets woanders. Bei James, der Fake-Beziehung und dem Baby.

„Nimm das zurück!“, ruft Keira und will aufstehen. Aber jetzt halte ich sie zurück und greife nach ihrer Hand.

„Lass es“, beruhige ich sie und werfe Stephanie noch einen Blick zu. Sie funkelt mich böse an. Böse und triumphierend, weil sie endlich das ausgesprochen hat, was alle hier denken. „Das ist es nicht wert“, murmle ich und wünsche mich in dieser Sekunde am liebsten zurück in mein Bett, um mich zu verkriechen. „Ich mache es noch einmal“, erwidere ich versöhnlich und hoffe, dass es sich damit erledigt hat.

„Wie kannst du das nur auf dir sitzen lassen?“, sagt Keira fassungslos zu mir, doch ich habe einfach nicht mehr die Kraft, mich weiterhin damit zu beschäftigen. Das hier war nur die Spitze des Eisberges und der Tropfen, der das Fass zum Überlaufen gebracht hat.

Während James weit weg in Chicago ist und seine Karriere immer weiter vorantreibt, bin ich hier in New York City gefangen.

Die Augen der Öffentlichkeit und seiner Angestellten sind rund um die Uhr auf mich gerichtet. Ich bekomme mehr Aufmerksamkeit, als mir guttut und fast stündlich frage ich mich, ob es das alles wert ist.

Ja, es ist ein Haufen Kohle. Aber was passiert nach Ablauf der Zeit? Nach den sechs Monaten?

Wie wird die Presse unsere Trennung aufnehmen?

Und wie wird James die Trennung gestalten?

Wer wird wen verlassen?

Wer wird als Sieger und wer als Verlierer aus der ganzen Sache hervorgehen?

Ich schüttle den Kopf. Dass ich darüber überhaupt nachdenke. Als ob ich überhaupt eine Chance hätte, hier als

Gewinnerin aufzutreten. Steve hat bestimmt schon einen ganz genauen Plan entworfen. Einen Plan, bei dem James im Anschluss noch mehr Sympathien sammeln wird und ich ...

Ich seufze laut auf und denke an meine letzte Trennung zurück.

Muss ich meinen Wohnort ein weiteres Mal verlassen?

„Was ist los?“, fragt mich Keira, sobald sie mein Seufzen hört. Sie wirft einen Blick in Stephanies Richtung. „Lass die blöde Kuh doch reden. Wir wissen ganz genau, dass sie nicht Recht hat.“

Doch sie hat Recht.

Ich bin nur noch hier, weil James es so will. Ich bin bloß seine kleine Marionette.

„Das ist es nicht“, sage ich und räuspere mich. „Mir geht es nur gar nicht gut gerade. Ich glaube ... Ich muss etwas Falsches gegessen haben.“ Theatralisch halte ich mir den Magen und stehe dann auf. „Ich muss kurz raus.“

Ich stürme aus dem Büro und schließe mich in der nächstmöglichen Toilette ein. Ich klappe den Klodeckel herunter und lasse mich auf die kühle Keramik nieder. Tief atme ich durch.

Wie konnte alles nur so weit kommen?!

Ich wollte einen Neuanfang in New York City und auf einmal befinde ich mich an genau dem gleichen Punkt wie damals.

Doch dieses Mal darf ich nicht zulassen, dass ein Mann erneut über mein Leben und meine Zukunft bestimmt. Ich muss für mich einstehen. Für mich und das Baby.

Ich muss es ihm endlich sagen.

Die Wahrheit. Über meine Gefühle und über das Baby.

Entschlossen kehre ich von der Toilette wieder zurück. Aber als ich mich an meinen Schreibtisch setzen will, werde ich von einem Mitarbeiter abgefangen. „Miss Smith, würden Sie mir bitte folgen?“, sagt der einschüchternde Mann im schwarzen Anzug.

Ich werfe Keira einen hilflosen Blick zu. Weiß sie etwas?

Aus dem Augenwinkel sehe ich Stephanie, die mit verschränkten Armen und zufriedenen Blick die ganze Szene beobachtet.

Ist es jetzt soweit? Werde ich gefeuert?

Hat sie den Moment genutzt, in dem James nicht da war und sich direkt an den Vorstand gewendet?

Mir wird auf einmal ganz schlecht. Tausende Szenarien gehen mir durch den Kopf. Ich lande auf der Straße. Mit meinem ungeborenen Kind. James will nach dieser Sache nichts mehr mit mir zu tun haben. Er löst den Vertrag auf. Ich bekomme nicht nur kein Geld, sondern werde auch noch aus der Stadt vertrieben.

„Mister Parker erwartet Sie bereits“, höre ich die tiefe Stimme sagen.

Ich runzle die Stirn. Mister Parker? James? Ist er wieder zurück?

„Wo erwartet er mich?“

„Im Restaurant.“ Der Mann lächelt mir zu, als er den Fahrstuhl ruft und mit mir nach unten fährt.

Ich verstehe gar nichts mehr. Werde ich doch nicht gefeuert?

Der Mann bringt mich in die Tiefgarage, wo er mich zu einem Wagen mit dunklen Scheiben führt. Und erst jetzt erkenne ich ihn: Es ist James Fahrer!

Stephanie hat es geschafft, mich so durcheinander zu bringen, dass ich nur noch vom Schlimmsten ausgehen kann.

Ich nehme Platz und der Fahrer schließt die Tür hinter mir. Danach fahren wir los und wenig später finde ich mich tatsächlich in einem Restaurant wieder. In einem kleinen, italienischen Lokal nicht weit weg von hier. Und da in der hintersten Ecke sehe ich ihn: James.

Als er mich sieht, steht er auf und strahlt mich an. Er breitet seine Arme aus, um mich in Empfang zu nehmen. „Dany!“, sagt er und drückt mich an seine feste Brust.

„Hallo“, stammle ich und löse mich wenig später von ihm. „Ich wusste nicht, dass wir uns heute schon wiedersehen“, sage ich noch immer etwas perplex.

„Sorry. Es gab so viel zu tun in Chicago, dass ich einfach nicht dazu gekommen bin, dir zu schreiben. Ich hatte nicht eine Sekunde für mich.“ Er rückt mir den Stuhl zurecht und ich nehme Platz, während er von seinem Trip erzählt. „Daher habe ich meinen Fahrer auch sofort losgeschickt, um dich zu entführen. Ich wollte dich direkt sehen.“ Er zwinkert mir zu und ich spüre, wie sich die Bauchschmerzen plötzlich in Luft auflösen und auch die Zweifel sich so langsam wieder aus meinem Kopf verabschieden. *Er wollte mich so schnell wie möglich sehen.* „Ich habe dich doch nicht aus einem wichtigen Meeting gerissen, oder?!“

Ich schüttle den Kopf. Eigentlich hat er mich in genau dem richtigen Augenblick geholt. „Absolut nicht.“

„Gut. Gut.“ Er greift nach meiner Hand und das Lächeln auf seinem Gesicht wird breiter. „Ich habe dich nämlich vermisst. Sehr.“ Er führt meine Hand zu seinem Mund, um ihr einen zärtlichen Kuss aufzudrücken.

Vorsichtig blicke ich mich um. Das Restaurant ist um diese Uhrzeit noch fast leer. *Für wen veranstaltet er diese Show?!*

Und dann ist er wieder da. Dieser kleine Funken Hoffnung.

Was ist …

Nein. Ich darf nicht daran denken. Ich darf mir diese Gedanken nicht erlauben.

Noch einmal blicke ich in sein perfekt geschnittenes Gesicht. In die hellgrünen Augen und auf den breit grinsenden Mund mit den weißen Zähnen. Ich spüre seinen Mund erneut auf meinem Handrücken und danach seine Finger, die zärtlich über meine Haut streicheln.

Ich muss mir die Frage einfach stellen: Was ist, wenn das hier kein Ablaufdatum hat? Was ist, wenn ich ihm vom Baby erzähle und wir am Ende … Ja, was ist, wenn uns das hier am Ende doch zusammenführt und wir ein glückliches Paar werden?

Ohne Lügen und ohne einen Vertrag, der uns aneinanderbindet?

Was ist, wenn es da nur noch die Liebe zwischen uns und zu dem Baby gibt?

18. Kapitel - James

Zärtlich fahre ich mit meinen Fingern über ihren weichen Handrücken. Ich kann nicht anders. Ich muss sie berühren. Hier im Restaurant. Hier am Tisch. Obwohl uns so gut wie keiner sehen kann. Aber als sie das Restaurant betreten hat, war es, als ob sie den ganzen Raum mit ihrer Ausstrahlung erhellt hätte. Und ich musste einfach allen zeigen, dass diese Frau zu mir gehört.

„Es ist schön, wieder bei dir zu sein", flüstere ich und drücke ihr einen weiteren, sanften Kuss auf ihre Hand.

Ihre Augen fixieren mich, sehen mich an. Kritisch und ungläubig, doch dann breitet sich ein Lächeln auf ihren Lippen aus. Auch sie scheint verwirrt. Ist das hier alles noch immer fake oder sind wir inzwischen mehr?

Ich überlege, ob ich sie darauf ansprechen soll. Aber die Art und Weise, wie sie mich ansieht und wie sie auf meine Berührungen reagiert ... Da muss ich das Offensichtliche eigentlich nicht noch laut aussprechen. Das hier *ist* mehr als nur eine Fake-Beziehung. Das wissen wir beide ganz genau.

„Wie war deine Woche?", frage ich sie und das Lächeln verschwindet aus ihrem Gesicht. Etwas bedrückt sie.

„War okay. Wir haben jetzt mit dem Projekt angefangen", erzählt sie mir und gibt mir all die Details wieder, die ich als CEO natürlich kenne. „Es ist ganz schön anstrengend. Aber ich bin auch froh, etwas Abwechslung zu haben."

Wir reden selten über das Geschäft. Es ist ein Thema, was nicht oft zur Sprache kommt. Ich weiß, welche Aufgaben sie als Assistentin in meiner Firma hat und auch sie kann sich vorstellen, welche Aufgaben ich als CEO übernehmen muss. Daher kam mir dieses Thema immer überflüssig vor, weswegen ich mich lieber auf andere Bereiche konzentriert habe.

Aber heute fällt mir zum ersten Mal auf, dass ich nur wenig über ihre beruflichen Ambitionen weiß. Wieso arbeitet ausgerechnet sie nur als Assistentin? Sie könnte doch so viel mehr.

„Hast du dir schon als kleines Kind vorgestellt, mal in einem großen Unternehmen in New York City zu arbeiten?", frage ich sie daher.

Ihr Lächeln ist zurück. „Schon. Ja", sie nickt und blickt verträumt in ihr Wasserglas. „Als damals all die Serien rauskamen, die das Leben von reichen Privatschülern in New York City gezeigt haben, habe ich mir immer vorgestellt, wie es wohl wäre, auch eine von ihnen zu sein. Ich habe mir ausgemalt, ebenfalls in einer großen Penthouse-Wohnung in Manhattan zu leben und durch die großen, hektischen Straßen zu schlendern. Ich glaube, das machen alle Teenager, die bloß die staubigen Landstraßen in ihrem Heimatort kennen." Jetzt lacht sie leise auf. „Später habe ich mir dann vorgestellt, wie es wäre, hier zu studieren und ein aufregendes Leben in Williamsburg zu führen. Aber mit der Zeit ist der Traum immer mehr verblasst, als mich die Realität schließlich eingeholt hat." Sie seufzt und atmet tief durch. „Ich glaube, ich habe mir alles vorgestellt, aber nicht das hier."

„Wieso?", kontere ich. „Genügt dir mein Penthouse in Manhattan etwa nicht?", sage ich provokativ.

Streng mustert sie mich. „Das ist dein Penthouse. Nicht meins."

„Ja, aber du bist dort jederzeit willkommen." Ich lege meine Hand auf ihre und spüre, wie sie kurz zusammenzuckt.

Sie zögert und blickt mich dann an. „Ich weiß. Aber das ist nicht das Gleiche."

„Natürlich nicht. Wie hast du dir denn deine Karriere damals immer vorgestellt?", nutze ich die Gelegenheit.

Sie sieht mich an und zuckt mit den Schultern. „Ehrlich gesagt ...", sie verstummt wieder und legt ihre Hände auf den Tisch, um mit ihrer Nagelhaut zu spielen. „Ich habe schon immer von meinem eigenen Laden geträumt."

„Von einem eigenen Laden?", wiederhole ich etwas erstaunt. Davon hat sie noch nie etwas erzählt.

„Ja, mein eigenes Geschäft. Am liebsten wäre mir eine kleine Boutique. Vielleicht sogar ein kleines Pflanzengeschäft, in dem ich nur die Dinge verkaufe, die mir auch selbst gefallen."

Ich lächle. Kein ungewöhnlicher Wunsch und tatsächlich auch etwas, was ich mir bei ihr vorstellen kann. Sie in einem kleinen, hellen Laden in Brooklyn, wo sie nur die Produkte verkauft, die ihr selbst auch am Herzen liegen. „Vielleicht erfüllt sich dieser Traum eines Tages ja?"

Kaum merklich schüttelt sie den Kopf. „Ich denke nicht."

„Wieso denkst du das?"

„Ach ... Ich habe es nur so im Gefühl. Ich kann es mir einfach nicht vorstellen, dass ich eines Tages Inhaberin eines eigenen Geschäftes sein werde."

„Das nötige Kapital hättest du dafür."

Ihre Augen weiten sich, als sie mich ansieht. „Ach ja", macht sie, als sie an ihr Geld denkt, was sie von mir bekommt. Ein Teil wurde ihr bereits ausgezahlt. Der nächste Teil folgt demnächst. „Stimmt. Damit..." Ihr Blick senkt sich wieder runter zu ihren Händen und nervös knibbelt sie an einem der Hautfetzen an ihrem Nagel. Ihr Blick wirkt angestrengt. Als ob sie intensiv über etwas nachdenken würde, doch bevor sie dazu kommt, mit mir darüber zu sprechen, werden wir vom Kellner unterbrochen und das Thema scheint vom Tisch zu sein, denn sie spricht es auch den restlichen Abend nicht mehr an.

„Ich habe für das Wochenende zwei Tickets für das Top-Spiel", sage ich nach einer Weile.

„Für das Top-Spiel?", fragt sie mich.

„Basketball."

„Ah. Natürlich."

„Möchtest du mich begleiten?"

„Zum Basketball? Ich habe absolut keine Ahnung von dem Spiel."

Ich lache auf. „Es geht darum, den orangefarbenen Ball in den Korb der gegnerischen Mannschaft zu werfen."

„Danke für die Erklärung", sagt sie ironisch und wirft mir einen frechen Blick zu. „Aber ich meine alles andere. Das drumherum. Die genauen Regeln."

„Die sind nicht schwer zu verstehen. Du wirst schon sehen."

„Okay."

„Ein paar meiner Freunde werden auch da sein. Sie sind Fans der gegnerischen Mannschaft und wir treffen uns vorher immer zum Essen."

„Also ...", macht sie und ist sich nicht ganz sicher, was ich ihr damit sagen will.

„Da würde ich dich auch gerne mit hinnehmen", sage ich und beobachte, wie sie reagiert.

Ein zögerliches Lächeln huscht über ihre Lippen. Es wäre das erste Mal, dass sie jemanden aus meinem Freundeskreis kennenlernen würde. Ein großer Schritt. Das weiß auch ich.

„Sehr gerne“, sagt sie schließlich und greift mit ihrer Hand über den Tisch, um dieses Mal ihre Finger über meinen Handrücken gleiten zu lassen.

Wir beenden den schönen Abend dieses Mal mit einer innigen Umarmung und einem sanften Gutenachtkuss vor ihrer Haustür. Auch, wenn es mir schwerfällt, sie diese Nacht gehen zu lassen und ich sie nur zu gerne mit in ihre WG begleiten würde, muss ich mich schon hier von ihr verabschieden.

„Ich habe bereits um 5 Uhr eine wichtige Telefonkonferenz mit London“, erkläre ich ihr und blicke in ihr verständnisvolles Gesicht. „Ich würde dich dafür nur ungerne aus dem Schlaf reißen. Außerdem muss ich mich darauf noch ein wenig vorbereiten.“

„Schon okay. Ich bin auch sehr müde.“ Sie stellt sich noch einmal auf die Zehenspitzen, drückt mir einen letzten Kuss auf die Wange und sucht dann nach ihrem Schlüssel in der Tasche, um im Haus zu verschwinden.

Ich gehe zurück zum Wagen und lasse mich dann ebenfalls nach Hause fahren.

Am Samstagmittag stehe ich erneut mit meinem Fahrer vor dem Haus. Ich steige aus und beobachte, wie die Haustür geöffnet wird und Dany in einem legeren Outfit, bestehend aus einer Jeans und einem weißen T-Shirt, auf mich zugelaufen kommt.

„Hey“, sagt sie, blickt auf den Wagen hinter mir und dann auf mich. Sie breitet ihre Arme aus, um mich an sich ziehen zu können.

Ich nehme den lieblichen Duft, der von ihr ausgeht, in mich auf und genieße ihre Wärme für einen kurzen Moment, bis ich sie wieder von mir drücke, um sie ansehen zu können. „Ich habe da noch etwas für dich“, sage ich und öffne die Autotür. Auf dem Platz neben mir liegt bereits seit Tagen ein blau-oranges Trikot der Knicks. „Hier“, sage ich und drücke ihr das leichte Stück Stoff in die Hand.

Verwirrt faltet sie es auf. „Was soll ich damit?“, fragt sie mich.

„Anziehen“, erwidere ich und deute auf das blaue Trikot, das auf meinem Platz bereits auf seinem Einsatz wartet.

„Du ziehst auch so eins an?“, erwidert sie ungläubig.

„Ja. Natürlich.“

Laut prustet sie los. „Okay. Also, wenn du das anziehst, dann ziehe ich das natürlich auch an.“ Sie hält mir ihr Trikot vor die Brust, um sich besser vorstellen zu können, wie ich damit aussehe.

„Hey, was dachtest du denn, wie ich zu einem Basketballspiel gehe?“

„Ich weiß es nicht. Im Anzug vielleicht?“, zieht sie mich auf und enthüllt mit einem breiten Lächeln ihre weißen Zähne.

„Du weißt, dass ich auch etwas anderes als Anzüge trage!“

„Ja. Selten. Äußerst selten. Und niemals in der Öffentlichkeit.“

„Hey. Als ich dich zum ersten Date...“

„Brooklyn zählt nicht als Öffentlichkeit“, unterbricht sie mich und funkelt mich an.

Ich kann nicht widersprechen. Sie hat Recht. Wenn ich mich in der Öffentlichkeit zeige und diese Öffentlichkeit in Manhattan liegt, dann bin ich in den meisten Fällen im Anzug unterwegs. Das heute ist tatsächlich eine Ausnahme.

„Ich kann es kaum erwarten, dich darin zu sehen." Sie nimmt das Trikot wieder von meiner Brust und steigt dann in den Wagen.

Mit meinen Freunden treffen wir uns in der Nähe des Madison Square Garden, um vorab noch etwas zu essen und zu trinken.

Mit Dany an meiner Hand betrete ich den vollen Pub und entdecke Henry, meinen ältesten Freund vom College, bereits in einer Ecke. Neben ihm sitzt seine Frau Bella und auf der anderen Seite unsere gemeinsamen Freunde Noel mit seiner Freundin Paula.

„Hey", begrüßt Henry uns freudestrahlend und nimmt erst mich in eine feste Umarmung und dann Dany. Sie begrüßt alle, als ob sie schon lange ein Teil dieser Gruppe wäre und so fühlen sich auch die Gespräche an, die wir beim Essen führen.

Sie wollen natürlich alles wissen. Wann wir uns kennengelernt haben, wie wir die Beziehung in der Firma verheimlicht haben und auch, wie es mit uns weitergehen wird.

Henry und Bella sind bereits seit Jahren verheiratet. Noel plant schon seit Monaten den perfekten Antrag für seine Freundin und so machen sie auch nicht bei mir Halt und fragen, ob ich bereits ebenfalls über einen Antrag nachdenke.

„Viel zu früh!", sage ich lachend und drücke dabei Danys Hand. „Wir sind nicht mal ein Jahr zusammen. Sollten wir die 12 Monate geschafft haben, können wir das Thema noch mal aufbringen", erkläre ich lachend.

Alle stimmen in mein Lachen mit ein. Selbst Dany lächelt. Genau wie den restlichen Nachmittag. Ich bin froh, dass sie sich so gut in die Gruppe fügt, hatte aber auch keinerlei Zweifel daran, dass sie gut zu meinen Freunden passt. Sie ist genau so liebenswürdig und aufgeweckt wie sie. Sie ist interessiert und bringt sich stets in alle Gespräche ein, ohne aufdringlich zu werden. Sie ist eine angenehme Gesellschaft, was mir auch die anderen bestätigen, als Dany noch schnell auf die Toilette geht, bevor wir zum Spiel gehen.

„Zum Glück bist du diese langweiligen Models los", sagt Noel und grinst mich frech an, während er seine Freundin dicht an sich zieht.

„Oh ja. Die Letzte ... wie hieß sie noch?"

„Ekaterina", mischt sich nun Bella ein und verdreht die Augen. „Ich glaube, sie hat während des gesamten Abendessens zwei Wörter gesagt."

„Und die lauteten: Keine Butter", ergänzt Noel sie nun.

„Ach, kommt. So schlimm war sie nicht", verteidige ich meine Wahl.

„Nun ja. Schlimm genug, um nach nicht mal einem Monat Schluss mit ihr zu machen."

„Okay. Sie war langweilig. Ich sehe es schon ein. Trotzdem..."

„Du musst uns nicht erklären, dass dich ihre langen Beine trotzdem umgehauen haben", unterbricht mich nun Henry. „Wir haben alle gesehen, wie sie aussieht. Aber mit Dany ... Da hast du echt einen Volltreffer gelandet." Er klopft mir auf die Schulter und ich spüre, wie meine Brust ein kleines bisschen anschwillt. Ja. Mit ihr habe ich tatsächlich einen Volltreffer gelandet.

In diesem Moment kommt sie wieder und huscht grinsend zurück auf ihren Platz. Ich lege ihr meinen Arm um die Schulter und presse sie fest an mich. An das hier … die jährlichen Treffen mit ihr und meinen Freunden, bevor wir zum Spiel gehen … daran könnte ich mich gewöhnen. Und plötzlich startet mein Kopf und malt sich noch weitere Events auf, zu denen wir als Pärchen gehen könnten. Die Hochzeit von Noel und Paula zum Beispiel. Der anstehende 3. Geburtstag von Henry und Bellas Kind. Oder all die Familienfeiern, die mit Dany an meiner Seite nicht mehr ganz so anstrengend wären.

„Wir sollten los", sage ich schließlich und werfe dabei einen Blick auf meine Armbanduhr.

Die anderen nicken eifrig und wir bezahlen.

Zu Fuß ist es nicht mehr weit bis zum Madison Square Garden, weswegen ich noch kurz auf die Toilette verschwinde, um mich umzuziehen. Ich lege das weiße Hemd ab und ziehe mir das weite, ärmellose Basketballtrikot über.

Ein Anblick, an den sich meine Freunde bereits gewöhnt haben. Henry und Noel tragen ebenfalls ihre Trikots, zwar von der anderen Mannschaft, aber der Schnitt ist ähnlich. Doch als Dany mich sieht, bricht sie erneut in Gelächter aus.

„Sorry. Ich meine … Du siehst gut darin aus. Das steht dir. Natürlich steht dir das", sie gibt mir einen leichten Klapps auf meine nackten Oberarme, „aber das ist trotzdem ein Anblick, an den ich mich erst gewöhnen muss."

„Jetzt bist du dran", gebe ich zurück und warte, bis sie sich das weite Trikot über ihr enges T-Shirt zieht. Und was soll ich sagen? Sie sieht fantastisch aus. Das Blau unterstreicht das Blau ihrer Augen. Der Schnitt ist für ihren zierlichen Körperbau natürlich viel zu weit und groß. Aber es steht ihr trotzdem. Sie sieht süß damit aus. „Steht dir natürlich viel besser als mir." Ich greife mit meinen Händen um ihre Taille und ziehe sie an mich, um sie zu küssen.

„Hach", höre ich eine weibliche Stimme von hinten rufen und wir beide drehen uns um. Bella und Paula stehen verzückt nebeneinander und beobachten uns beide. „Herzallerliebst. Wirklich!"

Ich lasse Dany wieder los und Hand in Hand gehen wir die paar Blocks zum Madison Square Garden. Wie immer ist eine Menge los. Die Fans stürmen aus allen Himmelsrichtungen zum Stadion und alle tragen dabei die Farben ihrer Mannschaft.

„Mr. CEO hat sich mal wieder um die besten Plätze gekümmert, oder?", hakt Henry nach, der genau weiß, dass wir wieder am Rand des Spielfeldes sitzen. Wie jedes Jahr.

„Natürlich. Für meine Freunde nur das Beste. Auch, wenn ihr definitiv die falschen Farben tragt", sage ich und betrachte das leuchtende Rot der Bulls-Farben, mit denen ihre Körper verziert sind.

Durch den VIP-Eingang gelangen wir in die Halle und nehmen direkt am Spielfeldrand Platz.

„Wow. Also so nah war ich noch nie bei einem Spiel", staunt Dany und nimmt zwischen Bella und mir Platz. „Noch nicht mal, als ich noch zur Schule gegangen bin und hin und wieder bei den Footballspielen zugesehen habe. Selbst da war ich weiter weg."

„Halte dich an James. Er besorgt die für alle Veranstaltungen die besten Karten", sagt Bella an mich gewandt und grinst James dabei an. „Ich hoffe du hast es nicht vergessen: Ich brauche noch Tickets für Taylor Swift!“

„Ja, ja“, kontere ich und verdrehe gespielt die Augen. „Ich weiß. Ich kümmere mich darum. Allerletzte Reihe oben, richtig?!“, scherze ich und zwinkere ihr zu.

„Genau. Allerletzte Reihe. Am besten hinter einer Säule“, schießt sie zurück, während Dany mit großen Augen zwischen uns her blickt.

„Das ist ein Scherz, oder?“, hakt sie vorsichtshalber nach.

„Natürlich. Bella bekommt die allerbesten Karten, die man kriegen kann.“

„Darf ich mit?“, fragt sie an Bella gewandt, woraufhin ihr Grinsen noch breiter wird.

„Na klar. Wenn du dabei bist, besorgt James und sicherlich die VIP-Tickets.“

Ich lache auf. Die hätte sie auch ohne Dany bekommen.

Wir werden durch den lauten Beifall der Menge unterbrochen, denn die Spieler betreten nun den Platz. Auch wir erheben uns und klatschen Beifall.

Das Spiel, was uns nun erwartet, ist spannend bis zur letzten Sekunde. Beide Teams sind gut drauf und vergeben keine einzige Chance.

„Oh, mein Gott. Ich hätte nie erwartet, dass ich so mitfiebern würde“, sagt Dany während der letzten Pause. Es steht 80:80 und es ist zu diesem Zeitpunkt absolut nicht absehbar, wer das Spiel machen wird.

Als es weitergeht, stehen alle auf, um ihre Mannschaft anzufeuern. Auch Dany erhebt sich sofort, klatscht in die Hände und brüllt die Anfeuerungsrufe mit.

„Du kannst mit Basketball also nichts anfangen?“, frage ich sie von der Seite.

„Ich wusste ja nicht, wie aufregend das ist“, gibt sie zurück, ohne den Blick vom Ball abzuwenden.

Ich lache und konzentriere mich dann ebenfalls wieder aufs Spiel.

Ein Foul fällt, das von den Bulls verursacht wurde. In unserer Reihe ist Dany die Lauteste, die protestiert und nach einem Freiwurf verlangt.

Bis zum Ende hin bleibt das Spiel ausgeglichen, doch die Bulls behalten bis zur letzten Sekunde die Nerven und gewinnen mit einem Punkt Vorsprung.

„Du hast mir das falsche Trikot gegeben“, sagt sie etwas niedergeschlagen, während meine Freunde den Sieg feiern.

Ich grinse und zucke mit den Schultern. „Ich kann nichts dafür, dass du nach New York und nicht nach Chicago gezogen bist. Außerdem hätte ich es nicht übers Herz gebracht, ein Bulls Trikot zu besorgen.“

„Schon okay. Ich glaube, die Mannschaft ist ganz gut.“ Sie lächelt wieder und gratuliert den anderen dann aufrichtig zu ihrem Sieg.

Die ersten Besucher stürmen von den Rängen und auch wir reihen uns ein, um das Stadion wieder zu verlassen.

„Das war doch ein schönes Spiel“, sagt Noel zufrieden, als wir im Dunkeln vor der Halle stehen bleiben.

„In der Tat. Super spannend. Bis zur letzten Sekunde“, stimmt Henry mit ein.

„Ich kann nicht widersprechen. Auch, wenn ich mir natürlich ein anderes Ergebnis erhofft hatte“, gebe ich zu und halte dabei Dany mit meiner Hand fest, die noch immer ganz begeistert von ihrer ersten Basketballerfahrung ist.

„Das nächste Mal nimmst du mich wieder mit, okay?“, fragt sie mich jetzt schon zum dritten Mal.

Ich lächle. „Das nächste Mal nehme ich dich mit, ja“, verspreche ich ihr und blicke ihr dabei in das hübsche Gesicht.

„Aber das nächste Mal müssen sie dann gewinnen.“

„Das hoffe ich auch.“

Wir verabschieden uns von meinen Freunden und ich lasse den Fahrer kommen, der uns zurück in mein Penthouse bringen soll. „Du bleibst heute bei mir?“, frage ich sie.

Plötzlich verschwindet das Lächeln aus ihrem Gesicht und ihre Miene verdunkelt sich. War das eine unangemessene Frage? Ich bin nach dem Tag fest davon ausgegangen, dass wir die Nacht gemeinsam miteinander verbringen und ein wenig die Zweisamkeit genießen könnten.

„Ja, klar“, sagt sie leise und ich kann erneut sehen, dass sie über etwas nachdenkt. „Nur“, jetzt unterbricht sie sich, um ausgiebig zu gähnen. „Ich bin nur super müde und ich glaube, dass ich lieber alleine schlafen würde. Im Gästezimmer.“

„Oh“, erwidere ich etwas baff. „Ja. Natürlich. Kein Problem.“

Es steht ihr natürlich frei, wo sie schlafen möchte, aber es verwirrt mich natürlich trotzdem.

19. Kapitel - Dany

Ich würde wirklich gerne mit ihm die Nacht verbringen. Mein gesamter Körper sehnt sich nach seinem Körper. Nach seinen Lippen auf meinen. Nach seiner Haut auf meiner und nach seinem ... Penis in mir. Ich will mich in der Nacht an ihn kuscheln und am nächsten Morgen neben ihm aufwachen. Aber es geht nicht. Die Schwangerschaft macht mir einen Strich durch die Rechnung.

Der ganze Tag war wunderschön. Die Stimmung war super und seine Freunde wahnsinnig nett. Ich habe mich wohl gefühlt und sie haben alles dafür getan, dass ich mich sofort als ein Teil ihrer Gruppe fühle.

Und doch hatte ich die ganze Zeit mit mir zu kämpfen. Der Geruch von Bier und der Geruch von den Hotdog-Würstchen im Stadion haben mich fast wahnsinnig gemacht. Wann immer jemand mit etwas zu Essen hinter uns Platz nahm, musste ich mich konzentrieren, um mich nicht sofort an Ort und Stelle zu übergeben.

Aber ich denke, dass ich es durch meine Fröhlichkeit und Euphorie ganz gut überspielt habe. Trotzdem war es jetzt einfach nicht mehr möglich, noch länger diese Fassade aufrecht zu erhalten.

Ich stürme in das Gästezimmer, ziehe mir das verschwitzte und bierdurchtränkte Trikot vom Körper und renne dann ins Bad, um mich unter die Dusche zu stellen.

Als das warme Wasser meine nackte Haut berührt, atme ich erleichtert durch. Ich spüre, wie mein Körper runterfährt und sich langsam wieder beruhigt. Den ganzen Tag über war ich angespannt und jetzt findet er endlich wieder zur Ruhe.

In einem flauschigen Handtuch gehüllt, komme ich zurück in mein Zimmer und finde das verführerische Bett vor mir. Es ist so groß, so weich und so bequem.

Und so schlafe ich sofort ein, als mein Kopf das Kissen berührt.

Doch mitten in der Nacht wache ich auf. Meine Kehle ist trocken, weswegen ich zum Badezimmer tapse und mir ein Glas Wasser fülle, das ich in einem Zug austrinke.

Ich gehe zurück zu meinem Bett und lege mich wieder hin. Ein paar Stunden erholsamer Schlaf liegen noch vor mir. Schlaf, den ich nach dieser anstrengenden Woche wirklich gut gebrauchen könnte. Doch es passiert nichts.

Hellwach bleibe ich im Bett liegen und starre auf die schwach beleuchtete Decke über mir. Und dann erst bemerke ich sie: Die Gedanken, die in meinem Kopf rastlos umherschwirren. Und einer von ihnen ist am lautesten: das Baby.

Was ist mit dem Baby? Diese Frage schwirrt schon die ganze Zeit wie eine dunkle Wolke über mir, denn eins weiß ich bisher nur sicher: Ich werde es behalten. Aber über mehr habe ich mir noch keine Gedanken gemacht. Erzähle ich James davon?

Alles in mir schreit JA. Er ist der Vater. Er hat ein Recht darauf. Doch was passiert dann?

Nimmt er es mir weg? Will er es alleine großziehen oder würde er vielleicht sogar dafür sorgen, dass ich es weggebe? Dass das Baby geheim bleibt und keiner davon erfahren darf? Schickt er vielleicht sogar mich weg?

Mein Puls rast, während ich all diese Optionen in meinem Kopf durchgehe, doch dann denke ich wieder an James. An seine liebevolle Art. Wie könnte er solch eine Entscheidung treffen? Wie komme ich bloß auf diese Idee? Niemals würde er sein Baby weggeben. Nein.

Doch wie soll ich ihm davon erzählen? Und wann?

Lange kann ich es bestimmt nicht mehr vor ihm oder der Welt verheimlichen.

Es dauert noch lange, bis ich in dieser Nacht endlich zurück in meinen Schlaf finde. Die ganze Zeit habe ich mir Szenarien überlegt, die in Kraft treten könnten, sollte ich ihm vom Baby erzählen.

Option A: Alles wird gut. Er ist begeistert vom Baby. Nimmt mich in den Arm, wirbelt mich herum und sagt mir, dass er sich genau das schon immer gewünscht hat. Wir leben glücklich bis an unser Lebensende.

Option B: Er ist mäßig begeistert. Er drängt mich nicht zum Abbruch, aber eigentlich will er nichts mit dem Baby zu tun haben. Er erinnert an den Vertrag und dass nach sechs Monaten alles vorbei ist. Er will sich finanziell beteiligen, aber mehr auch nicht.

Option C: Er ist außer sich und bezichtigt mich des Samenraubes, weil ich hinter seinem Vermögen her bin. Ein Kind von ihm würde das alles irgendwann mal erben und ich wäre zumindest die nächsten 18 Jahren finanziell durch ihn abgesichert. Er verlangt, dass ich die Schwangerschaft abbreche.

Und gerade Option C ergibt in meinem Kopf so viel Sinn, dass ich allein bei dem Gedanken anfange zu zittere. Denn genau das war der Grund, warum er eine Fake-Freundin wollte:

Um sich all die Golddigger vom Leib zu halten, die nur hinter seinem Geld her sind. Was ist, wenn er von mir nun das Gleiche denkt? Dass ich das alles ebenfalls nur geplant habe, um noch mehr Profit aus dem Ganzen rauszuschlagen? Ich gehe die Optionen immer und immer wieder durch und komme jedes Mal zum gleichen Ergebnis: Er wird mir nicht glauben, dass es ein Unfall war. Er wird mir unterstellen, das geplant zu haben. Da bin ich mir inzwischen sicher.

Ich vergrabe mein Gesicht in meinen Händen. Ich kann es ihm nicht sagen. Nicht jetzt. Und auch nicht in der Zukunft. Ich muss mein kleines Geheimnis für mich behalten.

„Bist du schon wach?“, höre ich plötzlich James Stimme durch die Tür sagen.

Ich schrecke auf und wische mir die Tränen aus den Augenwinkeln, die mir gekommen sind, ohne dass ich es bemerkt habe.

„Ja“, erwidere ich und beobachte, wie die Tür einen Spalt geöffnet wird.

James steckt seinen hübschen Kopf dadurch und strahlt mich an. „Du warst also tatsächlich sehr müde, wenn du bis jetzt geschlafen hast.“ Er drückt die Tür weiter auf und kommt auf mich zu.

Ich zwinge mich zu einem Lächeln. „Ja. Da könntest du Recht haben.“

„Das Frühstück steht schon bereit. Es gibt frische Brötchen und Croissants.“

Mein Magen zieht sich bei dem Wort Brötchen zusammen, aber bei Croissants wird er hellhörig. „Croissants klingen traumhaft“, sage ich daher und schlage die Decke von meinem Körper.

Sofort fällt mir James Blick auf, der mich wie erstarrt ansieht.

Ich folge seinen Augen und bemerke erst jetzt, dass ich vollkommen nackt bin. „Oh, Gott!" Peinlich berührt schlage ich die Decke wieder zurück. „Ich bin gestern Abend noch duschen gegangen und habe mich im Handtuch ins Bett gelegt und muss sofort eingeschlafen sein", erkläre ich panisch.

Doch James schüttelt bloß den Kopf. „Dafür musst du dich doch nicht rechtfertigen. Ich danke dir für den schönen Anblick." Er grinst und blickt mir tief in die Augen, während ich noch immer die Decke schützend vor meinen Körper halte.

Er kommt näher und setzt sich nun auf die Bettkante. „Habe ich dir eigentlich schon gesagt, wie wunderschön du bist?", flüstert er nun und ich spüre, wie mein gesamter Körper bei diesen Worten kribbeln. „Und wie sexy." Er kommt noch näher. Ich kann den Duft seines Aftershaves riechen und den bitteren Geruch des Kaffees, den er gerade getrunken hat. „Und wahnsinnig heiß."

Ich spüre seine Finger zärtlich auf meiner Haut. *Oh Gott. Nein. Hör auf damit! Ich wollte doch nicht mehr!* Seine Finger wandern meinen Arm entlang. Ich spüre, wie mein Körper reagiert und ich spüre auch, wie ich die Kontrolle verliere. Wie in Trance schließe ich die Augen und seufze leise. Im nächsten Moment spüre ich seine Lippen auf meinen. „Nimm mich", sage ich und werfe damit jegliche Selbstkontrolle über Board. Ich bin wie Wachs in seinen Händen. Ich kann einfach nicht anders.

„Oh, Gott", presse ich hervor, als ich Minuten später mein Gesicht auf das weiche Kissen drücke, während er seine starken Hände an meiner Taille liegen und er mich hart von hinten nimmt. Einen Höhepunkt habe ich bereits hinter mir. Der zweite bahnt sich gerade an.

Er wird schneller. Seine Hände greifen nun nach meinen Armen und legen sie mir an den Rücken und ich werde noch ein bisschen feuchter, als mir bewusst wird, wie viel Macht er über mich hat. Mit einer Hand hält er meine Hände überkreuz fest, die andere fährt unter meinen Bauch, um mich zu sich nach oben zu ziehen.

„In diesem Augenblick gehörst du nur mir", flüstert er mir ins Ohr, während er seinen harten Schwanz noch tiefer in mich drückt.

Ein Schauer läuft mir über den Rücken, als ich seinen heißen Atem in meinem Nacken spüre. *Fuck. Was macht dieser Mann nur mit mir?!*

Er lässt mich wieder los und ich falle zurück aufs Bett. Dann packt er mich erneut und dreht mich auf den Rücken. Er schiebt sich zurück in mich und fickt mich weiter. Seine grünen Augen fixieren mich, während ich lauter und genüsslicher stöhne.

„Komm für mich", raunt er mir zu und lässt mich dabei nicht aus den Augen.

Ich kann nicht anders, als ihm zu gehorchen. Ich komme. Und während ich mich dem warmen Gefühl in meinem Unterleib hergebe und von den Glücksgefühlen überschüttet werde, setzt er zum Finale an. Er fickt mich. Hart und heftig, bis er schließlich selber kommt.

Sprachlos bleibe ich liegen. Mein Herz rast. Mein Kopf fühlt sich wie leergefegt an. Als ob er in weiche Watte eingehüllt wäre, um sich vor all den bösen Gedanken und Gefühlen abzuschirmen.

„Wow“, höre ich James aus weiter Ferne flüstern, der mit seinen Händen über meine nackten Brüste streichelt und mich dann auf seinen nackten Oberkörper legt.

„Wow“, wiederhole ich, weil mir in diesem Moment nichts anderes einfällt. Dieser Sex war anders. Dieser Sex war besser. Besser als alles, was ich in meinem Leben erlebt habe.

Fuck!

„So startet man doch gerne in den Tag“, sagt er, greift nach meiner Hand und drückt mir einen Kuss darauf.

„Ja“, antworte ich knapp, noch immer nicht fähig, richtige Sätze zu bilden. Ich bin wie versteinert. Einerseits, weil dieser Sex so gut war, geradezu lebensverändernd, und andererseits … weil ich es wieder getan habe. Weil ich mich schon wieder von meiner Lust habe leiten lassen, obwohl ich mir doch geschworen hatte, es nicht zu tun.

James dreht seinen Kopf in meine Richtung und sieht mich an. Er lacht auf. „Du bist noch immer nicht ganz wach, oder?“

„Doch … Es ist nur …“, stammle ich. „Ich muss mich gerade aufs Atmen konzentrieren.“

Er lacht wieder und drückt mir dann einen Kuss auf die Stirn. „Alles klar.“

Kann er mal aufhören, so süß zu sein?!

Ich atme noch ein paar Mal tief durch und löse mich dann von ihm. „Wie war das mit den Croissants?“, frage ich ihn hungrig, woraufhin er wieder grinst.

„In der Küche!“

Wir stehen auf und ich ziehe mir eins seiner T-Shirts über, die ich im Schrank finde, um barfuß in die Küche zu gehen, wo frisch gepresster Orangensaft und die versprochenen Croissants auf mich warten. „Die sind ja noch ganz warm“, sage ich begeistert, als ich eins davon in meine Hände nehme und es auseinanderreiße.

„Die sind ja auch ganz frisch." Er lässt sich auf den Hocker mir gegenüber nieder und beobachtet mich dabei, wie ich hungrig erst eins und dann noch ein weiteres Croissant verschlinge und dabei immer wieder einen Schluck von dem kalten Saft nehme.

„Das ist jetzt genau das Richtige", sage ich in seine Richtung und bemerke, dass er mich noch immer ansieht. „Was denn?!", frage ich schließlich und wische mir mit dem Handrücken über meinen Mund. Vielleicht versteckt sich dort noch irgendwo ein Krümel oder ähnliches.

„Ach … Nichts. Ich habe mich nur gerade gefragt, was gestern Abend mit dir los war."

Mist. Jetzt spricht er es doch wieder an. „Ich war nur müde", erkläre ich ihm mit vollem Mund. „Mehr ist es nicht."

„Bist du sicher? Gibt es da nichts, was du mir erzählen willst? Etwas, das dir auf dem Herzen liegt?"

Ich bin schwanger, schießt es mir direkt durch den Kopf. Aber jetzt ist nicht der richtige Zeitpunkt, um ihm davon zu erzählen. Noch nicht. Ich schüttle den Kopf, doch das stellt ihn nicht zufrieden. Er weiß, dass mir etwas durch den Kopf geht. Ich bin hin und wieder abwesend. Das muss ihm aufgefallen sein. „Also eigentlich…", sage ich schließlich und versuche mir was aus den Fingern zu saugen. „Es gibt da schon etwas. Ich denke an meine Arbeitswoche und sofort kommt mir Stephanie in den Sinn und was sie gesagt hat. „Es gibt da so eine Kollegin, die es irgendwie auf mich abgesehen hat. Also seitdem raus ist, dass ich deine Freundin bin. Vor ein paar Tagen hat sie einen gemeinen Kommentar rausgehauen und meinte, dass ich nur noch da arbeite, weil ich mit dir schlafen würde."

Er verzieht das Gesicht. Das Lächeln, das eben noch auf seinen Lippen lag, verschwindet. „Mh. Das habe ich bereits befürchtet. Das muss für dich nicht gerade einfach sein."

„Bisher war das kein Problem. Aber aktuell arbeiten wir an dem gleichen Projekt. Da kann ich ihr nicht mehr aus dem Weg gehen."

„Verstehe. Aber mach dir keine Sorgen. Ich werde mich darum kümmern. Deine Arbeit soll durch unsere Beziehung nicht behindert werden." Er drückt meine Hand und lächelt.

„Was wirst du machen?", frage ich ihn. Ich will Stephanie einerseits nicht mehr über den Weg laufen müssen, andererseits will ich auch nicht dafür verantwortlich sein, dass sie entlassen wird, weil ich ihm gegenüber nicht mit der Wahrheit herausrücken will.

„Das lass mal meine Sorge sein." Aufmunternd nickt er mir zu und drückt mir einen weiteren Kuss auf. „Gibt es sonst noch etwas?"

Ich schüttle den Kopf und erwidere sein Lächeln. „Nein, das ist alles", lüge ich und nehme noch einen großen Schluck von meinem Saft.

„Gut", er holt sein Handy hervor, um seine Nachrichten zu checken, während ich überlege, ob ich noch ein drittes Croissant schaffe. „Ich muss noch mal kurz ins Büro und dann können wir den restlichen Tag miteinander verbringen", schlägt er vor und sieht mich dabei an.

Ich nicke. „Okay. Klingt gut", erwidere ich knapp, ohne weiter darüber nachzudenken, was das für mich bedeuten würde. Denn noch benimmt sich mein Magen, aber wer weiß, wie lange noch.

Ich bleibe im T-Shirt auf dem Barhocker in der Küche sitzen, während er sich sein Jackett schnappt und die Wohnung verlässt. „Bis später“, ruft er mir zu und kommt dann noch einmal zurück, um mich zu küssen, als ob es das Selbstverständlichste der Welt wäre.

„Bis später“, erwidere ich und warte bis die Fahrstuhltür vor ihm zugeht, ehe ich aufstehe und auf die Toilette renne. Das dritte Croissant war definitiv eins zu viel.

Auch der restliche Tag ist wunderschön. Pünktlich kommt James aus dem Büro wieder zurück zu mir ins Penthouse. Wir gehen in der Nachmittagssonne Kaffee trinken und spazieren Hand in Hand durch den Central Park, wo er mir noch ein Eis kauft. Zum Abend hin besuchen wir ein schnuckeliges, kleines Restaurant in einer Seitengasse, das die beste vegane Aioli serviert, die ich jemals gegessen habe. Seit ein paar Tagen verspüre ich nämlich den großen Drang mir ein Stück Weißbrot mit einer dicken Schicht Knoblauchcreme zu beschmieren, doch bisher habe ich keine eifreie Alternative für meinen schwangeren Magen gefunden und war daher wahrscheinlich ein wenig zu euphorisch, als die Köstlichkeit meine Geschmacksknospen förmlich zum Explodieren gebracht hat. Doch James fiel das zum Glück gar nicht auf.

Im Anschluss hat er eine kleine Stadtführung mit mir unternommen. Er hat mir all die Touri-Spots gezeigt, die ich bisher noch gar nicht kannte. Sogar über die Brooklyn Bridge ist er mit mir gelaufen und hat unzählige Fotos für meine Freunde und Familie in der Heimat für mich gemacht.

Nun sind wir in meiner Nachbarschaft angekommen, in der seine Orientierung nicht mehr vorhanden ist. Dafür kenne ich mich hier aus und habe ihn durch die kleinen, lebendigen Gassen geführt, bis wir schließlich an meinem Wohnhaus angekommen sind.

„Hast du dich eigentlich gut in deiner WG eingelebt?", fragt er mich, als er einen Blick auf das Gebäude wirft.

„Ja, meine Mitbewohner sind nach wie vor super und ich mag mein Zimmer immer mehr. Es ist richtig gemütlich geworden", erzähle ich ihm grinsend.

„Ach wirklich? Hat sich seit meinem Besuch noch etwas getan?"

„So einiges."

Herausfordernd sieht er mich an. Er will es sehen. Und ich will es ihm zeigen, daher nehme ich ihn an die Hand und führe ihn ins Haus. Ich weiß nicht, ob meine Mitbewohner da sind. Bisher wollte ich ein Aufeinandertreffen vermeiden, weil ... ich weiß es auch nicht. Wahrscheinlich wollte ich diese beiden Welten noch voneinander trennen. Mein Fake-Freund und meine echten Freunde hier in New York, aber gerade ist es mir egal.

Als ich in den dunklen Hausflur trete und mir dann die Füße an der Fußmatte abtrete, kann ich das laute Kichern der beiden bereits durch die Tür hören. Ich stecke den Schlüssel in das Loch und drehe ihn um.

„Komm rein", sage ich zu James und spüre, wie mein Herz ein bisschen schneller schlägt. Bisher kennt er noch keinen meiner Freunde, daher bin ich ein wenig nervös. Wie wird er auf sie reagieren? Und wie werden sie auf ihn reagieren?

„Hallo“, sage ich laut und ziehe damit die Aufmerksamkeit meiner Mitbewohnerinnen auf mich.

„Hey Dany und … oh“, macht Chrissy und wirft erst James und dann Marley einen überraschten Blick zu. „James. Ich meine … Mr. Parker. Hallo!“

„James reicht vollkommen“, erwidert er freundlich und geht auf die Mädels zu, um sich ihnen mit einem Handschütteln vorzustellen.

„Was treibt euch aus dem fernen Manhattan zu uns?“, will Chrissy wissen und räumt ihre Decke vom Sofa, damit wir uns setzen können.

„Wir waren in der Gegend“, sage ich grinsend. „James hat mir ein wenig mehr von New York gezeigt und eine kleine Stadtführung gemacht. Bis wir irgendwann über die Brooklyn Bridge gegangen sind und dann hier gelandet sind.“

„Verstehe. Und was habt ihr noch vor heute?“

Ich zucke mit den Schultern und werfe James einen Blick zu. Es ist eigentlich nichts mehr geplant. Meine Füße tun mir weh und ich sehne mich schon seit knapp einer Stunde danach, endlich die Beine in meinem Bett hochzulegen.

„Sie wollte mir noch ihr Zimmer zeigen. Ich habe es seit dem Einzug nicht mehr gesehen“, erklärt James und sieht dabei in meine Richtung.

„Seit dem Einzug?“, hakt Marley verwirrt nach. „Da warst du hier?“

Ich grinse verschwörerisch und schweige.

„Ah, als ihr euch noch heimlich getroffen habt. Klar. Mann … die Presse hätte sicherlich ein Vermögen für die Bilder bezahlt, wenn ich euch hier erwischt hätte.“

„Davon kannst du ausgehen", sagt James und steht dann auf. „Es war mir ein Vergnügen, aber ich platze vor Neugier." Er deutet auf meine geöffnete Tür und hält mir dann seine Hand hin, um mir vom Sofa zu helfen.

Ich werfe den beiden einen entschuldigenden Blick zu und sehe, wie sie mich anstrahlen und ihre beiden Daumen nach oben recken, während ich James in mein Zimmer folge.

Neugierig blickt er sich um und schaut sich all die Bilder an, die ich in den letzten Wochen an den Wänden angebracht habe. Aber schon bald widmet er seiner Aufmerksamkeit nur noch einem Möbelstück. Und zwar dem Bett. Dort zieht er mich nun rauf, um mich zu küssen.

Und wieder mal habe ich absolut nichts dagegen ...

20. Kapitel - James

Schlafend lasse ich Dany am nächsten Morgen zurück, als ich mich durch ihre WG-Küche ins Badezimmer schleiche. Ich habe heute unglaublich viele Termine vor mir, die ich unmöglich schaffe, sollte ich auch noch eine Sekunde länger in ihrem gemütlichen Bett verbringen. Auch, wenn es mir schwerfällt, ihren warmen, weichen Körper zu verlassen. Einen letzten Kuss drücke ich ihr auf die Stirn, als ich zurück in ihr Zimmer komme und beobachte, wie sie im Schlaf friedlich lächelt. Was habe ich doch für ein Glück!

„Oh! Guten Morgen!", begrüßt mich ihre Mitbewohnerin mit den schwarzen Haaren und lächelt mich freundlich an. „Möchtest du auch einen Kaffee?"

Verwirrt blicke ich auf die Kanne in ihren Händen. „Ich dachte, ich wäre der Einzige, der um die Uhrzeit schon wach ist."

„Nur der frühe Vogel fängt den Wurm", flötet sie gut gelaunt und füllt sich ihre Tasse mit dem köstlich duftenden Kaffee.

„Mh, der riecht fantastisch", sage ich und nehme noch einen tiefen Zug davon in mir auf.

„Also willst du auch einen Kaffee. Kommt sofort."

Und ehe ich protestieren kann, zieht sie einen weiteren Becher hervor und schüttet mir ebenfalls etwas ein.

Ich nehme einen Schluck und spüre, wie das Heißgetränk durch meinen Körper fließt.

„Das mit Dany und dir, das ist also wirklich ernst?", höre ich sie sagen.

Ich blicke hoch und spüre, wie mich ihre braunen Augen fixieren.

Ich setze die Tasse wieder ab. „Ja", sage ich klar und deutlich. „Mir ist es zumindest sehr ernst. Sonst würde ich dieses ganze Theater mit der Presse nicht machen."

„Was wäre die Alternative? Es geheim zu halten?"

„Das hat ja nicht geklappt", erinnere ich sie mit einem Augenzwinkern, woraufhin sie grinst.

„Stimmt. Ich vergaß." Sie guckt sich in der Küche um und findet schließlich einen blauen To-Go-Becher. „Ich sehe, dass du es eilig hast." Sie nimmt mir den Becher aus der Hand, öffnet den Plastikbecher und schüttet meinen heißen Kaffee hinein. „Gib ihn Dany bei Gelegenheit einfach mit, okay?"

Dankbar lächle ich. Ich habe es einerseits tatsächlich eilig und andererseits wollte ich mir ihren Fragen nicht weiter stellen müssen. Sie ist nett. Ich will mir nicht weiter Lügen aus den Fingern saugen müssen, während ich mich mit ihr unterhalte.

Ich verlasse das Haus, winke mir ein Taxi heran und fahre auf direktem Weg in mein Büro.

Die Lichter in der Chefetage sind noch gar nicht erleuchtet, als ich aus dem Fahrstuhl steige und durch den Flur gehe. Ich bin der Erste. Wie so oft. Und trotzdem liegt auf meinem Schreibtisch bereits ein Brief, der seinen Weg schon zu mir gefunden haben muss. Für gewöhnlich werden die geschäftlichen Briefe erst gegen 10 Uhr an mich weitergeleitet, wenn die Mitarbeiter sie sortiert haben. Aber der hier muss nicht mit der Post gekommen sein. Ich entdecke auch keinen Poststempel. Der hier scheint persönlich unten am Empfang oder vielleicht sogar direkt hier in der Abteilung abgegeben worden zu sein.

Ich mustere den Brief neugierig. „Mr. Parker" steht in einer geschwungenen Schrift darauf. Mehr nicht.

Ich nehme Platz, greife nach meinem Brieföffner und mache ihn auf.

Ein gedruckter Brief mit wenigen Zeilen liegt darin. Ohne Unterschrift:

Ich weiß von Ihrer Fake-Beziehung zu Dany Smith. Wenn Sie wollen, dass ich schweige, überweisen Sie eine Millionen Dollar an folgendes Konto, lese ich und kann meinen Augen kaum trauen. Bitte was?!

Noch einmal überfliege ich die Zeilen. Immer und immer wieder.

Mir wird auf einmal heiß und kalt zugleich. Mein Herz rast und mein Mund wird ganz trocken.

Das kann nur ein Scherz sein, oder?! Das muss ein Scherz sein!

Ich stehe auf und halte nach Steve Ausschau. Vielleicht war er es. Vielleicht wollte er mich reinlegen. Als Rache für das letzte verlorene Spiel zwischen uns.

Doch Steve ist nicht zu sehen. Sein Büro ist leer.

Ich setze mich wieder. Meine Gedanken überschlagen sich.

Wer weiß davon? Wer weiß von Dany und mir?

Ich denke nach.

Dany und ich.

Steve.

Und mein Dad.

Mehr nicht.

Ohne weiter darüber nachzudenken, greife ich nach meinem Handy und wähle die Nummer von meinem Dad. Ich gebe mir gar nicht erst die Mühe nachzurechnen, welche Uhrzeit gerade in London herrscht, doch als er sofort rangeht, wird mir bewusst, dass ich ihn leider nicht mitten in der Nacht angerufen habe.

„Hallo James", begrüßt er mich kalt wie immer.

„Warst du es?", frage ich ihn sofort.

„Was meinst du?", erwidert er verwirrt. Ich kann in diesem Augenblick nicht sagen, ob es aufrichtig klingt oder nicht. Ich habe bereits zu viele Lügen aus dem Mund meines Vaters gehört.

„Der Brief."

„Du musst dich genauer ausdrücken, mein Sohn. Von welchem Brief sprichst du?"

„Tu doch nicht so."

„Ich weiß wirklich nicht, wovon du sprichst."

Ich seufze. Selbst mein Vater würde sich nicht so lange dumm stellen. Dafür ist ihm seine Zeit viel zu kostbar. „Schon okay."

„Nein. Um welchen Brief geht es?"

Ich erzähle ihm davon und auch von dem Schweigegeld.

„Wie kommst du darauf, dass ich damit zu tun habe? Und was soll ich mit deinem Geld?"

Plötzlich komme ich mir selber dumm vor. Wieso sollte er so einen Brief verfassen? Ausgerechnet er. Der, der mir noch geraten hat, dass ich bloß aufpassen soll, dass dieser Deal niemals an die Öffentlichkeit gerät.

„Bezahl die Summe", sagt er schließlich.

„Was?! Und den Erpresser gewinnen lassen?"

„Es geht nicht darum, den Erpresser gewinnen zu lassen oder nicht. Es geht nur darum, dass du dieses Geheimnis um jeden Preis für dich behalten solltest. Also: bezahl die Summe."

Ich seufze. Während Dads Karriere flatterten zahlreiche Erpresserbriefe in sein Postfach. Oft wurde ihm von der Polizei geraten, die Summen nicht zu bezahlen. Seine Berater rieten ihm das Gegenteil. Denn oft ist die Vertuschung der Wahrheit mehr Wert als die Summe, die die Erpresser verlangt haben. Und daran hält er bis heute fest.

Ich lege wieder auf und sehe, wie in diesem Moment Steve durch den Flur marschiert. Sofort stehe ich auf und gehe auf ihn zu. „Hey", sage ich und rufe ihn zu mir.

Er wirkt gut gelaunt und folgt mir in mein Büro.

Ich deute auf den aufgefalteten Brief auf meinem Schreibtisch. „Hast du etwas damit zu tun?", frage ich ihn, auch, wenn ich die Antwort bereits kenne. Warum sollte er? Steve verdient jede Menge in meiner Firma. Er würde seinen Job, die Freundschaft zu mir und seine Karriere niemals aufs Spiel setzen. Nicht für eine Millionen Dollar. Das wäre ihm viel zu wenig.

„Mit was?", fragt er verwirrt und greift nach dem Zettel. Schnell liest er die zwei Zeilen durch. Sein Lächeln verschwindet und mit offenem Mund starrt er mich an. „Shit!", sagt er schließlich. „Wer?", fragt er und bemerkt meinen bohrenden Blick. Er lacht ungläubig. „Ich? Du glaubst, dass ich dahinterstecke? Dein Ernst?!"

Steve war noch nie ein guter Schauspieler. Sollte er lügen, wäre es mir spätestens jetzt aufgefallen. Außerdem kann ich mir ohnehin nicht vorstellen, dass er es war.

Ich schüttle den Kopf. „Nein. Eigentlich denke ich das nicht. Aber ... ich kann mir nicht erklären, wer es sonst gewesen sein soll. Es weiß keiner davon."

„Nur dein Dad und ich?"

Ich nicke. „Genau. Nur du und mein Dad." Ich lasse mich auf der Kante meines Schreibtisches nieder. „Nur Dany, ich, mein Dad und du." Ich denke nach. Vielleicht hat es irgendwer mitbekommen. Doch ... Nein. Wann soll das passiert sein? Während ich mit Dany darüber gesprochen habe? Hier in meinem Büro? Die Wände sind absolut schalldicht. Kein Wort dringt nach draußen, wenn die Türen geschlossen sind. Das war meinem Dad schon damals wichtig, als er dieses Büro hat bauen lassen. Vielleicht ihre Mitbewohnerinnen? Vielleicht hat sie sich doch verplappert? Doch dann denke ich an das Gespräch mit einer von ihnen heute Morgen. Sie weiß nichts. Sie hat gewirkt wie eine Freundin, die sich vergewissern wollte, dass der neue Freund ihrer Freundin gut behandelt wird und dass er es mit ihr ernst meint.

Vielleicht war es ein Restaurantmitarbeiter, der uns belauscht hat. Die Liste könnte endlos sein oder doch wieder winzig kurz, denn wir beide haben strengstens darauf geachtet, dass wir diesen Deal niemals in der Öffentlichkeit erwähnen.

„Ich habe keine Ahnung, wer das gewesen sein soll", denke ich laut nach. „Es könnte jeder gewesen sein. Aber eigentlich ... eigentlich dürfte es außer uns keiner wissen."

„Und was ist", sagt Steve und sieht mich nun ganz streng an. Er kommt einen Schritt näher und greift an meine Schulter. „Wie gut kennst du Dany?", fragt er mich schließlich.

Ausgeschlossen. Es ist nicht Dany. Unmöglich. „Nein. Sie war es nicht."

„Bist du dir da sicher? Ich meine … Ich fand ihre Geschichte von Anfang an total unglaubwürdig."

„Was meinst du?"

„Na, dass sie dich damals im Club nicht erkannt hat. Jeder kennt dich."

„Jeder in New York City vielleicht. Aber außerhalb New Yorks kennen mich auch nur die Leute, die sich für Finanzen interessieren. In Georgia taucht mein Gesicht nicht ständig auf Seite 6 auf."

„Selbst in Georgia ist das Internet angekommen und sie hätte locker über dich auf irgendeiner Promi Seite bei *Instagram* oder *Facebook* stolpern können."

Noch einmal schüttle ich den Kopf. „Wieso sollte sie das machen? Was hat sie davon?"

„Eine Million Dollar vielleicht?", schlägt Steve vor.

„Aber … wie? Wie hätte sie das anstellen sollen? Ich war die ganze Zeit mit ihr zusammen."

„Muss ich dich wirklich daran erinnern, dass auch sie in dieser Firma arbeitet? Sie hätte eine ihrer Kollegen beauftragen können, den Brief an dich abzugeben."

Das leuchtet selbst mir ein. Auch, wenn ich das nicht glauben kann. „Das würde sie niemals machen. Sie weiß, wie sehr mir das schaden würde."

„Ja, dir würde das schaden. Aber ihr? Sie wäre dann die Frau, die ganz New York vorgemacht hat, mit dir in einer Beziehung zu sein. Die Frau, die einen Haufen Kohle dafür eingesackt hat, deine Freundin zu spielen. Ich kann mir jetzt schon all die Interviewanfragen vorstellen. Auftritte in Talkshows. Und … oh ja. Das würde auch eine super Serie abgeben: The Fake Girlfriend. Ich würde das gucken", scherzt er nun und lacht. Doch mir ist so gar nicht zum Lachen zu Mute.

Kann das wirklich sein?

Würde mich Dany so hintergehen?

Ich setze mich an meinen Schreibtisch und denke an die letzten Tage mit ihr, die so schön waren. So harmonisch. Und doch waren da Momente, in denen ihr etwas durch den Kopf ging. Etwas, was sie mir nicht sagen wollte. Was ist, wenn sie die ganze Zeit an ihren Plan denken musste? Und an den Brief?

„Kann ich die Kontonummer verfolgen?“, frage ich Steve, der sich die Zahlenreihe genauer anguckt.

„Sieht für mich nach einer dieser Online-Konten aus, die du schnell eröffnen kannst. Ich würde darauf wetten, dass sie vermutlich irgendeinen anderen Namen angegeben hat. Den ihrer Schwester, einer Freundin aus einem anderen Land oder vielleicht hat sie sogar einen Obdachlosen bestochen. Es wird dir jedenfalls nicht weiterhelfen.“

„Mh“, mache ich, weil ich nicht weiterweiß. „Und jetzt?“, frage ich Steve, der schließlich mein Berater ist. „Wie soll ich weiter vorgehen?“

„Konfrontier sie. Lass sie in dein Büro rufen und zeig ihr den Brief. Sie sollte schließlich auch davon erfahren, dass euch jemand auf die Schliche gekommen ist und von eurer Fake-Beziehung weiß.“

„Und dann?“

„Na ja, wenn sie dich dazu bewegen will, die Summe zu bezahlen, damit der Erpresser Ruhe gibt, weißt du Bescheid. Dann steckt sie dahinter.“

„Und wenn nicht?“

„Dann haben wir ein viel größeres Problem als gedacht."

Ein größeres Problem ... Sollte Dany dahinterstecken, dann habe ich das größte Problem überhaupt. Denn dann waren all die letzten Wochen tatsächlich nur eine Lüge und ich habe mich doch in ihr getäuscht.

In diesem Moment sehe ich, wie Helen durch den Flur geht und an ihrem Schreibtisch Platz nimmt. Ich stehe auf und öffne die gläserne Tür.

„Helen?", frage ich sie, woraufhin sie zusammenzuckt und sich in meine Richtung dreht. Erschrocken hält sie sich die Hand vor die Brust. Wie jedes Mal, wenn ich sie unerwartet von hinten anspreche. „Entschuldige. Aber könntest du bitte dafür sorgen, dass Miss Smith in mein Büro kommt?"

Eifrig nickt sie. „Ja, natürlich." Sie greift nach dem Hörer und ich widme mich wieder Steve.

„Ich bleibe hier und schau mir ebenfalls an, wie sie reagiert."

„Hältst du das für eine gute Idee?"

Er kommt erneut auf mich zu und klopft mir auf die Schulter. „Auf jeden Fall. Ich kann dir doch jetzt schon ansehen, dass du die Wahrheit ohnehin nicht hören willst. Du kannst gar nicht mehr beurteilen, ob sie dir nur etwas vormacht oder nicht."

Und damit hat er Recht, denn ich bin bereits jetzt haltlos in sie verliebt und nicht mehr in der Lage, zwischen Wahrheit und Lüge zu unterscheiden.

21. Kapitel - Dany

Lächelnd drehe ich mich um und strecke meine Hände nach James aus, doch seine Bettseite ist leer. Er ist nicht mehr da. Verwirrt öffne ich die Augen und blinzle in das helle Sonnenlicht, das durch meine Vorhänge fällt. Ist es schon so spät?

Verschlafen stehe ich auf, ziehe mir ein langes T-Shirt über und schlürfe in die Küche, in der Marley bereits am Tisch sitzt und einen köstlich duftenden Kaffee zu sich nimmt.

„Morgen“, sagt sie grinsend und greift, ohne mich zu fragen, nach einer weiteren Tasse, um mir ebenfalls Kaffee einzuschütten.

„Morgen“, murmle ich leise und reibe mir die müden Augen. „Hast du bemerkt, dass James das Haus verlassen hat?“

Sie schüttelt den Kopf. „Nein. Aber Chrissy hat ihn heute noch gesehen. Sie hat ihm noch einen Kaffee angeboten. Er hatte es wohl sehr eilig.“

„Klar. Er hat es immer eilig“, bestätige ich lächelnd und setze mich dann zu ihr.

„Er wirkt nett.“

Fragend blicke ich sie an. „James?“

„Ja. Hätte ich nicht gedacht. Ich dachte immer, diese CEO-Typen wären alle solche machthungrigen Workaholics, die bloß ihren Job im Kopf haben und sich nur mit dir beschäftigen, wenn sich das positiv auf ihren Ruf ausüben würde.“

Ich schlucke. So ist es auch ... gewesen. Dieser Deal war tatsächlich nur dafür ausgelegt. Doch nach den letzten Tagen bin ich mir eigentlich sicher, dass es nicht mehr nur darum geht und dass auch bei ihm Gefühle für mich heranwachsen. *Echte Gefühle.* „Als ob ich mich dann mit ihm abgeben würde“, sage ich schnippisch und grinse sie frech an.

„Kann ja sein, dass du nur hinter seinem Geld her bist“, scherzt sie, woraufhin ich theatralisch die Augen aufreiße.

„Klar! Das war mein eigentliches Ziel.“

„Nein. Ernsthaft. Mein erster Eindruck ist richtig gut.“ Sie greift über den Tisch nach meiner Hand. „Ihr saht richtig glücklich miteinander aus und wie er dich angeguckt hat … Ich wünschte, ein Mann würde mich auch so angucken.“ Verträumt legt sie den Kopf schief und seufzt leise.

„Wie hat er mich denn angeguckt?“

„Na, total verliebt. Er hatte nur Augen für dich und er konnte es ja kaum erwarten, endlich mit dir alleine zu sein.“

„Er wollte halt mein Zimmer sehen.“

„Ja, natürlich wollte er das.“ Sie steht auf, um sich noch eine Banane zu nehmen und mir einen Apfel zuzuwerfen. „Du hast echt Glück mit ihm.“

Ein Grinsen huscht mir über die Lippen, während ich einen Schluck von meinem Kaffee nehme. „Ich weiß.“

Nach dem Frühstück fahre ich schnell ins Büro. Ich bin bereits jetzt zu spät und als ich mich an meinem Schreibtisch niederlasse, wirft mir Keira einen merkwürdigen Blick zu. „Die Sekretärin vom Chef hat schon drei Mal nach dir gefragt“, flüstert sie mir zu, während Stephanie ihre Ohren spitzt und mich ansieht.

„Die Sekretärin vom Chef?“, wiederhole ich verwirrt.

„Ja, er will dich sehen.“

„James?“ Ich kneife meine Augenbrauen zusammen. Wieso sollte er mich sehen wollen? Er war doch vor nur ein paar Stunden bei mir. Was kann in diesen Stunden passiert sein? „Wieso?“, frage ich sie, obwohl ich weiß, dass ausgerechnet sie darauf keine Antwort haben wird.

„Keine Ahnung. Aber vielleicht solltest du direkt zu ihm gehen, bevor sie noch mal anruft.“

Ich nicke, lege meine Tasche ab und gehe zum Fahrstuhl. Plötzlich macht sich ein komisches Gefühl in mir breit. In der Firma haben wir uns bloß zu Anfang gesehen. Als wir alles besprechen mussten. Doch danach sind wir dazu übergegangen, uns nur noch außerhalb zu treffen. Damit keiner auch nur denken könnte, dass wir es zwischen zwei Meetings miteinander treiben könnte oder ich meine Arbeitszeit anderweitig benutze.

Wieso will er mich jetzt also sehen?

Ich melde mich oben bei den Damen vom Empfang, die bereits Bescheid wissen und mich alleine durch die großen, leeren und vor allem beängstigenden Flure gehen lassen, bis ich schließlich an seinem Büro ankomme.

„Endlich!“, höre ich die leise, unsichere Stimme von Helen sagen, die prompt aufsteht und mich erleichtert ansieht. Sie steht auf, um an die geschlossene Tür von James‘ Büro zu klopfen, den ich bereits durch die Glaswände sehen kann. Er wirkt besorgt und gegenüber von ihm sitzt sein Berater Steve.

Was hat das alles zu bedeuten?

Sie schickt mich hinein und plötzlich fühle ich mich wie damals an meinem ersten Arbeitstag. Damals, als er mich ebenfalls zu sich in sein Büro gebeten hat, um mir den Deal vorzuschlagen. Damals war Steve allerdings nicht anwesend.

„Hey“, sagt er liebevoll, kommt auf mich zu und streichelt mir sanft über die Schulter.

Ich bin total verwirrt. „Gibt es ein Problem?“, frage ich, als ich den strengen Blick von Steve auf mir spüre.

„Allerdings“, sagt dieser bloß und deutet dann auf den großen Schreibtisch in der Ecke, vor den ich mich nun setzen soll.

James nimmt auf seinem Schreibtischstuhl Platz. Steve stellt sich direkt neben ihn, um mich gut im Blick zu haben.

Tausende Gedanken rasen durch meinen Kopf und auf einmal bin ich mir sicher, warum sie mich hergeholt haben. *Sie wissen es. Sie wissen vom Baby!*

Ein kalter Schauer jagt mir über den Rücken und ganz plötzlich wird mir heiß. Ich spüre, wie mir die Röte ins Gesicht schießt. *Fuck!* Wie haben sie das bloß herausgefunden?! Keiner weiß davon. Bloß ...

Doch dann zieht James einen Zettel hervor und hält ihn mir hin. Ist es die Untersuchung beim Arzt, der mir bestätigt, dass ich schwanger bin?!

Die Untersuchung, die ich noch gar nicht hatte?

Unmöglich.

Verwirrt lese ich die zwei Zeilen durch. *Ich weiß von Ihrer Fake-Beziehung zu Dany Smith. Wenn Sie wollen, dass ich schweige, überweisen Sie eine Millionen Dollar an folgendes Konto.* Ich lese die Zeilen immer und immer wieder. Aber ich verstehe sie nicht.

„Von wem kommt der?“, frage ich daher nach.

Ich blicke zwischen Steves strengen und James besorgten Gesicht hin und her.

„Das wissen wir nicht", klärt James mich schließlich auf. „Aber wir dachten, dass du es ebenfalls wissen solltest. Gibt es irgendwen, dem du von uns erzählt hast?"

Sofort schüttle ich den Kopf. „Nein! Ich habe mich an den Vertrag gehalten. Keiner weiß davon." Noch einmal werfe ich einen Blick auf den Brief. Keine Unterschrift. Die Zeilen wurden maschinell erstellt. „Wer sollte so etwas schreiben?", frage ich laut nach.

„Jemand, der Geld will", sagt Steve schließlich nun, der sich an einen Stuhl heranzieht, um neben James sitzen zu können.

Wieso fühle ich mich von den beiden auf einmal in eine Ecke gedrängt? Und wieso sieht Steve mich so an, als ob ich etwas damit zu tun haben könnte?

„Ich habe niemandem davon erzählt. Ich schwöre es", wiederhole ich noch einmal und sehe wie die beiden einen Blick austauschen.

„Schon okay, Dany. Ich ...", sagt James und will mir die Hand auf meine legen, doch Steve hält ihn davon ab.

„Du bist in eher ärmlichen Verhältnissen aufgewachsen oder?"

„In ärmlichen Verhältnissen?", wiederhole ich fassungslos seine Worte. Meine Eltern sind Lehrer und haben ein großes Haus. Ärmlich würde ich das nicht nennen. Natürlich hatten wir nie so viel wie die beiden hier, ärmlich ist das aber nun wirklich nicht.

„Was willst du damit sagen?"

„Nur, dass du vielleicht eine Chance in diesem Deal gesehen hast, um noch mehr Geld herauszuschlagen."

Ich gucke James an. *Wieso sagt er nichts? Wieso steht er mir nicht bei? Er weiß doch genau, wie es damals war. Er war derjenige, der mich angesprochen hat und er war auch derjenige, der diesen scheiß Deal haben wollte!*

Ich öffne den Mund, um wütend etwas zu erwidern. Aber was soll ich sagen? Sie würden mir ohnehin nicht glauben. Sie haben sich ihre Meinung über mich bereits gebildet.

„Denkst du auch, dass ich es war?", frage ich James nun leise. Ich spüre, wie mir die Tränen unkontrolliert in die Augen steigen. Gestern war doch noch alles gut.

„Ich", beginnt er wieder und senkt dann den Blick, um noch einmal den Zettel vor Augen zu haben. „Ich weiß es nicht. Denk noch einmal nach. Hast du vor irgendwem von diesem Deal gesprochen?"

Er weiß es nicht? Er weiß nicht, ob er mir glauben soll, dass ich die Wahrheit sage? Oh, Gott. Habe ich mich etwa doch in ihm getäuscht? Haben ihm all die letzten Wochen nichts bedeutet? Und die letzte Nacht?!

„Nein", sage ich nun energisch und stehe auf. „Ich habe keiner Menschenseele davon erzählt. Denn ich halte mich an mein Wort." Damit verlasse ich sein Büro.

Ich kann noch hören, wie er mir hinterherschreit, dass ich zurückkommen soll und dass wir darüber reden müssen. Doch ich will es nicht hören.

„Oh, ihr seid schon fertig?", höre ich Helen sagen, als ich auch an ihrem Schreibtisch entlang haste, während mir die Tränen über die Wangen laufen.

„Ja, war ein kurzes Gespräch", erwidere ich und versuche mich zusammenzureißen. Ich wische mir die Tränen vom Gesicht und lächle, während ich auf den Fahrstuhl zeige.

Schnell drücke ich die Taste für meine Abteilung. Immer und immer wieder. Als ob er damit schneller zu mir kommen würde, doch ich kann nicht anders. Ich muss hier weg.

Als sich der Aufzug endlich vor mir öffnet, trete ich ein und drücke den Knopf, damit sich die Tür vor mir schließt. Aus der Ferne sehe ich James, der mir noch einen letzten Blick zuwirft, aber dann sehe ich nur noch die metallenen Türen und es bricht aus mir heraus.

Ich weine.

Es ging ihm die ganze Zeit nur um seinen Ruf. Es ging ihm nie um mich.

Ich habe mir das alles nur eingebildet.

Ich muss an Marleys Worte denken. *Sie beschäftigen sich nur mit dir, wenn sich das positiv auf ihren Ruf ausüben würde.*

Wie konnte ich nur so dumm sein?

Wie konnte ich ernsthaft auch nur in Erwägung ziehen, dass das hier mehr für James ist? Dass er tatsächlich für mich Gefühle entwickeln könnte?

Ich war die ganze Zeit nur Mittel zum Zweck.

Nicht mehr.

Ich schluchze, während die Tür aufgeht und der Fahrstuhl mich in meiner Abteilung rauslässt.

Ich will nicht zurück ins Büro. Ich will nicht zurück an den Schreibtisch. Ich will meinen Kollegen nicht unter die Augen treten müssen, während ich so verheult bin.

Ich atme tief durch und versuche mich wieder zu beruhigen.

Ich darf mir nichts anmerken lassen.

Ich muss an mein Baby denken.

Oh, Gott. Das Baby.

Was ist mit dem Baby?!

„Alles okay?“, sagt Keira, als sie mich im Flur vor den Toiletten entdeckt. Weiter bin ich noch nicht gekommen.

„Nein“, jammere ich. Mein Kinn bebt und ich kann die Tränen kaum noch zurückhalten.

„Oh, Gott. Was ist passiert?“

Ich schüttle den Kopf. „Gar nichts.“

„Ist etwas mit James?“, fragt sie und legt mir die Hand auf meine Schulter, um mich zu beruhigen und auch zu stützen, denn auch meine Knie zittern inzwischen.

„Kannst du mir meine Tasche bringen?“, frage ich sie und weiche ihrer Frage aus.

„Deine Tasche?“

„Ich muss gehen. Ich kann hier nicht mehr bleiben“, strömt es aus mir heraus. Denn es geht nicht. Ich muss hier weg. Scheiß auf James. Und scheiß auf den Deal.

„Ja, natürlich.“ Sie stürmt davon und als sie wenig später hastig mit meiner Tasche in der Hand zu mir kommt, weiß ich bereits, dass auch die anderen Bescheid wissen.

Sie wissen, dass etwas vorgefallen ist, nachdem James mich in sein Büro geholt hat.

Und während ich durch die hektischen Straßen gehe, verbreitet sich die Nachricht, dass James mit mir Schluss gemacht hat, wie ein Lauffeuer in ganz New York City...

22. Kapitel - James

„Sie hat nichts damit zu tun“, werfe ich Steve wütend an den Kopf, nachdem ich Dany auf den Flur gefolgt bin, sie aber schnell die Fahrstuhltür geschlossen hat, um nicht mit mir reden zu müssen. Ich habe sie verletzt. Sehr.

„Ich weiß nicht. Mir kam sie schon sehr verdächtig vor“, bestätigt er seinen Anfangsverdacht.

„Verdächtig? Was genau kam dir verdächtig vor?“

Er steht mitten im Raum und kommt nun auf mich zu. „Du siehst es vielleicht nicht mehr, weil du ihr inzwischen hoffnungslos verfallen bist, aber, wenn ich sie ansehe, dann sehe ich eine eiskalte Lügnerin. Sie versteckt etwas. Sie wusste von Anfang an, dass wir sie mit etwas konfrontieren werden, was sie lange Zeit für sich behalten hat.“

Ich seufze, denn seine Worte gefallen mir nicht, da ich es auch gesehen habe. Die Angst in ihren Augen, als sie uns beiden gegenübergetreten ist. Wieso sollte sie Angst haben, mit mir zu sprechen, wenn sie nichts zu befürchten hat? Dazu die vielen Ausreden in den letzten Tagen und das Ausweichen, wenn ich sie gefragt habe, ob etwas los ist. Ich kann es nicht leugnen. Verdächtig ist das schon.

„Außerdem ... was sollte dieser dramatische Abgang? Es ist eine Fake-Beziehung. Es ist doch klar, dass es hier nur um das Geschäftliche geht. Wieso hat sie sich so aufgeregt? Sie hat so getan, als ob du sie gerade mit ihrer besten Freundin betrogen hättest.“ Er verdreht die Augen und schüttelt den Kopf. „Damit ist sie ein wenig über das Ziel hinausgeschossen.“

In dem Punkt kann ich meinem Kumpel nicht zustimmen, aber da fehlen ihm die Informationen. Denn das zwischen uns ist schon lange keine Fake-Beziehung mehr und dass sie so reagiert, zeigt es mir noch einmal mehr. Ich räuspere mich und als ich mich nicht dazu äußere, sieht Steve mich an.

„Das zwischen euch war mehr als nur eine Fake-Beziehung, richtig?"

„Du hast doch selber gesagt, dass ich ihr bereits hoffnungslos verfallen bin. Und auch du hast gemerkt, dass ich nach den Treffen mit ihr anders drauf bin als gewöhnlich", erinnere ich ihn an seine eigenen Worte.

„Damit meinte ich, dass du sie knallst. Dass du mit ihr schläfst und nicht mehr klar denken kannst, weil der Sex so atemberaubend ist. Das meinte ich damit! Um Gottes willen! Ich habe doch nicht gewusst, dass das mehr ist zwischen euch."

Ich schweige.

„Du bist in sie verliebt, nicht wahr?!" Er kommt näher auf mich zu, nachdem er eben noch wie aufgeschreckt durch mein Büro getigert ist. „Und sie ist in dich verliebt, habe ich Recht?"

„Wir haben es nie ausgesprochen, aber..."

„Ich habe Recht." Er schlägt sich die Hände über den Kopf zusammen. „Wieso hast du mir denn nichts gesagt? Ich habe sie wie eine Schwerverbrecherin behandelt. Ich dachte wirklich, dass sie nur hinter deinem Geld her ist."

„Und wenn sie es tatsächlich ist? Du meintest selber, dass sie wirkte, als ob sie etwas zu verbergen hätte."

„Sicherlich nicht der Brief." Er kommt noch einmal auf mich zu und packt mich an den Schultern. „Hör mir zu. Dany hatte nichts damit zu tun. Ich habe mich getäuscht." Mit durchdringender Miene sieht er mich an. Selten habe ich Steve so emotional erlebt und noch nie habe ich diese Worte aus seinem Mund kommen hören.

„Du hast dich getäuscht?!“, wiederhole ich erstaunt. „Das hast du noch nie gesagt.“

Jetzt lacht er. „Da kannst du mal sehen, wie ernst ich das meine.“

„Und jetzt?“, frage ich ihn ratlos. Ich bin auf einmal wie betäubt. Sonst weiß ich immer, was zu tun ist. Doch bei Dany ist es so, als ob sich jedes Mal ein Schalter umlegen würde, wenn es um sie geht. Ich fühle mich plötzlich hilflos und starr vor Angst. *Was ist, wenn ich sie dadurch für immer verloren habe?!*

„Na, was sitzt du hier noch rum! Geh ihr hinterher. Klär es auf!“

Mein Körper setzt sich wieder in Bewegung. Als ob er auf genau den kleinen Schubser gewartet hätte. Ich springe auf, öffne meine Bürotür und wähle gleichzeitig die Nummer meines Fahrers, damit er vor dem Haupteingang auf mich wartet. Ich darf keine Zeit verschwenden.

„Mr. Parker“, werde ich plötzlich von einer leisen Stimme unterbrochen.

Ich blicke nach unten und entdecke Helen, die mit ihrem Handy in der Hand vor mir steht und so ängstlich aussieht wie immer, wenn sie schlechte Neuigkeiten hat.

„Es hat sich binnen Minuten in ganz New York verbreitet.“ Sie hält mir ihr erleuchtetes Display vors Gesicht: „Traumpaar wieder getrennt. James Parker hat mit seiner Angestellten Schluss gemacht“, lese ich laut vor.

„Wie?!“, murmle ich nur und drehe mich nach Steve um, der in dem Augenblick hinter mir auftaucht.

„Schon okay. Ich übernehme das“, sagt er und klopft mir noch einmal auf die Schulter. „Du hast jetzt was anderes zu tun.“

Dankbar nicke ich ihm zu und stürme durch die Chefetage. Ich kann die Blicke der Sekretärinnen auf mir spüren, die Dany gerade durch die Flure haben flüchten sehen und nun eins und eins zusammenzählen. Sie wissen, dass sich direkt vor ihrer Nase ein riesiges Drama abspielt. Ein paar von ihnen erheben sich sogar von ihren Schreibtischstühlen, um mich besser beobachten zu können.

Doch ich lasse mich davon nicht beirren. Ich fahre nach unten und gehe den Journalisten aus dem Weg, die sich bereits vor dem Haupteingang versammelt haben.

Vielleicht war es doch keine gute Idee, hier oben in den Wagen zu steigen. Doch um die Uhrzeit dauert es zu lange, um auf der Tiefgarage zu kommen. Ich muss da jetzt durch.

„Mr. Parker! Stimmt es?!“, wollen sie mich zu einem Statement zwingen, doch ich bleibe eiskalt und verziehe keine Miene, bis mein Wagen sich endlich in Bewegung setzt.

„Wo geht es hin?“, fragt mich der Fahrer, doch ich habe keine Ahnung.

„Ähm“, überlege ich laut. Wo könnte sie sein? „Nach Brooklyn“, sage ich schließlich entschlossen und nenne ihm die Adresse.

Es dauert lange, bis wir uns durch den Verkehr der New Yorker Innenstadt schlängeln. Um die Uhrzeit sind zahlreiche Arbeiter auf dem Weg in ihre Büros. Taxis bringen Touristen an die Hotspots und auch die Schulbusse sind noch unterwegs.

Mein Herz rast und ich bin nervös. Ich fühle mich machtlos. Ein Gefühl, das ich in den letzten Jahren nur sehr selten ertragen musste.

„Geht das nicht schneller?“, sage ich ungeduldig, doch der Fahrer schüttelt den Kopf. Auch er muss sich an die Verkehrsregeln halten.

Ich hole mein Handy hervor und wähle ihre Nummer. Aber sie geht nicht ran. Es klingelt und klingelt, bis sie den Anruf schließlich wegdrückt.

Das darf es nicht gewesen sein. Ich darf sie nicht verlieren, schießt es mir immer wieder durch den Kopf.

Eine Lücke bildet sich und schnell huscht der Fahrer auf die andere Straßenseite, um uns über die Brooklyn Bridge auf die andere Seite des Flusses zu befördern.

Nach einer gefühlten Ewigkeit haben wir es endlich geschafft. Wir stehen vor Danys Haus.

Schnell steige ich aus und renne zur Haustür. Ich atme noch einmal tief durch, bevor ich auf die Klingel drücke. Meine Worte habe ich mir bereits zurechtgelegt, auch wenn ich nicht weiß, ob sie mir genau so über die Lippen kommen, wenn sie erstmal vor mir steht. Doch es tut sich nichts. Ich höre weder das Rauschen der Gegensprechanlage, noch das Summen des Türöffners. Noch einmal drücke ich die Klingel. Und dann erneut.

Entweder sie ignoriert mich oder aber sie ist nicht da.

„Hallo?“, ertönt es, als ich mich bereits umgedreht habe und wieder gehen will.

„Hallo, hier ist James“, sage ich. Durch das Rauschen kann ich nicht erkennen, ob es Danys Stimme oder die einer ihrer Mitbewohnerinnen ist.

„James? Hast du etwas vergessen?“ Es ist nicht Dany. Es ist ihre Mitbewohnerin.

„Ich bin auf der Suche nach Dany“, sage ich und höre, wie das Summen des Türöffners ertönt.

Schnell steige ich die vielen Treppenstufen nach oben und kann Marley bereits durch den geöffneten Türschlitz sehen. „Was ist passiert?“, fragt sie besorgt.

„Es gab ein kleines Missverständnis“, erkläre ich ihr sofort und verliere sofort jede Hoffnung, Dany hier zu treffen. Sie hätte ihr bestimmt schon alles erzählt.

„In den Medien heißt es, dass du dich von ihr getrennt hättest.“

Sofort schüttle ich den Kopf. „Das stimmt nicht. Aber, wenn ich sie nicht finde ...“, ich verstumme. Ich weiß nicht, was passiert, wenn ich mich nicht so schnell wie möglich mit ihr ausspreche.

„Mhh ... verstehe. Hier ist sie aber nicht. Willst du sonst hier auf sie warten?“

Ich überlege. Sie könnte noch auf dem Weg sein. Der Verkehr ist aktuell eine Katastrophe, aber für gewöhnlich nimmt Dany die U-Bahn, mit der sie viel schneller als ich hier gewesen wäre. Sie muss woanders sein und ich kann mir bereits denken, wo. „Nein, danke. Ich denke, ich weiß, wo sie ist.“

Ich gehe zurück zu meinem Wagen und steige ein. „Zum Central Park“, sage ich und höre das Seufzen meines Fahrers, der sich nun erneut durch den New Yorker Verkehr schlängeln muss, nur um mich an den Ort zu bringen, wo wir gerade gestartet sind.

„Dieses Mal bin ich mir sicher“, sage ich zuverlässig und lehne mich in die schwarzen Ledersitze zurück.

Tatsächlich verläuft die Rückfahrt noch viel schlimmer als die Hinfahrt. Alle wollen nach New York City rein. Nur die wenigsten wollen raus und so stehen wir bereits auf der Brücke im Stau.

Ich blicke auf meinen maßgeschneiderten Anzug und die teuren Lederschuhe, die ich, so gut wie jeden Tag, trage. Nicht ideal, um die knapp 4 Meilen damit zu laufen.

„Vergessen Sie es", höre ich meinen Fahrer sagen, der meine Gedanken gerade gelesen haben muss. „Zu Fuß sind Sie nicht schneller."

„Und wenn ich jogge?"

„In den Schuhen? Da sind Sie trotzdem noch eine Stunde unterwegs."

„Und was wäre Ihr Vorschlag?"

Er zeigt aus dem Fenster und deutet auf die Treppe, die runter in die U-Bahn-Station führt. „Damit wären Sie auf jeden Fall schneller."

Ich seufze. Ich bin zwar in New York aufgewachsen und habe als Jugendlicher häufiger mal die Metro genommen, doch seit meinen 20ern habe ich sie nur noch äußerst selten benutzt. Seitdem ich 30 bin, so gut wie gar nicht mehr. Alles in mir sträubt sich, die schmalen Treppenstufen nach unten zu gehen und in die schmutzige, stickige Bahn zu steigen. Aber mein Fahrer hat Recht. Damit bin ich schneller.

Also stehe ich auf, verlasse den Wagen und sprinte die Treppenstufen herunter.

Alles sieht noch genau so aus wie damals. Selbst der Geruch ist gleich: Eine Mischung aus Schweiß, Urin und dem moderigen Geruch der Tunnel, die viele Meter unter New York hindurchführen.

Ich ziehe mir ein Ticket und stürme den Touristen in die nächste Bahn in Richtung Central Park hinterher. Die Bahn ist voll. Neben mir steht eine Familie aus Europa, die ganz aufgeregt auf Französisch erzählt, wie sehr sie sich auf den Besuch im weltberühmten Park freuen. Obwohl mein Französisch schon ein wenig eingerostet ist, kann ich jedes Wort verstehen und lächle, als das Mädchen im Teenageralter ein Buch nach oben hält, das die Mädchen in meiner Schule ebenfalls alle gelesen haben und was hier in New York spielt.

„Ich muss unbedingt zu den Enten und sie füttern. Genau wie Blair!“, plappert sie fröhlich und zieht dabei eine Tüte mit alten Brotresten aus ihrer Tasche hervor.

„Die hast du mitgenommen? Wir haben dir doch schon gesagt, dass man Enten nicht mit Brot füttern sollte. Das ist hier bestimmt genau so verboten wie bei uns in Paris!“, sagt die Mutter und will ihr die Tüte aus der Hand reißen.

„Aber Blair macht das auch!“, jammert sie und hält die Tüte mit beiden Händen fest umklammert. Sie schnaubt und wirft ihrer Mutter einen bösen Blick zu, die noch immer an ihren Worten festhält.

„Es ist tatsächlich verboten“, werfe ich auf Französisch ein und blicke das junge Mädchen entschuldigend an. „Es war schon damals verboten, während die Serie gedreht wurde.“

Ihre großen, braunen Augen sehen mich erschrocken an. Einerseits, weil ein Mann in New York City Französisch spricht und andererseits, weil mir die Teenie-Serie *Gossip Girl* ein Begriff ist.

„Siehst du! Der Mann sagt auch, dass es verboten ist“, höre ich ihre Mutter sagen und nimmt ihr die Tüte mit dem Brot endgültig weg.

Beleidigt verschränkt sie die Arme vor der Brust und wird im nächsten Moment gegen ihren Vater geschleudert, weil die Bahn zum Halten kommt.

„Sind Sie aus New York?“, will die Mutter von mir auf Französisch wissen.

Ich nicke. „Waschechter New Yorker, genau“, bestätige ich lächelnd und wundere mich ein wenig über mich selbst. Ich mische mich sonst nie in die Gespräche von Fremden ein und bezeichne mich selbst auch nie als waschechten New Yorker. Für mich fahren waschechte New Yorker täglich mit der U-Bahn zur Arbeit und essen mit stolz den billigen Hot Dog vom Stand um die Ecke. Den einen Punkt habe ich heute bereits abgehakt, vielleicht kann ich mich ja sogar dazu überwinden, einen dieser Hot Dogs zu probieren, mit denen ich mir als Kind bei 35 Grad mal den Magen verdorben habe.

„Was können Sie uns noch empfehlen?“, fragt mich die Frau und sieht mich dann aufmerksam an. Sie erzählt mir daraufhin, wo sie bereits schon waren und was sie gerne noch sehen möchten. „Uns fehlen noch ein paar Geheimspots. Restaurants, Cafés oder Bars, die nur die waschechten New Yorker kennen.“

Ich lächle und denke an die Pizzeria in Brooklyn, die ich ihr daraufhin ans Herz lege.

„Wissen Sie, wo der Teich ist, an dem Blair immer sitzt?“, fragt mich das Mädchen nun schüchtern.

Ich grinse, denn ich weiß es ganz genau. Es ist der Teich, an dem auch Dany immer sitzt, weil man von dort aus so gut die Enten beobachten kann. „Ja, das weiß ich“, sage ich lächelnd und biete ihr an, sie dorthin zu begleiten.

Ihre Mutter protestiert noch, denn das würde mir doch sicherlich zu viel Mühe bereiten, aber ich bestehe darauf.

Gemeinsam irren wir an der Haltestelle durch das Labyrinth aus Gängen in der Station und schauen beeindruckt nach oben, als wir die grünen Baumkronen am Ende der Treppen erkennen können.

„Wow", sagen die vier zeitgleich, als wir uns auf einem der weltberühmten Gehwege befinden, die mit zahlreichen Joggern und Spaziergängern gesäumt ist.

Zielsicher führe ich uns durch den Park, tausche mich mit den Eltern aus, während die Kinder aufgeregt nach links und rechts blicken und all die neuen Eindrücke in sich aufsaugen.

„Da ist es", sage ich und deute auf die kleine Steinbrücke, die für so viele Filme und Serien eine bedeutende Rolle gespielt hat.

Die Augen des Mädchens weiten sich, als sie den Drehort ihrer Lieblingsserie entdeckt. „Ja, da ist es!", ruft sie und drückt ihrem Bruder ihr Smartphone in die Hand, damit er Fotos und Videos von ihr machen kann.

„Danke, das war wirklich sehr freundlich", höre ich den Vater sagen, doch seine Worte rücken plötzlich in weite Ferne. Denn da ist sie.

Dany.

23. Kapitel - Dany

Traurig sitze ich auf der Parkbank und beobachte, wie ein Mädchen im Teenager-Alter mit großen Augen auf die Enten zuläuft. Auf Französisch ruft sie ihrer Mutter etwas zu, die lächelnd hinter ihr steht. Es wirkt, als ob sie so lange nach diesem einen besonderen Platz gesucht und ihn nun endlich gefunden hätte.

Ein zartes Lächeln huscht mir über die Lippen, als ich das Strahlen in ihren Augen sehe, als sie sich mehrfach um sich selbst dreht und die Umgebung in sich aufnimmt. Sie wirkt glücklich, was wiederum ihre Eltern glücklich macht, die nun zufrieden mit etwas Abstand hinter ihr stehen.

Und als ich das sanfte, fast schon erleichterte Grinsen in den Gesichtern ihrer Mutter und auch ihres Vaters sehe, versetzt mir das Ganze einen Stich. Diese Eltern haben sich die letzten 14 oder 15 Jahre um das Mädchen gekümmert. Ihre Träume wahr werden lassen und sie bei allem unterstützt, sofern es ihnen möglich war. Ich denke unwillkürlich an meine Eltern, die zwar hin und wieder nicht einer Meinung waren, wenn es um meine Freiheiten ging, aber trotzdem immer da waren. Als geschlossene Einheit.

Und mein Baby ... mein Baby wird das nicht bekommen. Mein Baby wird mich haben, aber einen Vater ... Ich denke an James und seinen strengen Gesichtsausdruck als der Brief vor ihm lag und wie schnell er sich von Steve überzeugen ließ, dass ich damit zu tun habe.

Ich rufe mir noch einmal ins Gedächtnis, was das zwischen uns für ihn ist. *Mittel zum Zweck.* Ich klammere mich an diese

Worte wie eine Wespe, die in den süßen Softdrink gefallen ist und sich am rutschigen Strohhalm festklammert, um nicht zu ertrinken.

Mir kommen die Tränen, während die Familie glücklich vor mir am Teich posiert und strahlend in die Kamera blickt. Das Mädchen holt aus ihrer Tasche ein Buch und einen Haarreifen, den sie sich in die braunen, glatten Haare drückt. Verwirrt gucke ich dabei zu, wie sie grimmig in die Kamera blickt. Ist das schon wieder einer dieser Trends, für die ich zu alt bin? Aber es lenkt mich ab. Von James, dem Baby und meinem Liebeskummer, der mir das Gefühl gibt, als ob mein Herz in tausend Stücke zerbrechen würde.

„Blair Waldorf", sagt eine tiefe Stimme hinter mir, die mir verdächtig bekannt vorkommt und das Blut in den Adern gefrieren lässt. Sie sorgt dafür, dass sich ein kalter und zugleich wohliger Schauer auf meiner Haut ausbreitet. Sie sorgt dafür, dass sich mein Herz erwärmt und gleichzeitig noch weiter zerbrechen lässt.

Es ist James.

„Wie bitte?", frage ich, ohne mich nach ihm umzudrehen.

„Sie stellt Blair Waldorf aus Gossip Girl nach", erklärt er mir die Szene, die sich gerade vor meinen und seinen Augen abspielt.

Ich blicke auf den knielangen Schottenrock, den sie aus ihrem Rucksack zieht und auf die weiße Bluse, die sie unter ihrer Jacke versteckt hatte und nun fein säuberlich mit den Händen glättet, während ihr Bruder geduldig mit dem Handy in der Hand auf sie wartet.

James kommt näher und setzt sich auf die Bank, während das Mädchen hinter einem Busch verschwindet, um sich umzuziehen.

„Ich habe sie eben in der U-Bahn getroffen. Sie wollte unbedingt die Enten füttern."

„Es ist verboten, die Enten hier zu füttern", erwidere ich, weil es das erste ist, was mir einfällt. Dabei schwirren gerade so viele Fragen durch meinen Kopf: Warum ist er hier? Woher wusste er, dass ich hier bin? Und: „Seit wann fährst du mit der U-Bahn?" Wieder ist es die banalste Frage, die mir über die Lippen huscht.

Noch immer blicke ich stur geradeaus und habe nun wieder das Mädchen vor Augen, die in ihrem Schottenrock hinter dem Busch hervorkommt. Aus dem Augenwinkel nehme ich trotzdem wahr, dass James mich anlächelt.

„Es war furchtbar viel Verkehr zwischen Brooklyn und dem Central Park", erklärt er mir.

„Brooklyn?", denke ich laut nach. Warum war er in Brooklyn? Hat er etwa versucht, mich zuhause zu treffen? Wieso?

„Ja, Brooklyn", er dreht seinen Kopf in meine Richtung und sieht mich direkt an. Selbst von der Seite bemerke ich, wie sein Blick mich geradezu durchbohrt und mir schon wieder ganz warm ums Herz wird.

„Und dann hast du die U-Bahn genommen?", frage ich, weil ich noch nicht bereit dazu bin, zu hören, warum er mich gesucht hat.

„Mein Fahrer hat mich noch über die Brücke gebracht, aber ab da war einfach kein Durchkommen mehr und mit den Schuhen", er zeigt auf seine eleganten, glänzenden

Lederschuhe, „wäre es wohl schwierig geworden, die vier Meilen zu joggen."

Jetzt huscht mir tatsächlich auch ein Lächeln über die Lippen, denn die Vorstellung eines joggenden James im Maßanzug und Lederschuhen ist zu witzig.

Er nutzt den Moment und legt mir seine Hand auf meine. Ich spüre seine weiche Haut auf meiner und auch das Kribbeln, das diese Berührung in mir ausübt.

„Es tut mir leid", sagt er schließlich. „Ich hätte Steve direkt ausreden sollen, dass du etwas mit diesem Brief zu tun hast. Und ich hätte dir auch sofort glauben sollen, als du erzählst hast, dass du unser kleines Geheimnis nicht ausgeplaudert hast." Ruhig sieht er mir direkt in die Augen und sagt die Worte, von denen ich mir in den letzten Stunden gewünscht habe, sie zu hören.

„Und von wem stammt der Brief dann?", frage ich, weil mir die Frage einerseits durch den Kopf geistert und andererseits das Geheimnis verdrängt, das ich ihm noch anvertrauen muss.

Er zuckt mit den Schultern und schüttelt den Kopf. „Ich weiß es nicht. Und eigentlich ist es mir auch egal, denn...", er drückt meine Hand. Sein Blick wird noch intensiver, sofern dies überhaupt möglich ist. „Denn eigentlich stimmt es auch gar nicht, oder? Es entspricht nicht der Wahrheit."

„Was meinst du?" Ich runzle die Stirn.

„Naja, anfangs war es vielleicht eine Fake-Beziehung, aber bei mir", er kommt näher und ich spüre, wie mein Herz ein bisschen schneller schlägt, weil ich zu wissen glaube, was er gleich sagen wird. Und zwar das, was ich bereits *seit Wochen* von ihm hören will, mir aber immer wieder ausgeredet habe, weil ich es einfach nicht wahrhaben wollte. „Bei mir sind die Gefühle schon lange nicht mehr Fake. Sie sind echt."

Ich atme tief durch und blicke ihm tief in die grünen, leuchtenden Augen, die in diesem Moment so viel Wärme ausstrahlen. *Und Liebe.*

Er hat es gesagt.

„Das hier ist schon lange keine Fake-Beziehung mehr für mich, Dany." Bei seinen Worten breitet sich Gänsehaut auf meinem gesamten Körper aus. „Ich habe mich schon vor einiger Zeit in dich verliebt." Zärtlich streichelt er mit seiner Hand über mein Gesicht.

Da sind sie. Die Worte, die ich schon so lange aus seinem Mund hören wollte und trotzdem weiß ich nicht, was ich sagen soll. Ich will es erwidern, aber etwas lässt mich zögern. Mein Geheimnis, was ich schon so lange mit mir herumtrage.

Was ist, wenn es alles ändert?

Was ist, wenn er es nicht will?

Doch das werde ich nur herausfinden, wenn ich es ihm endlich sage.

„James", beginne ich und drücke seine Hand, ohne ihm dabei in die Augen zu sehen. „Es gibt da noch etwas." Jetzt blicke ich hoch. Seine sanften Augen fixieren mich nach wie vor. Er legt seinen Kopf zur Seite und rechnet womöglich mit dem Schlimmsten. „Ich weiß es bereits seit Wochen, aber ich wusste nicht, wie du reagieren würdest, weil ich mir nicht sicher war, ob du meine Gefühle teilen würdest, aber...", noch einmal halte ich inne und atme tief durch. Wieder blicke ich auf meine Hand, die nun von seiner umschlossen wird.

„Egal, was es ist. Du kannst es mir sagen", sagt er ruhig und lächelt mich dabei an.

„Ich bin schwanger“, sage ich schnell, bevor mich der Mut verlässt. Ich lasse die Worte auf ihn wirken, bevor ich zu ihm hoch blicke, doch es dauert keine Sekunde und sein Lächeln verwandelt sich in ein Strahlen.

„Du bist schwanger?“, fragt er ungläubig und ich spüre, wie seine Hand sich noch fester um meine legt. „Du meinst: Wir bekommen ein Baby?“ Er hält den Atem an, bis ich es mit einem Nicken bestätige.

„Ja“, flüstere ich kaum hörbar und blicke in seine Augen, die so viel Liebe ausstrahlen. Er legt den Arm um mich und zieht mich an seine Brust.

„Du weißt gar nicht, wie glücklich mich das macht.“

„Wirklich?“, flüstere ich ungläubig, während ich mich an ihm festhalte.

„Ja, natürlich. Ein Baby mit der Frau, die ich liebe. Was könnte es Schöneres geben?!“

Der Stein, der in diesem Moment von meinem Herzen fällt, ist gigantisch und dann kann ich nicht mehr an mich halten. Ich weine, um alles rauszulassen. Die Angst, die Anspannung und die unendliche Erleichterung.

Noch immer hält mich Steve fest, bis ich mein Gesicht von seiner Brust nehme und ihn angucke. Er erwidert meinen Blick, senkt seinen Kopf und küsst mich.

Epilog - James

„Und du bist sicher, dass alles nach Plan läuft?", flüstere ich Steve zu, der hektisch durch meine Wohnung huscht und noch die letzten Becher im Gästeschlafzimmer verschwinden lässt.

„Alle Ballons sind aufgeblasen, die Girlanden versteckt und jeder Gast mit einer Tröte und einem Partyhut ausgestattet", zählt er auf und schüttelt dabei ungläubig den Kopf. „Auch, wenn ich immer noch nicht verstehe, warum du ausgerechnet so eine klischeebeladene Überraschungsparty für Dany willst und dir nicht etwas ... Cooleres oder Eleganteres ausgedacht hast."

Ich verdrehe die Augen. „Das hatten wir doch schon. Dany hat schon immer von genau so einer Party geträumt und die soll sie bekommen."

„Okay. Alles für das Geburtstagskind." Er checkt sein Handy und reißt dabei die Augen auf. „Es ist so weit. Sie sind auf dem Weg. Sie kommen!", ruft er und scheucht damit die anderen Partygäste auf, die sich noch nicht hinter dem Sofa oder hinter der Theke in der Küche versteckt haben.

Auch ich nehme meinen Platz ein und greife nach der kleinen, silbernen Krone mit den unechten Diamanten auf dem Tisch, die ich vorhin noch in dem kleinen Ballon-Laden gekauft habe. Zusammen mit einer großen 25 und zahlreichen silbernen und rosafarbenen Ballons, die Danys Eltern im Schlafzimmer versteckt halten.

Dann werfe ich nervös einen Blick auf die blinkende Anzeige des Fahrstuhls, die mir signalisiert, dass sie gerade nach oben fährt.

„Bringt euch alle in Position!“, rufe ich den wartenden Freunden und ihrer Familie zu.

Das Murmeln verstummt. Ich höre noch ein letztes Husten und ein kurzes Rascheln, doch dann herrscht Totenstille.

Der Fahrstuhl geht auf und Dany betritt mit unserer Tochter Melissa den Flur. Neben ihr steht ihre beste Freundin Keira, die mich verschwörerisch angrinst.

„Hey“, sagt sie und scheint nichts von all dem zu ahnen, was ich bereits seit Wochen geplant habe. Sie kommt auf mich zu und drückt mir einen Kuss auf die Wange, während sie unser sechs Monate altes Baby sanft in ihren Armen schaukelt.

„Hey“, erwidere ich und verstecke die kleine Krone hinter meinem Rücken, während ich Melissa einen Kuss auf die Stirn gebe. „Und alles Gute zum Geburtstag“, sage ich und blicke wieder hoch zu Dany, die verlegen grinst, als ich die Krone hinter meinem Rücken hervorhole.

„Die ist ja süß“, kommentiert sie grinsend und lässt sie mich auf ihre glatten Haare setzen. „Ich dachte, du findest solche Kronen albern?“, fragt sie mich und wirft einen Blick in den Spiegel im Flur, der direkt gegenüber von ihr hängt.

„Die sind ganz und gar nicht albern, vor allem nicht, wenn man die passende Party dazu schmeißt.“

„Party?“, wiederholt Dany verwirrt und das ist das Stichwort.

Ihre Familie, unsere Freunde und Kollegen springen aus ihren Verstecken. Dabei machen sie Lärm mit ihren Tröten und haben wie abgesprochen die Partyhüte auf.

Es ist genau wie im Film.

Sprachlos schaut sich Dany um, während ich ihr Melissa aus den Armen nehme. Ihre Eltern kommen auf sie zu und nehmen sie fest in den Arm. Die anderen Gäste folgen, um dem Geburtstagskind zu gratulieren.

Binnen Sekunden verwandelt sich unser Penthouse in eine kitschige Prinzessinnenparty. Ballons steigen an die Decke, eine riesige Torte in Form eines Palastes wird auf einem silbernen Wagen ins Wohnzimmer gerollt und Deko in Form von Kutschen und Schlössern werden überall verteilt.

Es ist furchtbar und gleichzeitig wunderbar, weil es Danys Augen zum Strahlen bringt.

„Was? Wie?", stammelt sie, während weitere Gäste sie umarmen. „Woher wusstest du, dass ich schon immer von so einer Party geträumt habe?", fragt sie mich schließlich.

Mit dem Kinn deute ich in die Richtung ihrer Eltern, die grinsend mitten im Geschehen stehen. „Von ihnen. Und ich dachte mir, dass es eine gute Übung für Melissa wäre. Falls sie sich irgendwann auch mal so etwas wünscht", lache ich nun und wippe sie sanft in meinen Armen hin und her. „Wobei … ich denke, sie kommt eher nach mir."

„Und dann müssen wir eine Party mit welchem Motto veranstalten? Dinos? Basketball?"

„Finanzen", ziehe ich sie auf, woraufhin sie laut loslacht. „Sie liebt es, mir beim Telefonieren zuzuhören und starrt wie versessen auf all die Zahlen und Diagramme."

„Das wird sicherlich eine spaßige Party."

„Auf jeden Fall." Ich ziehe sie mit einem Arm noch einmal an mich und drücke sie fest. „Ich hoffe, es gefällt dir", sage ich und blicke mich in unserer vorrübergehend pinken Penthouse-Wohnung um.

Nachdem mir Dany vor knapp einem Jahr eröffnet hat, dass sie schwanger ist, hat sich jede Menge getan.

Der Forderung des Erpressers, der, wie sich am Ende herausgestellt hat, Stephanie war, bin ich natürlich nicht nachgekommen. Schließlich hatte sie zu dem Zeitpunkt nichts mehr in der Hand. Sie machte ihre Drohung trotzdem wahr und gab ihren Tipp an die Presse weiter, die damit jedoch nichts anfangen konnte. Denn zeitgleich haben wir Danys Schwangerschaft publik gemacht. Ein Schachzug, zu dem uns Steve geraten hat, auch, wenn ich anfangs dagegen war. Denn am liebsten hätte ich diese schöne Zeit so lange wie möglich für uns behalten. Doch damit konnten wir natürlich jegliche Zweifel aus dem Weg schaffen. In einer Fake-Beziehung entsteht schließlich kein Baby, auf das sich die werdenden Eltern so sehr freuen wie wir. Außerdem ließ sich das kleine Bäuchlein ohnehin nicht mehr lange verstecken.

Nur wenige Wochen später ist Dany dann endgültig zu mir gezogen. Die meisten ihrer Sachen waren sowieso schon bei mir. Daher war dies kein allzu großer Schritt. Und dann … an Weihnachten, erreichte uns unser schönstes Geschenk: Melissa.

Niemals hätte ich es für möglich gehalten, etwas so sehr zu lieben wie sie und Dany. Und doch stehe hier und habe das Gefühl, dass mein Herz vor Glück zerplatzt, sobald ich die beiden angucke.

Ein lautes Knallen unterbricht meine Gedanken. Die Konfetti-Bonbons wurden vom Geburtstagskind entdeckt, die sie mit viel Freude zum Platzen bringt. Ihr Lachen klingt wie die allerschönste Musik in meinen Ohren.

Ich beobachte sie für einen Moment und schaue ihr dabei zu, wie sie mit einem glücklichen Grinsen im Gesicht in das völlig überladene Prinzessinnenkleid steigt und den

Reißverschluss von ihrer Mutter im Rücken schließen lässt. In den hunderten Lagen von Tüll wirkt sie wie ein riesiges, zuckersüßes Bonbon.

„Steht mir das nicht wunderbar?“, fragt sie mich, als sie sich in dem pink-weißen Kleid mit dem schwingenden Rock einmal um die eigene Achse dreht.

„Es steht dir ausgezeichnet“, sage ich und blicke mich nach ihrer Mom um, der ich nun ein Zeichen gebe, damit sie mir Melissa abnimmt.

„Kann ich dich kurz auf die Terrasse entführen?“, frage ich Dany und greife dabei unauffällig in meine Hosentasche, um sicherzugehen, dass sich das kleine Kästchen auch immer noch darin befindet.

„Oh, klar. Okay“, macht sie verwirrt und greift nach meiner Hand, die ich ihr reiche.

Während sich unauffällig in der Küche Champagnergläser füllen, gehe ich mit ihr raus. Denn für diesen Tag habe ich nicht nur eine Geburtstagsparty geplant, sondern auch eine andere Überraschung.

Die Sonne über New York City geht bereits unter, als ich die Tür hinter uns schließe und die lauten Partygäste damit zurücklasse. Nicht nur die Stadt, sondern auch Dany sind in ein sanftes Licht gehüllt, als ich auf sie zugehe, ihr tief in die Augen blicke und auf die Knie gehe.

In dem Moment höre ich die dumpfen Schreie von innen, denn auch unsere Gäste wissen, was jetzt passieren wird.

„Danielle Smith“, sage ich und sehe, wie sie sich schockiert die Hände vor das Gesicht hält. „Schon als ich dich das erste Mal im Club gesehen habe, wusste ich, dass du meine Märchenprinzessin bist.“ Ihr kommen die Tränen und sie fängt an zu schluchzen. „Mit Melissa hast du meinen größten Wunsch wahrwerden lassen und mich zum Vater gemacht." Ich spüre, wie meine Hände zittern, als ich nach dem Ring in meiner Tasche greife. Ich habe Mühe damit, das kleine Kästchen zu öffnen. Doch es gelingt mir und ich sehe, wie sie bereits jetzt ihren Kopf kräftig auf und ab bewegt, als sie den silbernen Ring mit dem Diamanten sieht. „Willst du meine Frau werden?", frage ich.

„Ja! Ja! Ja!", lautet ihre klare Antwort und eine gigantische Wand aus Tüll kommt auf mich zugeschossen, während sie ihre Arme um mich schließt. „Ja, ich will", sagt sie, während sie ihr Gesicht gegen meins drückt und dann wieder von mir ablässt, damit ich ihr den Ring an den Finger stecken kann.

Mit einem langen Kuss besiegeln wir unsere Verlobung, stehen auf und bemerken erst jetzt all die Gesichter an der Fensterscheibe.

„Ich glaube, da will jemand auf uns anstoßen", sage ich grinsend und greife nach ihrer Hand.

„Dann sollten wir sie nicht länger warten lassen." Sie schließt ihre Finger um meine und gemeinsam gehen wir auf die geschlossene Tür zu, bis sie mich zurückhält.

Noch einmal schließt sie ihre Arme um meine Schulter und zieht mich zu sich herunter. „Ich liebe dich", sagt sie sanft.

„Ich liebe dich auch", erwidere ich und wir küssen uns.

ENDE

Printed in Poland
by Amazon Fulfillment
Poland Sp. z o.o., Wrocław

30704987R00149